杭州市文联文艺精品工程重点扶持项目

献给那些为农村共同富裕而不懈奋斗的人

春山可望

看见农村共同富裕的未来

孔 一 ◎著

ZHEJIANG UNIVERSITY PRESS

浙江大学出版社
·杭州·

图书在版编目（CIP）数据

春山可望：看见农村共同富裕的未来 / 孔一著. —
杭州：浙江大学出版社，2024.2（2024.8重印）
ISBN 978-7-308-24351-3

Ⅰ.①春… Ⅱ.①孔… Ⅲ.①报告文学—中国—当代
Ⅳ.①I25

中国国家版本馆CIP数据核字（2023）第207154号

春山可望——看见农村共同富裕的未来

CHUNSHAN KE WANG——KANJIAN NONGCUN GONGTONG FUYU DE WEILAI

孔 一 著

策　　划	陈　洁　黄静芬	
责任编辑	黄静芬	
责任校对	田　慧	
责任印制	范洪法	
封面设计	林智广告	
出版发行	浙江大学出版社	
	（杭州市天目山路148号　　邮政编码　310007）	
	（网址：http://www.zjupress.com）	
排　　版	杭州林智广告有限公司	
印　　刷	杭州捷派印务有限公司	
开　　本	710mm×1000mm　1/16	
印　　张	18	
字　　数	230千	
版 印 次	2024年2月第1版　2024年8月第2次印刷	
书　　号	ISBN 978-7-308-24351-3	
定　　价	88.00元	

代序

"千万工程"绘就农村共同富裕画卷

写完这部作品，我又想到头顶上的璀璨星空和脚底下的广袤大地，想到发生在这片土地上的人民阔步迈向共同富裕的感人故事。

以习近平同志为核心的党中央团结带领全国人民，创造了打赢脱贫攻坚战、全面建成小康社会的历史奇迹，开启了扎实推动共同富裕的历史阶段。

习近平总书记指出："促进共同富裕，最艰巨最繁重的任务仍然在农村。农村共同富裕工作要抓紧，但不宜像脱贫攻坚那样提出统一的量化指标。"[①]习近平总书记的重要讲话为全国各地扎实推进农村共同富裕指明了方向。

浙江高质量发展建设共同富裕示范区，是习近平总书记亲自谋划、亲自定题、亲自部署、亲自推动的重大战略决策[②]，承载着党中央的殷殷重托，凝聚着全

---

① 习近平. 习近平谈治国理政（第四卷）[M]. 北京：外文出版社，2022：146.
② 袁家军. 勇当高质量发展推动共同富裕的先行探路者[N]. 浙江日报，2022-05-21（2）.

省人民的共同期盼。杭州作为省会城市，展现出头雁担当，坚持沿着习近平总书记指引的道路，聚焦于推进农村共同富裕的目标，不断塑造变革、创新突破、勇毅笃行，扎实推进新农村建设，探索具有普遍意义的农村共同富裕之路，涌现出了一批在全国有影响力、在全省有引领性的共同富裕现代化基本单元，打造了一批具有鲜明辨识度、可复制、可推广的标志性成果，绘就了群众看得见、摸得着、体会得到的幸福画卷。

本书选取的 13 个村庄各具特色：无论是下姜村可学习、可借鉴、可复制的"五种现象"，还是小古城村"众人的事情由众人商量"的不断实践；无论是江东村农科教错位发展的区位优势，还是横一村"无中生有"的共富梦想；无论是龙门秘境村落景区改革的源泉，还是外桐坞村艺术村落的气质，以及塘栖村的"水韵风情地，诗意古村落"、指南村的江南最美秋景、之江村的"17℃新安江"、芦茨村的宁静而悠远的诗意、长宁村的新时代"一老一小"互帮互助精神、黄公望村"今日已无黄子久，照样能画富春山"的雄心壮志，以及梅林村未来村庄的模样。然共性寓于个性之中：这些村落所展示的都是一户一处景、一村一幅画的乡村整体之美；所呈现的都是推进农村垃圾、污水、厕所"三大革命"，联动打好"五水共治""四边三化""三改一拆"组合拳，实施农房改造、管线序化、村道提升"三大行动"的乡村环境之美；所聚焦的都是践行"绿水青山就是金山银山"理念，推动美丽成果转化为美丽经济，促进新产业、新业态蓬勃发展的乡村产业之美；所宣扬的都是以文化人涵养文明乡风、良好家风、淳朴民风的乡村乡风之美；所表达的都是"30分钟公共服务圈""20分钟医疗卫生服务圈""15分钟品质文化生活圈"的共建共享、互联互通的乡村生活之美；所赞颂的都是以"一统三化九场景"为引领的增强内生活力的乡村数智之美……

各美其美、美美与共。时光倒流到2002年12月15日，时任浙江省委书记习近平同志赴萧山梅林村考察，肯定了梅林村"三区合一"新农村发展成果，对新农村建设提出要求："建设一批标准化、规范化、全面发展的，在全省乃至全国都叫得响的小康示范村镇，为我省农村全面建设小康社会，进而实现农业农村现代化提供有益的借鉴和成功的经验。"[①] 2003年6月，在习近平同志的擘画下，浙江启动"千村示范、万村整治"工程（简称"千万工程"），梅林村成为这一工程的重要起源地。在推进"千万工程"的过程中，习近平同志先后4次赴淳安下姜村把脉农村发展之路径方法，1次赴余杭小古城村，提出要"村里的事情大家

---

① 胡果，李中文，刘毅，等. 一张蓝图绘到底——习近平总书记擘画浙江"千万工程"带来乡村巨变[N]. 人民日报，2023-06-25（1）.

商量着办"。①可以说,"千万工程",就是在浙江城镇化高速发展时期,以推动农村地区高质量发展、实现共同富裕的有效探索为目的,步履不停地为浙江农村的共同富裕上着鲜亮厚重的底色。

循迹底色,回眸蝶变。习近平同志亲自擘画的"千万工程"从杭州起源,在浙江各级党委、政府持之以恒、锲而不舍的深化下,广大农村发生历史性巨变,成功建设综合整治农村人居环境、推进乡村振兴、建设美丽中国、打造农村现代化的基础工程,农民共同富裕的龙头工程,社会和谐共生的生态工程,农民幸福生活的民心工程,造福浙江,引领中国,影响世界。

蕴蓄底气,继续前行。我们将继续坚持和深化新时代"千万工程",探索共富新路径、持续加载新内涵,在深入实施"八八战略"和"两个先行"打造"重要窗口"的大背景下,坚持新发展理念,创新深化、改革攻坚、开放提升,全力绘就"千村引领、万村振兴、全域共富、城乡和美"②新画卷,发挥"千万工程"新成效,为乡村全面振兴、农村共同富裕和美丽中国建设做出杭州新贡献。

---

① 刘捷. 持续推动"千万工程"走深走实(人民要论)[N]. 人民日报,2023-07-26(9).

② 余丽,金林杰,路雄英. 奋力绘好人与自然和谐共生的新时代"富春山居图"[N]. 浙江日报,2023-12-01(9).

目 录

下姜村现象

共富路上的

2022 年 11 月底，我参加了杭州市文学艺术界联合会（简称"杭州市文联"）组织的文艺精品工程扶持项目创作交流会。

在会上，我认识了年轻而富有才华的杭州友诺动漫有限公司的导演汪温林，他们团队创作的关于下姜村的第一部动画作品《下姜村的绿水青山梦》荣获第 27 届中国电视文艺"星光奖"提名。会上，汪导围绕其团队创作的关于下姜村的第二部动画作品《下姜村的共同富裕梦》做分享交流，相似的下姜创作计划让我们很是投缘。这也让我从他们创作的动画作品中找到了灵感，我发现，下姜村共同富裕的很多经验如今已经成为社会现象。无论是全国的、全省的，还是本地的村庄，都在学习它、借鉴它、复制它。这些"下姜村现象"不正是全国推进农村共同富裕所需要的路径、方法和效果吗？

现象之一：要给青山留个帽

2022 年 10 月 16 日，党的二十大开幕。这天早上，党的二十大代表，杭州市淳安县枫树岭镇下姜村党总支书记、村委会主任姜丽娟走上了"党代表通道"，微笑着向国内外媒体讲述了下姜村发展变化的故

事。她说："如今的下姜村，已经从过去的土墙房、烧木炭、半年粮、有女莫嫁下姜郎的贫困村，发展成为农家乐、民宿忙、瓜果香、游客如织来下姜的富丽乡村。"

　　一个充满阳光、自信的基层党代表，站在人民大会堂的"党代表通道"上，深情讲述着农村共同富裕故事。通过这条通道，她讲述了一个事实：下姜村是从远近闻名的"穷脏差"贫困村蜕变成全国"出圈"的"绿富美"共富村的。她还讲述了一个事实：当年下姜村做饭烧水用的能源都是就地取材的，直接砍伐当地山上的树木；村子为了

"青山隐隐连巅岭，绿水潺潺泛浅波"（孔一摄）

脱贫主要靠"烧木炭"换钱，后果是山岭变得光秃秃的，像瘌痢头一样。

我去过下姜村好几次，放眼望去，青山隐隐，绿水潺潺，实在很难想象下姜村的"光头"山会是个什么样子。特别是最近去时，我喜欢拿着杭州友诺动漫有限公司创作的《下姜村的绿水青山梦》中的场景与下姜村的实景去做比对，鸡蛋里挑骨头，找差距和不足。然而，结果是：美的就是美的，事实就是事实，动画作品中的场景与村庄的实景几乎完全重合。

姜银祥陪同习近平同志察看了刚刚开垦的一片中药材基地。习近平同志见绿色的山顶被挖成"光头"，提出"要给青山留个帽"。习近平同志建议，下姜村还是要使用沼气。这是习近平同志着眼于生态环境保护，从下姜村污水、秸秆处理难题出发，为下姜村指明的一条绿色发展之路。

在习近平同志的指导下，下姜村努力探索生态优先、绿色发展、共同富裕的新路子。

这是习近平同志第一次为下姜村"把脉"。与其说这是为下姜村经济发展"把脉"，不如说这是担忧下姜村生态环境的破坏和重视生态环境的保护。

其实，下姜村的环境破坏不只是光秃秃的山所导致的山洪暴发、水土流失，还包括各种频发的次生灾害。下姜村原党总支书记杨红马回忆，20多年前，贫穷带来了焦虑，人们急于摆脱贫穷的困境，争相上窑，导致山上的一座座土窑像一个个坟包。烧窑没能使下姜村摆脱贫困，反而阻碍了下姜村的发展。记得当时大量树木被砍伐，几十个炭窑同时开烧，整个村子上空弥漫着乌黑呛人的浓烟，苍蝇满天飞舞，村子里肆意流淌着猪粪、猪尿……

2003年6月，时任浙江省委书记习近平同志亲自谋划、亲自部署、亲自推动实施了"千万工程"。这项工程从浙江全省 4 万个村庄中，选择 1 万个左右的行政村进行全面整治，并将其中 1000 个左右的中心村建成全面小康示范村。[1] 这也给下姜村保护生态环境提供了制度支撑和项目资金。下姜村着眼于既要保护好绿水青山，又不能"身居宝山不识宝"的要求，先后编制了《村庄整治规划》《农业产业规划》等 6 个规划和 35 个涉及水利、交通、道路等项目的设计方案，全力推进美丽乡村建设。

从此，下姜村踏上了环境保护和生态恢复的征程。提起当时所做的工作，杨红马如数家珍："从 2003 年到 2006 年，下姜村用了 3 年时间，拆掉危旧房 16600 平方米，建起垃圾填埋场，铺设污水管道 2800米，腾出村里绿化地 3000 多平方米，对 1.5 公里的河道进行了系统整治，还建起了 5 个公共厕所，家家户户都安装了太阳能热水器，进行了自来水工程改造，绿化带上安装了路灯……90% 以上的村民都建了新房，房屋漂亮别致，气派亮堂，成为村里一道亮丽的风景。"[2]

下姜村蝶变成白墙黛瓦、山水协调的江南小山村，开始呈现出干净、整洁的社会主义新农村雏形，也为后来的乡村旅游打下了坚实的基础。

2015 年，浙江省提出，要在"十三五"期间部署打造美丽乡村升级工作，全面推进美丽乡村建设与农民增收同步规划、同步发展。下姜村也根据省、市要求，结合自身发展实际，提出新的产业发展规划。大景区、小业态，打造村庄景区，推进农文旅融合，发展农家乐产业。一时间，村子里热闹非凡。登山、赏花、挖笋、采摘、吃农家饭，成了上海人、杭州城区人来下姜村的主要目的。

下姜村的村民一下子忙碌了起来，生活也丰富了起来。于是，迎

---

① 王道勇. "千万工程"是引领乡村全面振兴的伟大工程[N]. 光明日报，2023-06-26（2）.
② 李英. 下姜村的故事[N]. 人民日报，2021-03-24（20）.

接城里人吃农家饭，到五狼坞去登山、赏花，到竹林去挖笋、采野菜……逐渐成为下姜村老百姓的日常工作。

"给青山留个帽，给下姜留个好，给未来留个富！看了下姜学下姜，感到下姜过去名为'雅墅峡涧'的确名副其实，仅这一个'雅'字，其实就是在绿水青山间流淌出来的成就感、获得感和幸福感！参观完后，我发现这山坳里的绿水青山梦更加真实、更加易学、更加持久。我们家乡也可复制下姜的做法，从下姜村现象里总结规律，先把我们的家门口'绿'化起来。"杭州对口支援城市阿克苏市依干其乡依尔玛村党支部书记参观后说。

在习近平总书记的悉心指导和深切关怀下，下姜村坚定不移地践行"绿水青山就是金山银山"理念，逐步从一个落后偏僻的小山村成为美丽乡村的治理样板，成为杭州、浙江乃至中国美丽乡村建设的缩影和代表。

现象之二：一任接着一任干

微醺的风，吹拂着连绵的山峦；清澈的水，倒映着明媚的风光。从外地来参观考察的团队在羡慕下姜村山清水秀、蓝天白云的同时，更惊叹下姜村老百姓的物质富裕、精神富有。

每每提及下姜村，陪同考察的下姜村干部们无不感慨："下姜村的发展，一头连着中南海，一头连着普通老百姓。我们既有习近平总书记为下姜村亲自'把脉'，又有七任省委书记基层联系点的政治优势、组织优势，还有村民们的信赖和支持，有了他们才有我们下姜村的今天和未来。"

听了村干部的话，现场的下姜村村民们总会补充说："我们作为千岛湖畔的一个普通小山村，能够实现由'穷脏差'到'绿富美'的蝶变，其实，背后还有下姜村一任接一任党总支班子的带头干、示范领、和谐引、贴心帮。"

不知从何时起，枫林港（小溪）将小山村分为喧闹和寂静两个部分，横跨在枫林港上的富民桥、连心桥、凤栖桥，仿佛诉说着下姜村的昨天和今天。

下姜的时光流逝遵循着自己的法则，像树木成长一样，沿着发芽吐绿、风霜落叶的规律不断更迭。下姜的经济社会也在茁壮成长，不断地由羸弱变得强壮、由贫困变得富裕、由落后变得现代，下姜的景物像诗歌的语言，常会以一种特异的力量，照亮忙碌的老书记姜银祥生活的天空。

姜银祥是下姜村的老书记，如今年届七旬，又自发担任了村子里的"导游"。

在下姜村思源亭前，我终于"逮住"了这位老书记。他刚为江西省上饶市的一个新农村参观团讲解完，还没顾上喝口水，就准备接受我的采访。眼前的老人，精神依然那么饱满，穿着依然那么整洁，头发依然纹丝不乱，别在左胸前口袋上的那枚党员徽章在阳光下发出耀眼的光。

在更近距离地接触姜银祥后，我发现他与王慧敏（笔名劳罕）《心无百姓莫为官——精准脱贫的下姜模式》中描写的那位下姜村党总支书记相比，还是有一些细微差别的。外衣里面搭配的干干净净的白衬衣变成了干干净净的T恤衫，加上现在他不用领着大家一起干，而是只需出谋划策支持干，所以显得比文章中更加从容、更加自信、更加笃定。

他郑重地对我说："老兵不老，老兵永远年轻，我要将余热都奉献给自己热爱的下姜村。"

我们在思源亭边的台阶上席地而坐，听他聊下姜村的过去、现在和将来。提起自己担任党总支书记时带领大家埋头苦干的那段艰苦经

廊桥逐梦想（图片由下姜村提供）

历，姜银祥说："好汉不提当年勇，一代更比一代强！"他告诉我，下姜村的党员干部可不是随便就可以当好的，因为习近平总书记对下姜村党员干部是有硬性要求的，是有期待的。下姜村的党员干部绝不能辜负习近平总书记的信任，大家要拧成一股绳，一任接着一任干。姜银祥特别肯定和表扬了现任的年轻"85后"党总支书记、村委会主任姜丽娟："她干得不错，是一个懂得舍弃，有智慧、敢作为，有梦想、善钻研的农村带头人。"

溪水叮咚，街心静谧。采访时，姜银祥偶尔会陷入深深的回忆中，回忆起习近平同志对下姜党员干部提出的要做"四种人"的要求：第一，要做生产发展的带头人；第二，要做新风尚的示范人；第三，要做和谐的引领人；第四，要做群众的贴心人。

大家自觉把习近平同志要做"四种人"的要求当成全村的"传家

宝", 一代一代传承下去。村里还围绕如何做"四种人", 制定了党员"六带头"行为准则, 即"危险的事要带头, 困难的情况要带头, 村风和谐要带头, 环境卫生要带头, 家风建设要带头, 产业发展要带头"。

…………

2011 年 3 月, 下姜村两委换届, 接替姜银祥担任村党总支书记的是被习近平同志笑称为"黑马"的杨红马。

如今, 已交棒村党总支书记的杨红马专心致志地经营着自己的民宿, 叫"红马民宿"。村里人说他几乎每天早上都会去附近的一个村子买豆腐。吃过早饭, 我专心地坐在红马民宿的一张茶桌前等他。

快九点钟时, 杨红马端着豆腐回来了。我看了一眼, 白里有点黄, 就这几块豆腐, 实在看不出来要到几千米外去买的理由。杨红马的嗓门比较大, 人也比较直率:"这个豆腐好!"他向我介绍起手上的豆腐来, 他说这个豆腐, 细如凝脂、托不散碎, 吃起来细腻绵滑, 清香诱

新风示范人, 富裕领路人 (图片由下姜村提供)

人。要不是采访完要离开下姜村，中午真想尝尝杨红马买来的豆腐。

杨红马泡了一杯茶，我们便切入正题。"我当书记时，正赶上'美丽乡村、幸福下姜'建设正式启动，这涉及村庄整治、环境提升、土地流转、园区建设、经济发展、农民增收等好多项目，所以矛盾也就多了。我们接过了老书记的优良传统，动员全社会力量，共建农民安居乐业的美丽家园。为了让广大农民在乡村振兴中有更多的获得感、幸福感、参与感、成就感，在村民户主会上，我们是当众承诺过的，'拆违拆旧，先拆党员的；实施土地流转，党员干部的先流转；进行猪圈整治，党员干部的先整治'。在党员干部的带头示范下，在不到一年的时间里，下姜村相继完成了村民住房外立面改造、村道美化、路灯亮化、机耕路拓宽、河道治理等工作，还完成了建造乍尔与伊家两个自然村的跨河大桥等一批重点项目。"

杨红马的继任者是枫树岭镇党委委员姜浩强，他是在2017年早春时节，被镇党委选派到下姜的。

每个时期有每个时期的使命，每个阶段有每个阶段的工作重点。选派姜浩强到下姜村任职，主要基于两个方面考虑：一是发展产业，二是培养后备干部。

姜浩强姓姜，不知情的人还以为他是下姜人。但是，能不能成为下姜人，还要看能不能干好下姜村的事，得到下姜村人的认可才能算真正的下姜人。

那段日子姜浩强的压力非常大，经常睡不着觉，脑子里一遍遍地想着村子里的产业应该怎么做。

经过一次次走村入户、调查研究、征求意见，姜浩强梳理出了一点门道来。要想民宿有人来，必须靠旅游。于是，姜浩强带人来到杭州城区，拿出了下姜人的诚意，大力推介下姜村的旅游优势和优惠条件，跟杭州城区的公司洽谈并签订合作协议；学习西湖、西溪湿地的管理经验，免费开放景区，在县里旅游奖励政策的基础上，村里再度进行让利优惠。

效果很快就显现出来了，来下姜村旅游的大巴排起了长队，村里一度出现了游人如织、车水马龙的景象。

姜浩强和村两委认识到，有了游客，下姜村的管理方式和手段还要跟上，要把目光投向更广阔的市场，于是他们审时度势，成立了千岛湖下姜实业发展有限公司。将全村村民都纳为公司股东，村民能以人口股、现金股和资源股3种方式加入，实现"人人当股东，个个有股份"的目标。

两年后，幸福的日子降临了。2019年12月20日，下姜村村民迎来了全村有史以来的第一次分红大会。

杨红马回忆说："那天晚上6点半左右，村民们都集中到一起，兴高采烈地排着队，每个人手里拿着自己的股权证，经过核对、签字，领分红钱，心情愉悦，无以言表。"

村民们这次分红总共达66万元。

火车跑得快，全靠车头带。姜浩强带领大家把实业公司办得红红火火，村民们谋发展的激情被点燃了。在发展产业的同时，姜浩强还将后备干部队伍建设作为日常工作的重中之重，吸收返乡创业青年，并建立了后备干部培育库。

2020年，村里进行了换届选举，2名后备干部经过3年多时间的培养锻炼，分别当选为村党总支书记和副书记。

根据组织安排，完成使命的姜浩强将重回镇上工作。离开那天，前来送行的村民们纷纷表示："姜书记就是我们下姜人。"

如今，下姜村那幢曾经十分红火、别具北欧风格的栖舍民宿，显得越来越普通了，主要原因是其创立者姜丽娟要把全部心思用在带领下姜村扎实推进共同富裕的实践上，实在没有精力经营民宿，只好交给父母来打理。

2020 年 8 月，姜丽娟当选为下姜村党总支书记。这个 1989 年出生的年轻人，浑身散发着青春的气息，白衬衫配上黑色西装，胸前别着一枚党员徽章。她话音轻柔，语调舒缓，笑容满面，沉稳干练。

她说："我绝不能辜负组织的培养和村民们的信任。"在她的带动下，下姜村民宿如雨后春笋般涌现，形成规模后，村里又建起了酒吧、咖啡吧、茶吧、啤酒屋、书吧等配套设施，下姜村的旅游业越来越完善。

姜丽娟的成功，也吸引了许多年轻人回乡。

在姜丽娟的带领下，下姜村乘着浙江数字化改革的东风，算好"数字化未来乡村"这笔"数字账"，让村民不用出门，就能在家门口就业；通过 5G 远程医疗，在家就能请到杭州城区大医院的专家给村民看病……他们还通过资源整合、产业链接，打造新时代乡村共富联盟，培育旅游职业技能培训产业、饮品产业（红高粱酒业、天然矿泉水）、中药材产业（黄芪、铁皮石斛）、农产品产业（蜂蜜、地瓜）等 4 条特色产业带，推出"大下姜"区域公用品牌，大大提升了特色农产品的附加值，大下姜老百姓的整体收入每年都有大幅度增长。

现象之三：农为根、旅为形、文为魂

"大家都说，下姜村的发展，就好像一滴水，折射出浙江省乃至全国农村发展的整体状况。那么，这个发展的'整体状况'究竟是个什么状况？"我把这个问题抛给了姜丽娟。

"这个题目好宏大呀，全省乃至全国发展的'整体状况'这个问题，我还真不好回答呢。但我可以回答的是，要想知道像我们这样的村庄的现代化是个什么样，我们下姜村一定有你想要的答案。"她想了想后，坚定地对我说。

农为根、旅为形、文为魂，扎实推动农文旅深度融合发展是现代化农村建设发展的必经之路。下姜村在坚持农文旅融合的同时，不断推进未来乡村建设、数字乡村建设，更好地发展乡村旅游产业、培训产业、农林产业、文创产业，提升新形势下乡村治理的水平，努力把下姜村打造成全国农村共同富裕和农业现代化的先行示范地。

正是因为下姜村的农文旅产业深度融合，姜丽娟才如此有信心。

如今的下姜村，春可赏十里桃花，夏可摘成熟桃子，秋可品新鲜葡萄，冬可尝稀有草莓。走在下姜村的街巷里，在传承淳安水下古城传统酿酒技艺的狮城酒坊，大老远都能闻到阵阵沁人心脾的米酒香；在展示乡村非遗竹编技艺的篾匠铺里，炉火纯青的老匠人双手如飞，一件件竹篾作品栩栩如生；在趣味横生的石头画坊，艺术家们在展现形式多样的山乡艺术……

然而，山多地少、人多地贫，在过去的下姜村，种植售卖粮食作物很难保障村民的口粮。20多年前，全村400余亩的茶园、桑园，总产值不到40万元。由于没有经验，100多亩雷竹基地处于荒芜状态；起步不久的中药材种植业，也因为技术、资金等要素而受限。当时，农业发展举步维艰。正好赶上时任浙江省委书记习近平同志来村里考察，习近平同志详细询问情况后，决定由省里给下姜村派一个科技特派员，指导村里的农业发展。

2003年7月，科技特派员、浙江省中药研究所高级工程师俞旭平进驻下姜村，指导栀子种植产业的发展。俞旭平发挥了"三农"政策宣传队、农业科技传播者、科技创新领头人的作用，并被下姜村聘为"荣誉村民"。到了2010年，下姜村发展了黄栀子基地500亩，生产各类中药材505吨，产值110.8万元；雷竹笋产量15万公斤，产值105.7万元。经省级专家检测，雷竹笋的各项指标都达到了无公害产品的要求，是下姜村第一个无公害产品。

农为根。为了把下姜村的产业发展提升到新阶段，下姜村委托浙江省农业科学院农业自然资源和农业区划研究所编制了《下姜村农业发展规划》，根据下姜村生态环境优越、群众基础良好，但村级经济较薄弱、务农人员老龄化的问题，提出下姜村应充分发挥生态环境良好的优势，依靠科技进步，注重农产品品质和景观效果的同步提升，努力从传统农业向设施型、专业型、高效型农业转变，把现代农业生产基地建设成一个绿色的生态公园，与美丽村庄相得益彰，使现代农业成为农民增收的重要渠道之一，成为社会主义新农村建设的重要支撑。

旅为形。《下姜村农业发展规划》以"绿色精品、休闲观光、梦幻田园"为主线，不断优化现代农业产业的结构和布局，加快现代休闲农业新品种、新技术、新设施的优化、转化和应用，提高现代休闲农业的效益，并综合开发现代休闲农业的生产、生态和生活功能。

下姜村以枫林港为轴线，分南北两片建设成八大休闲观光农业景点园区，其中既包括原来已形成相当规模的茶叶、笋竹、中药材等传统农业种植园区，又规划了水蜜桃、葡萄、草莓、蔬菜等新型设施农业园区。这些园区不仅丰富了山野景观，而且进一步强化了采摘、体验、品尝等生产生活功能，使下姜村成为一个远近闻名的美丽乡村、绿色农产品生产基地和具有乡土田园文化内涵的农业休闲观光区。再加上面积达220亩的葡萄园，下姜村成了淳安县最大的葡萄基地。总投资6000万元、面积18亩的秘境花园于2020年1月开园，其室内种植了郁金香、风信子、绣球百合等100多种40余万株花卉植物，成为淳安县最先进的"室内花园"。目前，三大农业园区已经成为淳安县休闲生态旅游的最佳目的地。

下姜村农业产业、旅游产业的发展催生了更多的新业态。打铁铺、水上游乐、水上实景演出等项目相继落户，编草鞋、打麻糍、开蜂蜜、牛耕等农事体验活动应运而生，村内各种旅游休闲业态丰富多彩。

文为魂。下姜村村民十分珍惜前人的传承，悉心留住记忆中的乡土风情。

为确保村规民约的可行性、科学性，村里主动作为，积极探索，采取了一系列成效显著的措施。比如，组织开展"村规民约一句话承诺"和"家规家训一事理上墙"活动，通过党员带头，结合家风传承、社会主义核心价值观等内容，提炼出符合时代精神的家规家训，用良好家风、家训家规促进乡风文明建设，实现"从娃娃抓起、从源头做起"。再如，为了突出民主意识和法治精神，下姜村简化过去烦琐、复杂的村规民约，形成了"遵纪守法，发现违规违法行为应该及时制止""诚实守信，明码标价，不欺客不宰客"等10条老少皆宜、易懂易诵的约定。对普通村民如此，对党员干部，下姜村有更高的要求。村里还制定出台了《下姜村党员守则》，明确党员干部要"带头遵守村规民约，不能违反章制度"，引导党员干部和群众树立良好的乡风意识。又如，弘扬先进传统文化，推进乡风文明宣传，建设村级法治广场，梳理优秀传统文化精神和农村常见陋习的典型案例，以小故事的形式在广场上展示。针对旅游业经营过程中出现的常见矛盾纠纷，村里为经营业主们打造了极具实用性的普法宣传培训活动，通过提高村民的法治意识来助力乡风文明建设，培养村风质朴、村民实在的乡土风情。

现象之四：乡村振兴联合体

走进距离下姜村几千米外的周家桥村的家庭农场，一群村民正在对香榧进行采摘、分拣、包装、贴标……他们紧张而有序地忙碌着，脸上洋溢着收获的喜悦。

"现在，我们的香榧产品包装上除了注明自家商标外，还可以注册联合体的'大下姜''下姜红''书记进城卖山货'等品牌商标。在大品牌的加持助力下，我们的香榧附加值提高了，销路更广了。"村民小俞高兴地说，"乡村振兴联合体成立以来，我们村时时都有新变化。"

是啊，如今的下姜村发展好了，无论是从集体收入还是从老百姓的个人收入来看，都算是富裕了，可下姜村周边的村民距离走上富裕的道路还有些漫长。那么，富裕的下姜村应该怎么办呢？从淳安县委，到枫树岭镇党委，再到下姜村党总支，大家都在思考着这个问题。

先富带后富，奔赴共富路。浙江省、市、县、镇、村五级党组织达成了共识，明确了总体思路和工作目标，就是以下姜村为依托，努力把共同富裕的"蛋糕"做得更大；以辐射周边村庄为目标，周边村庄抱团发展、分工合作、共享成果，把共同富裕的"蛋糕"分得更科学。

鲁家田村党支部书记汪贤军左手拿着 2019 年 5 月 23 日淳安县委发布的《关于进一步深化"千岛湖·大下姜"乡村振兴联合体建设的实施意见》，右手轻轻拍着红头文件，说："我们鲁家田村现在也可以与下姜村抱团发展了，我们的农产品可以进入大下姜平台销售了，这些农产品的附加值提高了。"

淳安县枫树岭镇大下姜乡村振兴联合体主要通过实施平台共建、资源共享、产业共兴、品牌共塑，整合打造大下姜共富联盟，通过"联建共富平台、联兴共富产业、联享共富生活"的"三联"模式，带领下姜村周边 25 个村庄探索出一条"先富帮后富、区域共同富"的乡村振兴之路。

枫树岭镇大源村党支部书记余金威说："我们共享下姜村的发展成果，在乡村共同富裕的道路上发展壮大，不断缩小与下姜村的差距。"

在党的二十大"党代表通道"上，姜丽娟还向国内外媒体介绍："大下姜区域的油茶籽就要采摘了，我们要借助大下姜区域大平台，由杭州千岛湖大下姜振兴发展有限公司上门收购，统一加工成山茶油进行销售。"

稍做停顿，她接着说："我们推出的'大下姜'区域公用品牌，大大提升了农产品的附加值。如今的山茶油、地瓜干、红高粱酒，凡是印有'大下姜'字样的特色农产品，卖得都特别好。"

提起大下姜的共享酒厂，结对联建的挂职村干部——杭州市委办公厅干部王世文说："这是把下姜村周围七个村的高粱种植、酿造资源集中起来，邀请专家指导，对科学种植技术、酿酒工艺流程、产品营销渠道进行统一规范，打造品牌，有效地提高了产品的附加值，使厂里的高粱收购价格高于市场价，部分利润可以返还给低收入农户，年底，村民们还能分红。"

仅仅一年，共享酒厂便带动各个村集体年增收近百万元。从过去村民种高粱赚不到钱，到现在年纪大的村民种高粱，年轻村民进酒厂练技术，大家都能有活干、有钱赚。

如今，在大下姜周边，一派欣欣向荣的景象，村村携手共建、实施强村富民工程：共享水厂、共享茶厂等"共富工坊"相继建成，特别是建筑面积达 2.5 万平方米的现代的、开放的、科学的大下姜文旅客厅也已建成，大下姜区域 25 个村落各类资源的党建教育中心，展览展示中心，旅游集散中心和农创、文创、科创展销中心都有企业、农户入驻……

"咱们大下姜的人气旺了，到文旅客厅里找个摊位，应该还不错的。"姜丽娟对大下姜文旅客厅充满希望，很有信心，走家串户时，都会去鼓励有创业意愿的农户以自身的特色项目入驻。

"没想到不出家门，就可以多卖 360 元。"家住枫树岭镇离下姜村最远的大源村的村民余兴达很是感慨。

余兴达老屋堂前一排排摆放整齐的金黄色大南瓜成为一道风景线。

有位攀登磨心尖主峰、从余兴达家讨水喝的"驴友",为这堆大南瓜拍了一张艺术价值很高的照片,获得了"摄友"的高度评价,然而再高的艺术价值也解决不了余兴达的困难:这些南瓜一时半会儿吃不完也卖不掉。正发愁该如何处理时,蹲点大源村的枫树岭镇副镇长洪俊成打趣地对余兴达说:"'驴友'拍照片解决不了你的困难,我帮你拍个照片上传到大下姜乡村振兴联合体,由大下姜农产品销售中心统一帮你销售,肯定能解决你的困难。"于是,洪俊成副镇长打开平台,填写相关信息,拍好照片,上传信息,等待反馈,还手把手地教余兴达如何在网络平台上完成操作申请。

乡村振兴联合体建成以来,大下姜的变化有目共睹,老百姓的获得感、幸福感、安全感持续增强。

姜丽娟掰着手指列举起来:一是大下姜的村民生活更显殷实。方便大下姜村民生活的枫常公路、自来水厂、管道天然气等项目全部建设完成,卫生、教育、文化等公共服务设施进一步完善。特别是针对行动不便的老年人,通过大下姜乡村振兴联合体的智慧应用场景,把卖不出去的农产品卖出去,帮助他们增加了家庭收入。二是大下姜的人文环境更具魅力。村里创建9个核心村美丽庭院,实施环境提升"综合整治行动",推进农村垃圾、污水、厕所系统整治,全面实施大下姜的村庄洁化、净化、美化、序化工程,使整个山区水更清、山更绿、天更蓝、村更美。三是大下姜的产业发展更加兴旺。下姜村带头实施了"128"农林产业振兴工程,建成了省级现代农业园区。大下姜的竹林、油茶2个万亩产业基地和红薯、红高粱、葛根、中药材、水果、水稻、茶叶、蜂蜜等9个千亩产业基地,进一步拓宽了增收渠道。大下姜招引落户了杭州千岛湖莫之岛生物科技有限公司、杭州千岛湖下姜妙方农业开发有限公司等规上产业项目类企业,新增工商资本投资近4亿元。四是大下姜的特色品牌更有亮点。下姜村新成立了杭州

千岛湖大下姜振兴发展有限公司，完成了"下姜红""下姜甜"等 300
余个商标品牌注册……

现象之五：梦想开始的地方

一个国家应该有自己的"国家梦"，同样，一个村庄也应该有自己
的"村庄梦"。

下姜村人一步一个脚印地实现了从贫穷到富裕、从"脏乱差"到
"绿富美"的梦想。而且，他们的梦想总是随着国家的发展、时代的进
步而实现的。

"当前，我们大下姜的所有村民正携手迈向共同富裕，在乡村振兴
的大道上一定会有更多、更精彩的圆梦故事。"在接待动画作品创作团
队时，姜丽娟书记信心满满。

如今，绿水青山梦、共同富裕梦……已经成了社会现象和人们共
同的追逐目标。

我和友诺动漫导演汪温林聊起他的《下姜村的绿水青山梦》《下姜
村的共同富裕梦》等动画作品时，他说："我每次走进下姜村，村口那
块醒目的标语牌'梦开始的地方'总能打动我、感染我，总是激励我去
把这些片子做好，更好地推介下姜村，让更多的人认识下姜村，喜欢下
姜村。"

汪温林欣喜地告诉我："动画片设计的一些小创新，应该是达到了
预期效果的。"

当初，他们考虑，一个村庄的梦想是属于全体村民的，假如让人
物原型来配音，将会更有味道，更有质感。

会议间隙，我迫不及待地打开汪温林发给我的动画片《下姜村的
共同富裕梦》的链接，发现为姜林娟这个角色配音的正是姜丽娟本人。

鸟瞰下姜村（图片由下姜村提供）

一下子，动画片里清脆、圆润的声音与我脑海里姜丽娟的声音完美重合了。对于已经拥有室内设计师、民宿老板娘、"85后"村党总支书记、党的二十大代表等多重身份的姜丽娟来说，她又多了一个新身份——动画配音演员。

以姜丽娟为原型的角色"姜林娟"和以姜银祥为原型的角色"姜应祥"是贯穿这两部片子的关键角色。

"动画配音对于我来说，是一个崭新的尝试，让我更深刻地体会

到：有难度的工作才能体现价值；有深度的作品才能实现梦想……虽然我没有什么配音经验，但我就是想把最真实的自己展现给大家。于是，现实工作中的一帧帧画面、一个个故事不断在我的脑子里循环往复。把我工作中的真情实感融入配音，呈现出最好的角色状态；而这部动画作品对于我们下姜村而言，也是一个崭新的尝试，可以通过这样一个新颖的方式进行展示，告诉大家一个真实的下姜，一个有故事的下姜。"

谈到用动画片形式讲述下姜村的绿水青山梦和共同富裕梦，汪温林陷入了回忆中。

他清楚地记得，早在 2018 年，他和友诺动漫创始人张磊第一次去下姜村，就被这里的美丽风景以及村庄美丽蝶变背后的故事深深吸引。

"当我们详细了解到下姜村精准脱贫的故事、保护绿水青山的故事、培养后备人才的故事……我们都特别感动，我们有资源、有力量、有信心把这些故事通过动画的形式呈现出来。"

对于如何把下姜村庄的梦想更好地呈现出来，确保动画场景对现实情况的真实还原，友诺团队数十次前往下姜村、枫树岭镇乃至淳安县实地考察、调研、采风，掌握了第一手的信息资料；他们还特地聘请著名动画制作人深入下姜与村民交流，用无人机等设备的镜头记录下下姜村的实景，对下姜村的道路、民宿、绿水、青山，几乎是 1∶1 的还原。

汪温林说："在制作《下姜村的绿水青山梦》的过程中，我们友诺动漫团队在收集大量原始资料的基础上，展现了极大的热情和韧性，特别是我们团队的一批年轻人，他们也像姜丽娟一样，对下姜村的绿水青山梦充满信心，对与'主旋律'有关的动画创作有了更深层次的理解和把握，真正抓住了整个故事的'魂'。"

确实如此,《下姜村的绿水青山梦》剧照一出来,就受到了动漫市场的认可。它先后获得了文化和旅游部中国文化艺术政府奖第四届动漫奖"最佳动漫作品"、中国动漫最高奖项——中国国际动漫节"金猴奖""红色动漫特别奖"等。《下姜村的绿水青山梦》好评如潮,在许多知名视频平台上播放量都破百万,不少网友在弹幕中表达了对这一作品的喜爱,有的说,"主旋律的动画我喜欢",还有的说,"不错,整部作品画质很真实,看起来很舒服"。

筑梦、逐梦、圆梦,下姜村的梦想一个接一个,一个比一个精彩。党的二十大召开前夕,友诺动漫团队的《下姜村的共同富裕梦》制作完成,并且在浙江卫视、优漫卡通等十余家上星频道以及学习强国等网络平台陆续播出。

这部作品从立项开始,就受到了广泛关注,并成为国家广电总局献礼党的二十大的5部重点动画作品之一。

姜丽娟说:"在动画制作过程中,我们挖掘的素材越来越齐全,全村的发展越来越科学,村民的故事越来越精彩,说不定还有下一个'梦'。"

是的,我也期待着……

(2023年3月于淳安县下姜村)

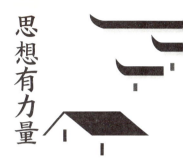

思想有力量

在这个寒冷的冬季，一场名为"推进共同富裕务虚会"的大讨论正在杭州市余杭区径山镇小古城村举行。一时间，会议吸引了3000余位村民的热情参与，他们来自网格之间、田垄地头、樟树树底、"云"上"云"下……

务虚会上，"众人的事情由众人商量"的基层民主协商实践，成为小古城村推进共同富裕的热门话题，全体村民不约而同地想起2005年1月，习近平同志在小古城村调研时，嘱咐当地要加强基层民主法治建设，并服务好"三农"。[①]17年来，这一带有浙江"烙印"的基层民主协商实践，带给全村人温暖和希望。

17年来，小古城村牢记习近平总书记的殷殷嘱托，不断深化完善基层民主协商机制，加强民主法治建设，一步一步向更高质量发展，全村生态环境明显改善，人民过上了富裕、美好的生活。小古城村先后

---

① 戴睿云. 聚合力　奔共富——杭州余杭区小古城村基层民主协商纪事[N].
浙江日报，2022-09-26（1，9）.

获得全国民主法治示范村（社区）、国家级生态村、全国文明村镇、全国乡村治理示范村、浙江省先进基层党组织、浙江省全面小康建设示范村等80余项荣誉。

如今，"众人的事情由众人商量"的基层民主协商实践已经成为小古城村推进共同富裕的强大引擎，不断指引小古城村迈步走上共同富裕的康庄大道。

一

从杭州市民中心出发，我遭遇了一场不期而至的冬雨，雨点飘在车窗玻璃上，那么细、那么密。透过前挡风玻璃看出去，细雨像白蒙蒙的雾，疾驰而过的车辆溅起一朵朵水花。大约一小时后，车子从余杭区径山收费站驶出，进入一片绿色海洋，如同扎进碧浪之中，一会儿是茶山，一会儿是竹林。平坦的黑色柏油路像闪闪发光的绸带一样在林间绕来绕去，把一垄垄茶树、一排排香樟中间的皱褶连缀在一起。再往前行，忽然看见一片广阔无垠的田野，村口"众人的事情由众人商量"的标牌十分引人注目，干净整洁地竖立在浓浓绿色中的农家院落，为风景如画的江南小村庄，平添了几分不一样的色彩。最后，我驱车拐到了小古城村村委会的院子，院内停满了各种汽车。好不容易才挤进一个车位，下了车，便看到了余杭区径山镇共富办主任裘行和小古城村党委委员、纪委书记徐林玲在向我招手。

裘主任工作很细心，考虑得也很周到。由于上午小古城村党委书记林国荣要在径山镇开会，晚一点才能回来，因此裘主任和徐书记安排了几位村民代表在二楼会议室接受采访。我们上楼的时候，便听到二楼靠右到底的会议室传来一阵阵欢笑声，大家好像聊得十分愉快。

会议室里，七八个人围坐在圆桌前，都在听一位年长一点的中年妇女讲着什么，不时地有人在接话、鼓掌。

看到我们走进会议室，大家热情地站起来打招呼，那位中年妇女谦和地朝我们笑笑，说道："大家正在聊咱们村里最近组织的'推进共同富裕务虚会'呢……"

中年妇女叫唐香菊，是小古城村的金牌监督员，也是该村红卫村民组组长，还是茶经餐厅的经理，该餐厅是杭州金巴登实业有限公司对小古城村的投资项目。她们正在聊的是17年前时任浙江省委书记习近平同志来小古城村的故事。

经过刨根问底，我也弄清楚了"众人的事情由众人商量"这一基层民主协商实践。

"十多年来，我们小古城村就是按照这样的思路一步一个脚印地去全面贯彻落实，实现发展为了人民、发展依靠人民、发展成果由人民共享。在我们村，村里的事，大到发展规划、产业发展，小到小区治理、矛盾调解，都是大家一起商量，在商量中朝着共同富裕的方向稳步前进。"真没想到，民主协商实践对老党员唐香菊的影响如此深刻，她还说，"'自己的事情自己干、自己的家园自己建'，这是我们小古

众人的事情由众人商量（图片由小古城村提供）

城村民主协商后达成的共识；'有事要商量、遇事好商量、难事勤商量、做事多商量'，这是我们小古城村民主协商后形成的习惯；'主动参与、广泛参与、深入参与、有效参与'，这是我们小古城村对民主协商的理解。"

"'众人的事情由众人商量、众人的事情由众人监督。'我们的民主协商实践是党建引领下发挥村党委核心领导作用的基层民主协商，通过不断深化完善'议什么、谁来议、怎么议、议的效力'，规范了村、网格（组）两级协商议事工作程序；建立了'群众提、支部审、网格议、代表决、专人督、群众评'六步协商法，还有'重大社会公共和管理事务、建设事项要议，违背法律政策、公平正义、公共利益的事项不议'的'三议三不议'原则，形成'村民监督村事、干部清爽干事、村清民富兴事'的高质量发展良性循环和生态。"和我一起从外面走进会议室的徐林玲接过唐香菊的话说。

"习近平总书记不仅为我们擘画了共富的远景，而且为我们实现共富指明了科学方法，让我们这一代人沐浴着党的阳光雨露茁壮成长，真的很感谢习近平总书记。"早几年返乡创业的大学生、现如今是小古城村后备干部的杨丹华感恩之情溢于言表，"一方面，我们小古城村议事既有老的传统的议事点老樟树下，又有新的现代的议事点云端议事厅，拥有一套完善的群众村内村外零距离参与村级事务的协商机制，实现'小事不出村，大事不出镇'。另一方面，我们小古城村的民主协商机制也在不断发展变化，我们推出了'云上径山'数字驾驶舱，提升基层治理精细化水平，实现治理事项上下联动、内外协同、高效运转；还有以'数字＋农文旅'为特色的社会治安防控、旅游咨询服务、数字化精细管理等功能应用集成，补齐乡村产业信息化和融合发展的短板，实现数字技术和强村富民理念的有效融合，为我们村推进共同富裕提供了制度保证。"她对小古城村共同富裕的未来充满信心。

时隔 17 年，小古城村从名不见经传的"穷叮当"到声名远播的"绿富美"。2022 年小古城村汇报材料显示，全村的人均收入由 2005 年的 6700 元到 2021 年的 50000 余元，增长了 6 倍多；村集体经济收入从 2005 年的 32 万元到现在的 1000 万元，增长了 30 倍多。

2015 年，小古城村向习近平总书记去信汇报十年来的工作情况，中共中央办公厅调研室回了信，肯定了小古城村的工作，并要求村里继续大力发扬基层民主精神，坚持"众人的事情由众人商量"。

窗外，雨好像停了。

裘行主任微笑着对大家说："聊了这么久，我们也来商议一下：是不是该到村子里转转看看，感受一下小古城村的淳朴民风、文明乡风？"

他的这一提议得到了参加座谈的全体同志的热烈响应。

"我们村占地 12 平方千米，是 2003 年 9 月由吴山村、钱家滩村、俞家堰村三村合并而成的，取村名时还有一个小故事呢。有的建议村名叫'吴钱俞村'，各取三个村的第一个字，大家讨论后觉得这个不合适；也有建议以某一村命名的，但又考虑到其他村的村民心里会不舒服。正好我们村是小古城遗址的所在地，最后大家商议就叫小古城村。"徐林玲一边走一边介绍。

原来这就是小古城村村名的由来。

走在小古城村的乡村道路上，宛如走进了人们心目中的桃花源，整洁宽敞的柏油村道、文艺古朴的低矮院墙、曲径通幽的竹林茶园、如诗如画的小桥流水……

不知不觉中，我们走到了村口池塘边的大樟树下。大樟树枝繁叶茂，整个身体向池塘微微倾斜，一根粗壮的枝干伸向水面，仿佛要给来商量、来嬉戏、来避雨的村民撑起一把大伞，保护着、体谅着、安慰着、鼓励着村民；树上斑驳的青苔融入树皮开裂的褶皱里。大樟树仿佛一个百岁老人，在诉说着小古城村的昨天、今天和明天。那根粗壮的枝干上挂着一块木制牌子，牌子上"樟树下议事"五个字仍然那么清晰醒目，树底下湿漉漉的石桌、石凳安静地摆放着，陈设虽然简单，但通过它们，人们可以想象村民议事时发表意见、互相争论的景象……

"我们最初的民主协商工作就是在樟树下面进行的。"徐林玲说。

大樟树下（图片由小古城村提供）

这时，"啪、啪"两声，两滴雨掉在了我的脖颈上，冰冰的、凉凉的，把我的思绪带回到当下，基层民主协商实践的力量在心里滋养，在脑海里蔓延。

绵绵冬雨好像下累了，彻底地停了下来。小古城村党委书记林国荣从镇里开会回到村里，我们相约在老村委会见面。

原来的老村委会如今已经成为径山镇红色地标文化路线的一个党建示范点，接待了省内外来杭开展红色文化主题教育活动的党员群众5000余批次。

老村委会的一层、二层成了村里的养老活动中心，三层则保留着时任浙江省委书记习近平同志调研"三农"工作和基层民主政治建设工作时的原貌。林国荣给我们播放了当时习近平同志走访农户和召开座谈会的录像。他回忆说："当时，是我们老书记俞华松向习近平同志汇报的，我是村委会主任，也全程参加了座谈会。在这次会议上，我们都明白了商量的重要性。"

在《周易·兑卦》中，王弼注曰："商，商量制裁之谓也。""商量"经常出现在老百姓的日常生活中，自带民间的平等与和谐的属性。原来"众人的事情由众人商量"这句简单的家常话里却蕴含着智慧民主的真谛。

"习近平总书记用'商量'一样的话语和我们交流，他亲切的话语老百姓都听得懂，而且直抵人心，我们相信他，然后我们会一直按他的嘱托做下去。"林国荣动情地说。

商量，有商有量，彼此尊重，它意味着姿态的平等谦和、意见的充分表达、沟通的顺畅有效，是一种可以兼顾各方的智慧。

林国荣自豪地说："在我们村，'三议三不议'是原则，但也不是绝对的，旨在通过这一民主平台、渠道让大家可以敞开心扉坐在一起，打开天窗说亮话，不藏着掖着，有啥都表达出来，在相互体谅中认真分析，凝聚成最大共识，让分歧消散于无形，让意见在谈笑间达成。不在'议'的范围里的事情，无论是村干部，还是村民，也都可以把心里面的疙瘩、思想上的负担、情绪上的失落等，拿出来与大家'商量商量'。如今，在我们小古城村没有嘲笑，只有关心；没有背后算小账，只有当面讲大账。总之，最后都会想到一个解决问题的好办法。"

二

从老村委会出来，林书记、裘主任，还有我，大家一边走一边聊，不知不觉中，来到了一栋名为"宁宁民宿"的院落门前。

"宁宁民宿是我们小古城村开的第一家民宿。"林国荣说，"2015年，杭州市委办公厅、市政府办公厅出台《关于加快发展农村现代民宿业的实施意见》后，我们为配合农文旅发展，配套推进了民宿业建设。虽然小古城村位于径山镇，地理位置相对优越，但它离有着"江南五大禅院之首"美誉的径山寺却还有一定距离，过夜游客一般会住在径山寺附近的民宿，其他游客则当天来回，不存在住宿问题。所以，当时在小古城村，开民宿能否赚钱还是个未知数，一时半会儿没人敢也没人愿意投这个钱。大家商量后认为，村里的党员应该带个头，起个示范引领作用。参加议事的党员朱德强很想为村里分忧解难，但是他在外面承包了工程，手上有一大摊子事情，手下一大群人需要他负责管理，分身乏术。后来，他全家一合计，决定由他的爱人龙丽娟来干。宁宁民宿就是用他们家大女儿的小名宁宁来命名的呢！老板娘很能干，把宁宁民宿经营得风生水起了。后来，他们提出想承包一些村里的山地来打造'未来家庭农场'，村里认为这种想法有利于促进产业发展，应该全力支持。鉴于土地已经全部流转，村里便召集浙江金成集团有限公司相关负责人、村党委委员、民宿业主一起协商，最后从浙江金成集团有限公司承包了朱德强家住宅附近的 300 余亩山地，以经济合作社形式开起了'未来家庭农场'。客人入住后就能采摘冬笋、欣赏鲜花、种植蔬菜……就能以一种健康的、绿色的、养生的休闲方式调整生命的状态，激发生命的潜能。"

这时，正在院子里忙碌的中年男人看到了我们，便招呼了起来："林书记，进来喝杯茶吧！"

"不会耽误你的生意吧？"林国荣问。

"不会的，不会的，来吧来吧！"中年男人再次邀请。

"现在民宿的入住率高吗？有没有困难？"林国荣又关心地问。

"现在生意差一点。刚才有 2 个买笋的订单，还有 5 人住民宿，都在网上下的单。已经处理好啦！"中年男人微笑着回答。

我们走进院子不到 2 分钟，一个精明能干的女人便用盘子端着 4 杯冒着热气的茶走出客厅，十分客气地一一递给我们，好像知道我们要进她家的样子。

林国荣告诉我，精明能干的女人就是老板娘龙丽娟，虽然她不能判断我们要不要进她家去坐坐，但热情泡茶是她的待客之道。林国荣还告诉我们，春笋出来时，她都会亲自上山挖笋，每天要挖 2000 多斤呢。

坐在宁宁民宿的客厅里，我们围绕小古城村的产业发展问题，一起来"商量商量"。

"我们小古城村真正迈上发展快车道，应该是从产业发展开始的；而我们推动产业发展，则是从基层民主协商开始的。有了民主协商，村里的产业发展遇到瓶颈也不怕，只要我们坐下来协商，通过协商总能找到办法扭转局面，让产业发展的道路更顺畅。"林国荣说。

"过去，我们村里多是零敲碎打的土地流转，也引进了一些大大小小的项目，为村里的产业发展发挥了积极作用。"朱德强回忆当时的情况。

要想招商引来"金凤凰"，必须结合实际"出新招"，这成了全村人的共识。为此，2010年小古城村党委通过村民小组会、户主会、村民代表大会等层层议事的方式，决定创新产业发展方式：由村经济合作社将全村1.3万亩土地进行整村流转，再由村经济合作社将土地整体租给乡贤企业——浙江金成集团有限公司，投入60亿元开发"小古城休闲之窗"项目。这个创新方式既帮助小古城村摆脱了村集体、农民增收困难的窘境，又解决了小古城村剩余劳动力安置和产业结构调整的问题。

"即使是现在看来，能完成如此大规模的土地流转，也是与我们村健全的、成熟的村民协商机制分不开的。"林国荣说，"'小古城休闲之窗'项目为村里带来的变化是巨大的、可喜的。它平均每年为村集体和村民带来八九百万元的流转整租收入，建设了老杭大民宿、茶经餐厅、阳光农场等精品民宿、休闲农场，这就是我们小古城村精品旅游业的前身。"

"产业发展，大到土地流转这个重点难点，小到运行投诉这个痛点苦点，小古城村都能通过协商圆满解决。"裘行主任接过话茬说。

随后，裘行主任向我们讲述了小古城村前后两年发生在中秋节里交通由拥堵到畅通的故事。发生在前年中秋节的农村大堵车，在他的印象里很稀奇，更何况堵成一锅粥，抱怨投诉特别多，让人难以想象。而去年中秋节，在外来游客多一倍的情况下，交通却保持畅通无拥堵。

同为中秋节，两年各不同。其实这个不同的背后，是协商的结果。

那他们到底是怎么做的？原来，小古城村党委班子再次拿起了"众人的事情由众人商量、众人的事情由众人监督"这一武器。他们第一时间与小古城旅游发展有限公司研究，邀请村民来协商，并达成共识：无论是村民的获得感、体验感、幸福感，还是外来游客的获得感、体验感、幸福感，都关乎小古城村的品牌形象和综合效益。他们又拿出三条实实在在的举措：一是腾挪出空间，每逢节假日，拿出村里现有的公共停车位向游客开放；二是管理与监督，成立节假日交通疏导志愿队，在节假日期间进行义务疏导和监督，志愿队主要由村两委干部、旅游公司管理者和村民共同组成；三是建立好机制，明确节假日实行潘双线单边临时停车新措施。

就这样，小古城村的节假日交通拥堵问题就解决了。

裘行主任告诉我："近年来，在小古城村党委的带领下，村民们通过协商议事，群策群力，在推动产业发展、综合整治、环境提升、村民自治等方面取得了实实在在的成效。"

如今，站在村口，放眼望去，长长的彩虹滑道上不时有游人从顶端飞奔而下；巨大的爱心形状的竹林迷宫传来阵阵欢声笑语；整洁的环线绿道上一辆接一辆的小红车在疾驰，一条条旅游流线串联起小古城村的最美风景，形成一个又一个乡村旅游攻略……

小古城村党委一班人深刻认识到，要想让小古城村以及周边地缘相近、禀赋类似的邻村，产业能够得到更好发展和持续升级跨越，实现共同富裕，必须用好协商协同的机制，让附近村庄"抱团"融入发展圈。

我们认为，农村共同富裕路很好的路径方法就是联村协商、优势互补、共同发展。小古城村党委书记林国荣说："我们已经与全镇同属苕溪一带的潘板桥村、漕桥村、求是村、桥头社区共学共商共建共享，一起走在协商共富的大道上，更好地统筹起我们的乡村产业资源。"

三

阳光农场、玫瑰花园、亲亲牧场、金色池塘……

香樟葳蕤、银杏叶黄、茶园广袤、竹海苍翠……

唐朝诗人王维在《田园乐七首·其六》中所描述的"桃红复含宿雨，柳绿更带朝烟"不正是小古城村现在的样子吗？然而，小古城村的过去并没有这么好，美丽的生态田园环境曾出现过被破坏的风险，村里也发生过古树、名树险遭"卖身之变"的风波。

最终，在破坏与保护之间，小古城村选择了保护；在利益与环境面前，小古城村选择了环境。

小古城慢谷（图片由小古城村提供）

17年前，杭州的房地产、园林绿化等行业迅猛发展，树木收购行业悄然兴起。这些行业的从业者把目光瞄向农村，想要收购村民房前屋后的古树、名树。有的村民缺少生态环境保护意识，有的村民为了得到眼前的一点利益，便将自家的银杏、香樟等名树变卖了。这一切，让村民应掌虎看不下去了，特别是当他得知父亲要将哥哥家的百年香樟树进行售卖时，他毅然决然地阻止了父亲。

古树长大需要上百年，砍倒卖树却只需一瞬间。他可以阻止自家的大树被售卖，但全村的大树又该怎么办呢？他联想到"众人的事情由众人商量"的民主协商议事实践，便找到村党委，要求议一议保护大树的事。

协商在村口大樟树下进行。

随着协商进程的深入，应掌虎借鉴国内外经验，想到了一个家家户户都来保护大树并享受大树红利的方案。他个人出资10万元，作为大树保护的启动基金，再由村党委与村民签订大树保护的协议。

协商带来示范效应，村党委立即召开班子会议，讨论大树保护实施方案，经村党委、全体党员、小组长、村民代表等认真商议，拟定了《小古城村大树挂牌协议》，确定将全村农户房前屋后直径200厘米以上的香樟、水杉、银杏等品种树木编号，实行永久性保护，每株上牌树木一次性补助50元培育保护费，并签订树木保护协议，村民对自家上牌树木享有所有权、管理权，该协议由村民代表大会一致通过。《小古城村大树挂牌协议》成为小古城村生态保护的一个"里程碑"，小古城村还协议出台了"生态建设条例""护林公约"等，实施封山育林政策，建立了村生态发展基金，采取古树名树普查、禁养禁捕、茶树医保、植树绿化、保洁队伍组建、"清洁绿化户"评选等一系列生态保护措施。

林国荣满怀深情地讲完全村协商解决、村民应掌虎提议保护古树的故事后，说道："我们不仅有保护古树的议题，而且有保护古遗址的议题。小古城村能建设成美丽乡村，离不开那时候就生态保护达成的共识，以及打下的环境底子。"

小古城村依托优美的生态环境和深厚的文化底蕴，通过村里的民主协商，不断规划 12 万平方千米村庄的全面建设，加大基础设施改造力度，美化生活、生产、生态环境，优化布局村落结构等一系列有益于生态保护的举措，建成了村民们心目中宜游、宜业、宜居的美丽乡村。

朱德强的房子集民宿和自住于一体，属于"未来家庭农场"的一部分，总感觉还是有一些经营的味道在里面的。"我想去普通的、不开农家乐、不做任何生意的那种农户家里看一看。"我向林国荣书记提出我的想法。

"唐香菊家呀，上午参加座谈的唐香菊，她家就属于这个类型。"林国荣对我们说。

唐香菊家住前卫村民组，有点路，我们便驱车前往。

"农民的一扇门，代表着时代的一扇窗，小古城村也是从晴天一身土、雨天一身泥变成现在的青山绿水丽日蓝天的。"林国荣一边开车一边说。

很快，我们来到了唐香菊家门口，透过院墙，看到唐香菊正在用水管冲洗院子地面。林书记高声喊道："唐姐，唐姐，我们能到你家看看吗？"

唐香菊看到是我们，开着玩笑说："搞突然袭击呀，也不提前说一声，我好准备准备！"

唐香菊打开门，把我们带进院子。这是一栋装修考究的三层别墅，楼前有庭院、院内有假山，楼后有菜园、园内养着鸡。干净的大理石地面如镜子般能映出人的倒影，我们实在不好意思踏入唐香菊家的客厅，我连忙说："唐姐，有鞋套吗？""不用的，不用的，进屋吧，回头擦一下就好。"唐香菊笑着回答。

"以前城里人到我们农村来，觉得农村比较脏；现在城里人到我们农村来，看到农村的房子里都很干净，就像你一样，要求穿鞋套再进来。"真诚的唐大姐虽然没有显摆的意味，但我们还是感觉到，幸福生活让她内心很自豪。

走进唐香菊的家，装修风格自不必说，让我惊讶的是她家里几乎没有一点灰尘，玻璃上也几乎没有一点印痕。起初我还是有点不相信的，便借参观的理由，在唐香菊家的门背后、门把手处都擦了擦、摸了摸，结果手上仍然没有一丁点儿灰印，窗明几净、一尘不染。

唐香菊煮好了茶，坐了过来，也许是遇到干净的环境，我们聊天的心境也悄然地发生了变化，我们聊得特别欢畅。

"你看，现在透过我家院子的铁栅栏，就可以将家门口的风景一览无余，外面的人也可以看到我的院子。其实，这样低矮的围墙也督促我要把家弄干净，这在过去是不可想象的。虽然我家不是村里最先降围墙的那 19 户之一，但是他们家的变化，决定了我新造房子时必须考虑把围墙降下来。"唐香菊说。

"降围墙，也算是我们村基层民主协商机制推动解决的一桩难事。"林国荣接过话茬说。

小古城村主干道潘双线沿线是小古城村的门面，这个沿线有 19 户村民。他们门前的高墙，虽然看上去可以有效地维护家庭的安全和隐私，却阻隔了群众之间的真诚交流，阻挡了小古城村的整体景观视野，阻碍了小古城村向村落景区发展的步伐。

问题面前，小古城村该怎么办？该往哪里走？

村党委研究后认为，把围墙降下来是解决问题、实现目标的最好办法。

那么，问题又来了：围墙到底怎么降？又从哪儿开始降？

村党委一班人铆着劲要把降围墙这个好事办好，他们通过协商议事会进行专场协商，讨论先从拆掉大家的"心墙"开始着力。

"为了确保拆改好、拆成功，并不留后遗症，我们充分发挥'众人的事情由众人商量'的民主协商实践的优势，邀请镇里驻村干部、村班子全体成员、19户村民、村监会委员，以及村里关心围墙改造的村民代表，确保每一个代表的意见和建议都得到充分的表达。"林国荣回忆道。

针对有的村民认为围墙拆改后无法融入村里的整体景观视野，有的村民担忧围墙降低后庭院安全难保障等问题，大家在协商中达成共识，最终仅用10余天时间，就求得了降低围墙的最大公约数。

"如今，围墙变矮变美了，全村公共景观与美丽庭院完美地融为一体，我们的村落景区更加漂亮、更加迷人了，从哪个角度看都像一幅画。新造房子的农户都会把围墙降下来。"唐香菊接过林国荣的话表示，她特别喜欢现在这样低低的、透亮的、美美的围墙。

"育山林、护溪河、降围墙、清土地、整立面……围绕事关村容村貌改善、环境改善的大事要事，村党委都要经过层层发动，通过村党委会议、户主会议等民主协商形式，让村民们在协商中能看到远景，会算长远账。"林国荣说。

四

17年来，小古城村的民主协商机制不断完善，效果越来越好，助力经济发展的飞跃、社会文明的进步、村民素质的提升，以及共同富裕的梦想。

随着基层民主协商制度的落地生根，小古城村村民的主人翁意识不断得到激发、增强，大家主动协商选题、积极议事、出谋划策、商量解决。

"村民遇到突发性急难事情，村里应该怎么办？"

2010 年初，村党委书记俞华松倡议要建立"小古城村慈善救助基金"，主要救助突发急难或罹患绝症、重症的村民。2010 年 9 月，"小古城村慈善救助基金"建立，俞华松书记带头捐款 10000 元，并在村民代表大会上宣布每月再捐款 1000 元。其他村委干部、党员也不甘落后，纷纷表示每月要捐一点。大家都明白，虽然俞华松在担任书记前经营了企业，有一定的经济基础，但是每月 1000 元捐款还是有难度的，但他一直在坚持着，而这样的坚持又是多么不容易！很多村委干部、党员也都持之以恒地捐款，有的每月 300 元，有的每月 500 元，使基金池的"慈善救助金"不断得到增长。

2011 年上半年，小古城村一位 30 多岁的村民因故受伤，得到"小古城村慈善救助基金"5000 元的支持；今年有位村民患重病住院，得到"小古城村慈善救助基金"3000 元的帮助。"小古城村慈善救助基金"对突遇急难的贫困村民来说犹如雪中送炭，受到全村村民的欢迎。

"村里发展过程中遇到新矛盾，村民应该怎么办？"

小古城村民给出的答案是：大家都来出主意、想办法，共商共议形成最合理的方案。

比如，按理说，村里古灵精乐园新开发的游乐项目，在对外经营的同时，也应该方便本村村民。

暑假期间，小古城村古灵精乐园没有考虑到本村村民游玩体验的特点，而是按照以往惯例，上午 9 点开门，下午 5 点关门，导致本村村民特别不方便，是想进而不能进，再加上本村村民进一次需要 40 元，如此累计下来，有些吃不消，于是他们想进而不敢进。

前几年嫁到温州，如今又返回小古城村创业的"90后"村民杨丹华告诉我："我有两个孩子，晚饭后天气还好，我就想去村里的古灵精乐园遛遛娃，正好遇到'不能进''不敢进'的问题。同时，我还询问了20多户和我有差不多想法的村民，大家都有相同的感受，希望增强村民的幸福感、获得感。在这方面，每个村民都有义务向村里提出意见和建议。"

杨丹华与有共同诉求的3位村民正式向村党委提出建议。协商议事不过夜，村党委、旅游公司、乐园管理人员及包括杨丹华在内的部分村民立即开展论证工作，经过几轮不同层面的协商议事后，不到一个月便敲定了解决方案：一是明确了乐园关闭时间从下午5点延迟至晚上7点；二是明确了小古城村村民仅花100元便可以办一张乐园年卡。

新方案一出，便实现了双赢，既让本村村民更方便、以更优惠的价格享受游乐设施便利，也让经营方——古灵精乐园盈利。

村民的意见、建议都能得到村党委的重视和回应，这更好地激发了全体村民的主人翁意识。围绕村里的新生活新经济、新零售新就业等，村民们都踊跃地参与其中，主动参与、广泛参与、深入参与、有效参与。

在此基础上，小古城村的民主协商议题还在不断地向内深化、向外延伸。既有共性的，也有个性的；既有历史文化的，也有清廉建设的……

村干部们积极引导，组织村里从事农文旅产业的企业经营户、乡贤企业家，以及拥有闲置空房和停车空间的农户来参与协商。无论是原乡人、归乡人，还是新乡人，大家都可以在平台上自主议事，通过民间协商来解决过去存在的、当前发生的问题，实现合作共赢。

如今，连绵绿道串联起了村史馆、清新茶园、河边樟树等清风节点，勾勒出新时代的清风廉路。政治生态和自然生态同频发展的画卷徐徐打开……为推动廉政建设，畅通百姓知情后的反映渠道，村干部纷纷走进"清新茶园"，探索线上线下"田园问事"：通过打造多个"民情观察站"，设置"众议码"，村民在线上扫码登录"民情系统"就能提出意见、建议；线下村两委干部通过日常深入田间地头广泛收集问题线索。收到"个别村干部履职不力、暗箱操控住宿标准的行为属于恶性竞争"等意见、建议后，村两委开展"樟树议事"。村监察工作联络站同步形成"樟树议事会事项跟踪记录单"，通过跟踪记录单履行监督责任，针对百姓关注的10余项在建工程全过程跟踪监督，责任到人。同时，还督办跟进其他重点问题，确保件件有回应。

告别小古城村，天空已放晴，再次从醒目的"众人的事情众人商量"标牌前经过，未来农村共同富裕建设需要更便捷更高效的"有事商量办"的想法在我脑海中形成。

（2022年12月于余杭区小古城村）

智慧有未来

在杭州，很多人在居住环境上似乎讲究个闲情山水、"以西为贵"，那种自豪的"城西情结"更像是一个老底子杭州的标签，渗透到了骨子里。

或许有人说，此类说法失之偏颇，杭州又有哪个地方不是宜居之地呢？但从房价这个视角来说，城区部分总体城西高于城东，却是个不争的事实。像我们这样属于工薪阶层的新杭州人，早几年买房时，由于自身实力不厚，又无外力可靠，只能量体裁衣，选择了当时房价较低的城东——下沙。几年时间住下来，下沙的变化也可以用翻天覆地来形容，经历了杭州经济技术开发区、钱塘新区、钱塘区等几次较大的行政区划调整之变。

但也有永恒不变的，如穿城而过的钱塘江，还有声如雷、鬃如雪的钱江潮。记得刚住过来的时候，有事没事就喜欢往钱塘江堤这边跑，这几年宽阔的江岸更成了人们的向往。以前来江边是为了欣赏，现在来江边则成了习惯，有潮的时候看看潮，没潮的时候发发呆，想想都觉得是一件非常惬意的事。

　　站在钱塘江北岸的绿色长堤上，我的面前是滚滚钱塘江："落霞与孤鹜齐飞，秋水共长天一色""沙鸥翔集，锦鳞游泳，岸芷汀兰，郁郁青青"。我的身后则是熟悉的地方：不仅有杭州城市风貌样板区——钱塘金沙湖城市新区，而且有高校云集的大学城、高新产业集聚的科学城，更有20余万人诗意栖居的沿江住宅区。蔚蓝的天、洁白的云、翠绿的树、漂亮的城……新城区一直美到天际，新天堂的生活宜居宜学宜业宜游。而江的对面，对于我来说却是陌生的。在与我们同属钱塘区（曾被称为"大江东"）的那片沃土上，百万亩海涂粮田伴着潮起潮落，见证了钱塘人耕海牧渔的年轮更替；如今，在推进共同富裕的大道上，勇毅前行、砥砺奋斗的钱塘人，正在全力打造全域创新、全域智治、全域美丽、全域共富等"四个全域"和"两个先行"样板。那里的故事于我而言显得有些神秘，我一直在等待机会去探个究竟。

　　根据这次写作计划，我需要选取纯粹意义上的农村。或许是因为杭州市农业农村局（杭州市乡村振兴局）的工作人员认为，钱塘区已经没有纯粹意义上的农村了，也或许是因为他们认为钱塘区农村的标识度不太高，所以他们并没有向我推荐钱塘区的农村。

　　我是钱塘区的居民，这里也算是我的"第二故乡"。也许是因为"私心"作祟，我想在这次写作计划中，也应该有我的"第二故乡"的故事。于是，我联系了钱塘区委办公室副主任毛佳瑜，请她帮忙寻找并推荐这样的村落。听我谈了想法后，毛佳瑜副主任说："我们河庄街道江东村就是这样纯粹意义上的村庄，那里村民的幸福日子就是我所向往的生活。我去过，而且真切地感受过！"

　　我当然相信她，便决定去追寻那向往的生活。

一

　　有意思的是，江东村的"江东"与大江东的"江东"却不是同一个意义，现在的江东村是 2005 年由河庄街道原江建和新东两个经济薄弱村合并而成的，取名时考虑到村庄地处江东新城，便从两村各取一个字，恰好组成江东村。

　　那么，毛佳瑜向往的生活是什么样子的呢？探访前，我请她帮忙协调采访的相关事宜，同时明确提出不要人陪同，并不是为了面子，而是不想有被人领着走的感觉。看到我的坚持，毛佳瑜答应我，她自己不去了，但她还是觉得要有人从中协调联络。最后，她安排了钱塘区委办公室政研科负责人陈珊和我一起去。不巧的是，采访那天上午，陈科长手上有一个很重要的稿子要交，她只好满怀歉意地表示，待手头的活忙完马上赶过来。我特别理解码字人的辛苦，便劝她不用过来。

　　就这样，在那个秋天的清晨，我独自一人驱车前往。过了江东大桥，车子穿行在高新科技与传统工业交织的产业园里，当导航显示快到江东村时，我却还未见到农村的影子。我心里想，这哪里是农村，不就和江对岸的金沙湖城市新区一样吗？这难道不就是杭州市农业农村局（杭州市乡村振兴局）的朋友未推荐钱塘区村庄的主要原因吗？正当我为那向往的生活略感失望的时候，车子已经驶入江东村，路边鲜花悄然盛开，绿树成荫，灌木成墙，高楼隐蔽，取而代之的是一排排白墙黛瓦、错落有致的"杭派民居"，一种水墨江南的感觉不期而至。民居前有一片很大的农田，长势喜人的水稻随着炎热的风层层翻浪，稻田边上有两位穿着很文艺的作画者，他们一会儿沉思，一会儿挥笔。这里是都市里的村庄、城市中的花园,村在城里藏、人在村中走、画在心上涌。这或许就是毛佳瑜所"向往的生活",不也正是我们"向往的生活"吗?

呼吸着青草的气息和泥土的味道,享受着清晨自然宁静的时光,我不自觉地吟诵起孟浩然的《过故人庄》:"故人具鸡黍,邀我至田家。绿树村边合,青山郭外斜。开轩面场圃,把酒话桑麻。待到重阳日,还来就菊花。"诗中那种亲切自然、生活气息浓郁的氛围感,我在江东村也能感受到。虽然在围垦而成的江东难以见到"青山",但江东村的美好就如乌托邦一样填满我的心灵。

这么好的田园风光岂容错过!我没有急于去村委会,而是停好车子,在稻田的田埂上闲庭信步,呼吸着久违的乡土气息,仿佛置身于老家的田间地头。如果此刻能和农民兄弟一起拉拉家常,就更符合我的心境了。

正当我低头沉思时,一阵脚步声由远及近。抬头一看,一位留着齐耳短发的中年大姐向我所在方向走来。她右手拎着环保袋,袋里新鲜的芹菜叶子探出了头;左手握着手机,旁若无人地刷着短视频。她脚下的路好像不是路,而是祥云;她笑容灿烂,洋溢着幸福和满足。我暗笑,自己的运气真好,正愁无人可以了解情况时,大姐恰好出现在我的眼前。

机会不容错过,我三步并作两步上前,拦住大姐的去路,笑着问她:"大姐是这个村子里的吗?能占用一下您的时间和您聊聊吗?"

大姐关掉手机里的短视频,上下打量我一番,向我提出了她心中的"哲学之问":"你从哪里来的?到村里来干什么?"

了解到我的行程和目的后,大姐看了一下时间,离回家烧饭时间还很充裕,于是,便和我聊了起来。

大姐姓杨,是土生土长的江东村人,刚刚买好菜准备回家烧饭。

江东"粮仓"（图片由江东村提供）

杨大姐告诉我，面前的这片稻田有300多亩，大家都说这是钱塘区的核心腹地，河庄街道的健康绿肺，江东村的共富宝地。稻田边上的乡村别墅有25套，全部都是本村村民的，另一边则是杨柳依依、小荷零星的滨河景观带。再往里走，就是闲梦江东农业综合体。

"我们这片稻田拍出来的照片太好看了，我在手机里看到过摄影师拍的一张照片，那是无人机从空中往地面拍的。整片稻子金黄，其中一块是用彩色稻设计的袁隆平头像，是我们闲梦江东农业综合体培育起来的'稻田画'。像这样一幅画，从种植植物到形成图画，需要经过选育、设计、测绘、插秧、田间管理等很多个环节的保护才能形成。"与土地有着特殊感情的杨大姐激动地告诉我。

这种"稻田画"，江东村已经连续"画"了4年。

我们正聊着，这时有几个人往村子里来了，看得出来杨大姐和他们很熟悉，热情地打着招呼："翁主任来啦！"

原来他们都是河庄街道的干部，到村里来商量下午的直播带货事宜。领头的那个年轻人叫翁柘文，是河庄街道分管农业的党工委委员。杨大姐笑着对我说："翁主任（当地群众一般习惯性地将驻村干部称呼为'主任'）管农事，来我们村的次数最多，对我们村最了解也最熟悉。大家都说，我们村的事情我们知道的他都知道，我们不知道的他也知道。我要回家烧饭喽，你不了解的事情都可以找翁主任。"

杨大姐未经翁柘文的同意便把我"扔"给他，自己急匆匆地走了。我只好尴尬一笑，两手一摊，向翁主任表达了歉意，并询问翁主任能否给我一点时间。

翁柘文看了下时间，觉得下午的工作还来得及，便让几位同事先去安排起来。

也许是分管农村工作的缘故，翁柘文是一个"懂农业、爱农村、爱农民"的年轻基层干部。他的话语体系里，全部都是农民的话，大家都听得懂。

他对农村工作竟然"一口清"，不管是江东村、河庄街道还是钱塘区的农村工作，他都了如指掌。

他说，发展虽然很重要，但粮食安全更重要。每项能与粮食挂上钩的工作都不能有任何的马虎，每个村庄都要守好自己的底线，把自己的这一关当作最后一关。对于粮食安全问题，要牢牢守住18亿亩耕地红线，坚决遏制耕地"非农化"，防止"非粮化"，在江东村落实规范耕地占补平衡的政策。

所以，在眼前这片稻田，我们看到的不仅是乡村风景，更是中国人的饭碗必须牢牢掌握在自己手里的理念。我们通过科技投入、应用，保证了粮食安全。以前都是人工收割，耗时长而且成本高。现在插秧、打药和收割都是用小型机械操作的，平时只要牢牢抓住栽培管理的时间节点，开展作物的病虫害防治等工作就好。他掰着手指给我讲解现代农业农作物成长收获全流程，比如：通过无人机打药，可以节省不少人力；收割机收割，十几分钟就能收完一亩地；再紧接着，粉碎机就地粉碎秸秆，实现农作物有机肥直接还田。

稻谷进仓、秸秆粉碎、田地翻耕、穿沟起垄等步骤全部一次性到位后，紧接着再开启下一个现代化种田的流程。

不知不觉间，我们来到了稻田的中间，翁柘文说："我们脚下的这片区域，原来是一个杂乱无章的地方。为规范农业生产发展，发挥土地集中连片优势，满足高标准农田建设要求，我们按照创建农旅融合一体化生产综合体的需要，开展了'旱改水'项目建设。

"项目建设之初，我们就坚持'相信科学不盲目，深化改革不犹豫'，充分发挥专家服务团的技术优势，把种田和种景作为一个过程的两个结果加以推进，积极创新农业生产服务模式，促进农村产业与美丽田园的融合发展。"

聊到兴头上，翁柘文义务为我当起了导游。他带着我在村子里转悠，从水清岸绿的河道、齐整洁净的马路、鳞次栉比的村居，到善企科创园、沙地红色纪念馆等，他一边走一边给我讲发生在江东村的故事。

不知不觉中，我们来到一家名为"诗夏"的咖啡馆门前，整个咖啡馆都隐藏在绿意盎然的院子中，只有一条青石板路通往咖啡馆的玻璃移门。走进店内，可以看到三把深蓝色的扶手椅，整齐地放置在吧台前，吧台上一把咖啡壶正氤氲出一缕缕白色的水汽，边上还整齐地码着陶瓷制的各类小工艺品。

店里坐着一群年轻人，有的正在轻声聊着什么，有的在笔记本电脑上认真地工作，有的在悠闲地看着书，每个人面前都煮着自己喜欢的咖啡。

有这么多的年轻人扎根在农村，这让我欣喜不已。也许是受环境影响，翁柘文委员也来了兴致，自掏腰包请我喝了一杯咖啡。还真别说，在现代化的农村喝一杯咖啡，味道还真不一样，我想这也许是一种感觉，一种心境吧。

小坐片刻，翁柘文又陪同我来到江东村文化礼堂。我们正准备上楼时，院内响起了汽车喇叭声，原来是钱塘区委办公室的陈珊科长忙完手里的稿件后从区里赶过来了。在我们相互打招呼的间隙，从二楼大会议室下来了几十个充满朝气与活力的年轻人。

看着眼前年轻的翁柘文、陈珊，再看看从文化礼堂里走出来的年轻人，我觉得这委实是一件新鲜事，便不由自主地拦住两个阳光帅气的小伙子，询问他们来这里干什么。这时，从楼上下来的江东村党总支书记、村委会主任方建庆接过话茬说："他们都是街道统一为各村招的后备干部，安排我给他们补基层课呢！"两个年轻人看我们接上了话，便礼貌地离开了。

二

年轻人多的地方就是好，一个地方如果年轻人多了就会更加有活力，特别是在农村。或许这里已不能称为完全意义上的农村了，但我还是觉得，江东村能够聚集这么多的年轻人，真的很了不起！

工作在江东村、生活在江东村、娱乐在江东村……想想都有些兴奋和激动。

"这就是我们江东村坚持与其他村庄错位发展，打造以现代农业、教育文创为主体的农科教融合发展的产业新格局，所带来的可喜变化。"方建庆感慨地说，"我们摸索实施一段时间后，自己判断这个错位发展的产业肯定能火，但是完全没有料到会有这么火。"

好一个"错位发展"！突然听到这个理念，我一下子对这个村党总支书记刮目相看起来，我的脑海里立即浮现出习近平总书记在浙江工作期间，为杭州市淳安县枫树岭镇下姜村的建设发展"把脉开方"的场景，他为下姜村开出的第一剂药方就是叮嘱他们要"错位发展"。[①]

至此，我细致地观察着坐在我面前的方建庆。可能是要为年轻人上课的原因，方建庆上身穿着浅蓝色衬衣，下身穿着深色休闲西裤，十分得体，显得人不但年轻，而且活力十足、干净清爽。他的目光里流露出坚定的自信。

交谈中得知，方建庆还是浙江省人大代表。我对方建庆结合江东村特点，提出"农科教融合发展"这一有别于其他村庄的发展思路，产生了浓厚的兴趣。江东村"农科教融合发展"理念的最大错位优势，就是他们抓住了"人"这一发展的最原始要素，更何况江东村吸引的是更多的年轻人。

无论是在各级领导眼里，还是在普通大众的心里，江东村过去的资源优势都不明显，而且在合并之前，它属于原萧山区的两个底子薄弱的村庄。

据村庄里的老人回忆，他们年轻的时候不怕吃苦，把围垦的堤坝筑起来了，把潮水挡出去了，把家园守护住了。但是，由于常年潮水漫灌形成的盐碱地、流沙土质，围垦的土地很难种出什么好庄稼来。大家感叹说，再怎么奋斗、再怎么努力，大家的日子过得还是很穷。于是，江东村的村民们"喝咸水，住草舍，睡白沙滩，吃夹着小石子的米饭"，就这样过了很多年。

"由于村里贫瘠的沙土地、坑洼的泥土路、无尽的纠纷事……不仅

---

① 摘自淳安县档案馆馆藏档案。

很少有外面的年轻人进来，就连本村里的年轻人都想往外面跑。后来，我们抓住了浙江省开展美丽乡村建设的契机，结合江东村的实际，找到了错位发展的路径，并坚定地贯彻落实，彻底改变了这种局面。"方建庆说。

"合并之初的江东村还是很落后的，穿村而过的江东直河水是臭的，村子里乱搭乱建的问题也很普遍。像我们村子里的这条主通道，一到下雨天，就有车子陷进泥里，再加上村党总支班子的威信又不高，那时候当江东村的书记真是难啊！"方建庆回顾上任之初的场景时，心情依然那么沉重。

"美丽乡村建设是江东村发展的一次重要机遇，我们村两委班子把搞好环境整治作为实现'错位发展'的前提条件，认真去理解，真正去落实。

"我们从村民的生活环境优化改善入手，紧扣'生态立村'的理念，开展庭院绿化、道路整治、江东直河改造等，凡是与'生态立村'理念不相符的问题和现象，我们都会积极去做、去整、去改，而且是进行全域整治。哪个问题最难，党员就站在第一线，干部就冲在最前面。

"违建围墙拆除是我们江东村建设美丽乡村、打造宜居乡村道路上的一大'拦路虎'。"方建庆说，"为了说服村民，顺利完成违建围墙的拆除，我们制定了'打好一张牌''画好一张图''算好一笔账'的三步走战略。

"这样做的好处是，我们通过以情说理的方式来说服村民主动拆除违建围墙，清晰谋划发展蓝图，增强村民的获得感，算好全村的账，明确村民的未来收益，让村民们看得清清楚楚、明明白白，看到并感受到村两委真诚、真实地为村民去考虑、去努力，村民们也由开始的不理解，到现在全力支持村里的决策。"

"美丽乡村建设看似与年轻人的引进风马牛不相及，其实不然。"方建庆说，"美丽乡村是乡村文明的基础，是吸引年轻人目光的前提。我觉得只要村里的环境好了，人们关注认可就多了，村庄无形的影响力也就大了，愿意来、愿意留下来的人就会从无到有、从少到多。"

为整治环境，江东村敢于动真格，他们依托"1＋3＋N"的网格力量，形成了"村党总支统筹抓、党员干部具体抓、全体村民共参与"的联动共建共治机制，推进村庄的全域整治。

方建庆对这本账清清楚楚："我们清理垃圾10多吨，整治立面问题356个，整治乱停乱放问题829个，拆除违章建筑51处，改造标识标牌15处，整治绿化问题72个，完善无障碍设施37处，建成口袋公园8个，修建停车位285个；建设休息凉亭、健身绿道；改建封闭式围墙为通透式矮墙，维护提升原有的外立面彩色墙绘……"

在全面整治环境的基础上，江东村党总支开始深度谋划"农教融合、闲梦江东"的"可示范"产业引进人才的思路。

方建庆说："这就是我们江东村错位发展、特色发展的路子。我们着眼于村里的大背景、小场景，采取'借壳孵蛋'的路径，实事求是地把村里的产业搞起来。"

借壳孵蛋？看着我一脸的茫然，方建庆解释说："如果往小里来说，从我们这样一个传统的围垦农业村看，江东村在经济社会发展过程中慢慢地形成了村庄周边企业多、培训机构多的情况，导致年轻产业工人'租房难''融入难'的问题比较突出。如果从大处来看，以产业立区的钱塘，现有规模以上工业企业600余家，年轻产业工人30余万人，占比达钱塘区常住人口的39%左右，在这些工人中，'租房难''融入难'的问题同样存在。而对于占有明显区位优势的江东村来说，它有着一流的工作生活学习环境，可以较好地解决年轻人'租房难''融入难'的问题。我们努力盘活村集体的留用房，流转村民闲置农居房，建成了善企科创园这个'壳'，引进一批好的企业、好的培训机构，村里又以最好的环境、最优的价格，将房子租给年轻的产业工人和创业学生，既为村民们的家庭增加收入，也降低年轻人的创业成本，通过'借壳孵蛋'，满足年轻人创业的需求。"

如今，在江东村善企科创园里，有企业员工和培训机构学生1500余人，他们中的大部分人租住在江东村整改的精品公寓里。目前，江东全村可供出租的农房有145幢，房间达1200多个，每年可以为村民创收1000多万元。

聊着聊着，午饭时间已过。方建庆说："走，我们去闲梦江东农业综合体吃个工作午餐吧！"我和陈珊科长坐上方建庆书记的车子。路上，陈珊科长谈到几次陪同省里和市里的同志调研江东村时的收获："大家都对江东村的错位发展给予了很高评价。比如，城中村里有田园，闲梦江东农业综合体的农创产业优势就出来了；当别人在整治环境时，江东村已经开始招引企业了；当别人开始招引企业时，江东村已经开始招引年轻人了。江东村总是比别的村庄多出一个错位发展的先机。"

我们沿着新东直路一直往前开，两旁行道树枝繁叶茂。仅几分钟的工夫，我们便来到了闲梦江东农业综合体。

下车一看，我不禁哑然失笑。

通向终点的道路虽然不同，但目标是一致的，这里正是翁柘文和我一起参观的那片美丽田园，这也许是因为大家都在追寻美好的东西吧。

方建庆从另一个角度做了介绍。他说，眼下这片土地是村里定位的发展目标，主要形成规模种植基地和农业科研相结合的生态农业园，以"优质高效水稻种植农业技术集成示范项目"为着力点，打造现代化农业综合体模式，加快乡村第一、二、三产业融合。负责这个项目的是刘顺风，他是江东村特别招商引进的，有着10余年房地产的操盘经验。2018 年，他在进行二次创业时，与江东村一拍即合。如今，刘顺风投资的闲梦江东农业综合体项目一期已建成，已经成为浙江省农业科学院的科研基地。

闲梦江东农业综合体项目可以实现江东村关于土地的梦想。方建庆告诉我，未来这里不仅会成为农业示范观光点，还会成为杭州中小学生的校外第二课堂，相关项目的落地正在协商中。

大家盼望着，刘顺风的闲梦江东农业综合体项目的最终愿景是为乡村振兴赋能。

在江东村东南面，那片占地约 30 亩、粗具规模的集中式精品民宿，就是我们的午餐地点。方建庆说，这里将成为集青年创业空间、联合办公空间、微沙龙空间、创客客栈空间等功能于一体的乡村"创客村"，不久还将有一大批年轻人入住闲梦江东农业综合体，在这里创业、工作、生活。

三

午餐后，我们继续围绕农村共同富裕的话题展开讨论。

陈珊告诉我，她曾起草过几次关于江东村事迹的材料，对江东村的共同富裕路也算有发言权。她说，这几年江东村在推进共同富裕的过程中行稳致远，积极参与钱塘区谋划实施的"牵一发而动全身"的重大改革创新举措，继续努力做大村集体经济和村民家庭的"蛋糕"，共享综合服务配套的"蛋糕"，并着重提高共同富裕"蛋糕"的成色，特别是着力打造数字赋能的新时代"智慧漫居·田园江东"模式：这个模式在产业逻辑上实现了从"数字农业"向"未来产业"的演进；在空间逻辑上实现了从"未来农场"向"未来乡村"的演进。

方建庆说："就在两个月前，'浙江省强村富民乡村集成改革典型案例'名单公布,'江东村智慧漫居共富模式'成功入选了浙江省'数字化改革＋强村富民'经典案例。"

彼此逐渐熟悉了,采访成果也比较理想,我便笑着对方书记说:"你们的'田园江东'已经刻进我的脑海里,但'智慧漫居'似乎还没有感受到。"

"那是你还没有深入年轻人租住的宿舍,没有真正'坐'到他们的'板凳'上去体验、去感受。"方建庆也笑着回击我,并决定带我去共享一下江东村的智慧漫居模式。

只见方建庆拿出手机,打开江东村"共同富裕农房租"智能管理平台,平台上江东村的现有房源、房型、价格、优惠活动等一目了然。他指着最近几天签约"红星居"的5个单身宿舍对我说:"网上信息显示,签约入住的是进驻善企科创园的某包装公司,打包优惠每户每月128元。"

在善企科创园里,我们见到了这家包装公司分管后勤的负责人。他表示:"过去为员工租赁宿舍的经历,真是一段痛苦的回忆!"追问原委,原来,两年前也是他负责为公司新进员工租宿舍的,在中介公司的陪同下,他们几乎跑遍了整个大江东,要么房价太高,要么位置太偏,很难找到心仪的房源。最后,不仅浪费了时间和精力,而且在中介那里花掉了相当于3位员工每人一个月房租的费用。这次却不同以往,江东村干部像"店小二"一样服务入驻企业,把江东村对智慧租房、智慧交通、智慧电网、智慧移动等智慧技术的运用全部分享给入驻企业,让大家都能共享江东村的智慧生活、生产和生态。所以,在这次租房的过程中,公司明确了为员工们选择既方便上班又价格合适的单身宿舍的目标。随后,负责人利用选房平台,用了不到10分钟的时间就选好了江东村一户农家的5间干净清爽、租金优惠的单身宿舍,并节省了中介费,5名员工入住后感到非常满意。

我们拦住一位快递小哥，问他是不是住在这里，以及住在这里感觉怎么样。小哥小吴高兴地说："在江东村的每个角落，免费无线网络都是覆盖的。我们可以随时随地轻松接收订单、轻松支付，发信息、看视频、听音乐也畅通无阻，无论是站在房屋前还是电线杆下，都可以轻松上网冲浪，特别方便！"

站在江东直河的步行道上，我打开手机，体验了一回江东村的智慧美好生活，用无线网络下载了同事发送在浙政钉上的工作通知，又发送了一张图片和一个短视频，速度都特别快捷，操作也特别方便。

"怎么样，现在感受算得上深刻了吧？这也是我们智慧漫居的一个方面！"方建庆书记微笑着说。

是啊，智慧才能聚人才，智慧才有好未来。江东村深化数字赋能，实现数字平台智慧化、集成化，重点打造"智慧漫居·田城江东"时代新模式，重点实现宜学、宜居、宜业、宜游的未来乡村时代新目标，以新时代文明实践站、直河滨溪景观带、美丽江东印象区等为底色，规划了"一站一带四区"，带动教育培训、文化创意等新产业、新业态的大发展，推动智慧应用体系建设取得新突破，包括智慧物流贸易、智慧能源应用、智慧公共服务、智慧社会治理、智慧安居服务、智慧文化服务等智慧漫居生活，打造江东村有产业支撑、有文化内涵、有旅游品位、有乡土风味、有地域特色、有幸福生活的"六有"未来乡村样板。

再者，尽管江东村毗邻杭州江东芯谷平台，但是在过去，优越的地理位置并没有带来更好的效应。而自从江东村打造"智慧漫居·田园江东"新模式以来，人居环境迎来了巨大变化，许多企业管理人才也择优而居，选择了江东村。现在，江东村思考更多的是如何更好地利用资源，在服务本村党员群众的同时，让居住在这里的新钱塘人更好地体验家的温暖。

石榴花开溢江城（图片由江东村提供）

　　江东村以"中心＋驿站"的布局，建成了党群服务驿站，引入了第三方来拓展阵地的服务功能，并全力打造有温度、有色彩、有情怀的"家门口"的党群服务阵地。他们以村民小组为单位，推行小网格管理，实行包片包责模式，实现村民、企业、人才办事"最多跑一次"。在做好便民服务的同时，江东村建立民主协商常态化机制，开展"民主议事日"活动，凸显德治、自治、法治文明，进一步提升漫居于此的归属感、获得感和幸福感。

　　时代在发展，社会在进步。随着全面建成小康社会奋斗目标的成功实现，广大农村的村民们对共同富裕的预期也在不断提高，尤其是当江东村成功入选"浙江省首批共同富裕现代化基本单元'一老一小'

服务场景"后，江东村老百姓对共同富裕有了更高的期盼。他们发挥自身区位优势、发展优势，通过数字赋能加快发展、推动城乡深度融合，使城乡接合部既能实现既有资源的最大化，又能享受城市化带来的巨大红利。

对于未来发展，方建庆带领党支部一班人进行了认真深入的思考，在全面打造"智慧漫居·田园江东"新模式的过程中，积极参与河庄街道主导的以江东村为核心的发展计划，按照区域相近、产业相关、人文相亲、村情相仿的原则，联动江东村周边6个村庄组建了"田城汇"乡村振兴党建联盟，推行"自我管理组织化、自我教育多元化、自我服务社会化、自我监督制度化"的村级治理"四化"模式，辐射带动

幼儿园一景（图片由江东村提供）

露营之乐（图片由江东村提供）

周边农村实现共同发展，联合浙江传媒大学等 8 家联盟成员单位，相继落地了浙江省首个中小学生劳动实践教育基地、钱塘区首个乡村振兴学院等项目，推进区域化协同发展。

　　他们还以美丽乡村普惠建设为基础，以深化教育产业为切入点，大力推进产业融合发展，吸引了 2 所幼儿园、1 所高中、1 家成人教育培训中心落户江东。田园味乡村本色不改，城市化配套触手可及，吸引了众多企业入驻和乡贤、青年回乡投资创业。村里还积极优化营商环境，钱塘芯谷创业基地也在村里进驻落户，电商产业集聚群粗具规模。

他们还充分利用数字技术促进乡村经营和产业发展，构建适用于多场景应用的轻量化、可视化"数字一张图"，呈现出"人事地物"各类空间及多元数据，实现"一图通用、一图统管、一图通办"。现代化的智慧应用，使新时代农民的致富道路进一步拓宽，村内农房利用、土地流转、环境治理等领域协调发展，成效显著，村集体经济总收入逐年稳步增长，村民的人均收入逐年快速提高。江东村也先后荣获全国文明村镇、全国第一批绿色村庄、浙江省美丽宜居示范村等称号。

从江东村返回时，我没有再上江东大桥，而是开车拐上了河庄大道，准备从刚通车不久、全长4616米的钱塘过江隧道经过。河庄大道两边机器轰鸣，呈现出一片繁忙景象。开进隧道，顶端"蓝天白云"，车仿佛行驶在大海边。短短4分钟，我便穿越了钱塘区一江两岸，见证了从滩涂上走出来的钱塘区如何再续"钱塘自古繁华"新篇章，在这里，老百姓都能过上如"智慧漫居·田园江东"一样共同富裕的新生活。

（2022年12月于钱塘区江东村）

大地如此繁华

　　从横一村探访回来，我印象最深的是他们在共同富裕道路上，实现的"无中生有"的梦想，以及通过村民们的共同努力，正徐徐展开的生态宜居、产业兴旺、生活富裕的美丽乡村新画卷。

　　照理说，我是在农村出生的，也是在农村长大的，我对土地充满热爱和依恋；然而，也许是由于离乡太久吧，曾经熟悉的农村味道在我心里，就像洗旧了的衣服一样——它的存在几乎被我遗忘。但是这次在横一村的深度采访和体验，让我又一次找到了那种熟悉的味道。它不断地撞击着我的心尖，萦绕于心。村民竟然依靠"无中生有"的梦想，为农村里大家所熟悉的柿子、稻子，还有院子，赋予了如此丰富的想象力，演绎得如此深刻、如此浪漫、如此健康、如此幸福。

　　我想，横一村的"无中生有"的梦想，正是推动乡村振兴、推进共同富裕过程中迸发出来的奇思妙想，而且这种奇思妙想可以像稻谷和油菜籽一样在未来大地上奇迹般地生长，为新农村建设发展带来繁华。

未来大地（图片由横一村提供）

一

横一村位于杭州市萧山区临浦镇的最南端，2005 年由横一、大坞坑、梅里三个自然村合并而成。横一村 2022 年汇报材料显示，全村共有住户 676 户，人口 2307 人；耕地 1450 亩，山地 1253 亩，旱地 125 亩，村域面积 3.72 平方千米。

真正了解横一村，还是来自中共杭州市委农村工作领导小组（杭州市乡村振兴领导小组）办公室秘书处处长牛言瑜那充满浪漫而又富有诗意的介绍。牛处长是我在援疆时认识的朋友，那时，他随中共杭州市委原副秘书长、中共杭州市委农村工作领导小组（杭州市乡村振兴领导小组）办公室原主任戚建国一起去阿克苏考察指导杭州援疆工作，因为具体工作的对接联系，我们相处得十分融洽。

牛处长的介绍，让我充满着憧憬。

于是，在秋收时节的一个下午，我驱车跨过钱塘江三桥，沿着风情大道一路穿行，再走杭金线、金思线，直奔横一村。

车行其中，道路平坦宽阔，沿途景观带的树木色彩斑斓，绿得纯粹，红得耀眼；视野里的村镇楼舍快速向后隐去，城市和乡村的界限如此模糊。最后，我跟随导航拐进了弯弯的村道，过了村口，爬上一座小桥，停下车，站在小桥上向远方看去，满眼都是浪漫，都是诗。

金风送爽秋韵遍地黄，稻浪千层万缕绕村庄。掩映在落日余晖里的横一村，俨然一幅意境悠远的秋日油画。

我直奔村委会，进了小院，一个皮肤黝黑的中年汉子迎了过来，他就是刚刚送走江苏省一个农村共富考察团的横一村党委书记、村委会主任傅临产。

在我的印象里，采访过的基层干部最鲜明的外在特征就是皮肤黝黑，中气十足，我眼前的傅临产也是这样。

我想，这也许与他们风里来雨里去、每天都在治理辖区内劳苦穿梭有关吧。

身穿白衬衣的傅临产，身材略微发福，神情十分专注，思路特别清晰。他一边把我引向会议室，一边向我讲述村里紧抓美丽乡村示范村创建的机遇，探索未来乡村建设、高质量推进农村共同富裕的故事。

"我们萧山是中国共产党领导的农民运动的发轫地和'千万工程'的重要起源地。从打响党领导下的中国农运第一枪到率先举起全面建成小康社会的旗帜，从'围垦造田'到以农村生产、生活、生态的'三生'环境改善为重点的'千村示范、万村整治'工程，我们村在上级党委、政府的领导下，在全体村民的共同努力下，紧跟时代步伐，勇立潮头，先后取得了生态村、文明村、卫生村，美丽乡村特色精品村、示范村、共富村等荣誉称号。村里注重公益投资以及改善生态环境、居住环境、人文环境，基本符合一个现代化新农村的标准。"傅临产不仅对本村奋斗史如数家珍，而且对萧山发展史了如指掌。

我问傅书记："苗圃种植业一直是咱们村里的主导产业、村民经济收入的主要来源，不仅面积大，而且种类多。但是，咱们村里的苗圃种植业触碰了'国家要求永久基本农田不得转为林地、草地、园地等其他农用地及农业设施建设用地'的政策'红线'，横一村解决产业转型问题难度大不大？"

"我们村村民觉悟还是很高的，大家对退林还耕政策是大力支持的。但难度最大的是怎么带领大家把退林还耕的下篇文章做好。既然让咱当这个带头人，除了迎难而上、不懈冲锋别无他法，这是党员干部的责任和使命，当然也是我的性格使然。"他笑着说。

过去的苗圃种植确实比现在的粮食种植划算，村里人在家里的山地、旱地、耕地上几乎都进行了苗圃种植。在退林还耕政策的大环境下，我们便开始思考如何实现粮食种植比苗圃种植更划算的方法。

"机会来了。萧山区委常委、临浦镇党委书记陈龙宁同志告诉我，区、镇在进行规划，要把横一村打造成'新时代最美乡村'，全省将在我们村开'千万工程'现场会。我想，这是好事呀，村里的蓝图都画好了，那还有啥说的，就一个字，'干'呗！"傅临产爽快地回答着。

"但是我们村的资源禀赋并不算好。我当时想，我们生在农村长在农村，我们村里有什么？仔细一想，我们有农田、农民、农业呀，所以为建设美丽乡村、实现百姓富裕，我们必须坚持以'农'字打头，做好'农'的文章。再细想，我们村里还有什么？我们还有非遗文化，比如龙马灯、郑旦传说、河灯节，以及闻名江南的梅里方顶柿。所以我们还需充分挖掘文化资源，做好'文'的文章。

"我们又反向来思考：我们村里缺什么呢？一是我们村集体没有钱，钱从哪里来？二是我们没有村集体用地，土地资源如何整合？三是我们村集体没有人才，实现乡村振兴的人才从哪里来？

"我们的想法是，把长的这块板加得更长，把短的这块板补长一些，也就是按照现在打造共同富裕村的普遍做法，先把蛋糕做大，再把蛋糕分好。我们的办法是，立足自身条件做好'无中生有'的文章，实现'从无到有'。"

横一村准确地把握住了农村发展问题的本质，认真抓住承载城乡居民热望的"千村示范、万村整治"工程这一时代机遇，把村民引向共同富裕的大道上来。

关于田的问题，村里坚信"田从农民中来"，采取土地集中流转的方式，实现退苗还田，通过大力推进"非粮化"整治，累计迁苗900余亩，打造了一块萧山区连片面积最大的水稻种植区。

关于钱的问题，村里协调区供销联社引入全国农机合作社示范社、杭州市示范性家庭农场等农业经营主体进行规模经营。在横一村的资金配套方面，萧山区供销社出大部分，临浦镇出小部分，农民利用资源再投入一点。

关于人才的问题，村里坚信"人从社会来"，主要依托区镇的力量，实行专班化运作，邀请专业力量全过程介入。在总体规划设计上，横一村邀请了中国美术学院的专业团队，为横一村量身定制美丽乡村示范村创建示范方案，探索"美丽乡村＋景区乡村＋文化乡村＋数字乡村＋产业乡村"的未来乡村融合发展模式。在品牌策划上，横一村邀请了曾为下姜村进行品牌策划的团队浙江乡立方商业运营管理有限公司，以品牌化思路，打造"萧山未来大地"。在乡村运营上，横一村邀请了众安文化旅游有限公司，挖掘优化横一村特色文化资源，推动第一、二、三产业融合发展，助力"农文旅"项目成功破题。

就这样，"无中生有"的梦想改变着横一村，改变了村民的观念和致富思路，使横一村阔步迈向成功；它也给横一村带来了更强的自信，使其建立起更加完善的秩序。信心建立更多的信心，秩序造就更多的秩序，使既得者信心与收益倍增，沐浴在良好的秩序中。

横一村在萧山区、临浦镇两级党委、政府的全力支持下，做大做活了村集体资源转化、资产盘活、资金利用的大文章，对"沉睡"在乡间的资源进行了更加有效的配置、整合，有效地解决了"田、钱、人才"问题，给村子里带来了更多的机会，让村民在家门口就有无限的空间实现就业、致富。

时间过得飞快，我们就这样海阔天空、漫无目的地聊了两个多小时，仍意犹未尽。此时，夕阳已经收取了她的万把金针，胭脂红的脸庞上透出几分娇羞，斜斜地挂在半空中，依恋的目光注视着山脚下金黄色的稻田。

傅书记建议我当天不要回家了，就在横一村住下来，第二天再去各个现场看一看。我一想，也是，住下来真正领略横一村的繁华后，才能真切地感受到人民生活的幸福。

紧接着傅书记打了一个电话，订了份两人工作餐，说一会儿带我去嗨稻农庄尝尝乡村野菜。

二

夜幕降临，路灯亮起，秋收前的繁忙热闹趋于寂静，人们从田野、柿林、城市返回家中，褪去辛苦了一天的疲惫，安静地聆听田野的夜色，横一村便成了心灵栖息的港湾。

也许是横一村处于大杭州城乡接合部的缘故，设计者瞄准了中国乡村"未来的模样"，没有刻意安装变幻的霓虹，所以横一村的灯光虽然是明亮的，但照射得并不远；灯光是柔和的，让我们看到的都是温暖。我和傅书记走在前往嗨稻农庄的道路上，遥远的空中闪烁着几颗星星，给秋天的夜色增添了几分诗意。

傅书记一边走一边介绍说，嗨稻农庄的主人是土生土长的横一村人，他叫傅国桥，就住在村里的稻田旁。早些年，他在外地开了一家饭店，积累了人生第一桶金，正准备扩大经营时，发现村里的环境好了，人气也旺了。于是，他就关掉外面开得正红火的饭店，回到村子里开起了这家农庄。

如今，横一村里，像嗨稻农庄这样的民宿、农家乐有十几家。

我俩没有坐进农庄的大厅，而是拉来一张小桌，摆在农庄小院靠院墙的一个角落。傅国桥为我们摆好碗筷，很快，便给我们上了一份萧山鸡、一盘小青菜，外加一碟萧山萝卜干，考虑到我们只有两个人，所以上的都是最小份的。

我问傅国桥，今天接待了多少人，翻了几次桌。"前段时间一来因为疫情，二来因为天气炎热，民宿的生意普遍要差一些。疫情一好转，天气又转凉，游客接待就井喷了，今天大约有六七十人吧，翻了十一次桌。"傅国桥的回答令我吃惊不已。

晚饭后，几把椅子，一壶绿茶，我们围坐在傅国桥的院子里聊天。

满天星斗，一片欢声笑语。

透过低矮的院墙，路灯映照下，金灿灿的稻穗低垂着，一阵微风吹过，好像稻田里发出了哗啦啦的笑声。傅书记深情地注视着院墙的外面，自豪地说："家中有小院，院外有稻田，田里有庄稼，要风得风要雨得雨，这就应该是未来乡村的模样，也是我心中的理想。"

过去，"防火防盗防外人"，思想不够解放的萧山农村，基本上每一家每一户，都有一面高高的院墙将"家"包裹得严严实实，让人透不过气来。其实，那是一种自我封闭、自我隔绝的心理状态，正是因为人们的思想不解放，所以村庄平淡无奇、毫无特色。如何跳出围墙，做好"院子"文章，成了傅书记心里最想突破的难题。

村里紧紧抓住了"千万工程"这一契机，邀请专业策划团队专门为百余户家庭量身定制改造方案，建设美丽庭院，打造美丽经济。通过开展"围墙革命""菜园革命""厕所革命"等，村里连片打造美丽庭院集中示范区。

夜幕下，说到激动处，傅临产挥动着有力的臂膀："我们做'院子'文章的理念是科学的，符合乡村实际的。"

他们借鉴城市综合体的建设经验，重在实现"规划设计、品牌策划、乡村运营、数字治理"，努力破解"重环境轻业态""重建设轻管理""重规划轻落地"的难题，让村民们看到了改造后好看的院子。既然能落地能收益，大家自然就同意按规划设计的改造方案快速施工，并且做到完工即开业，开业即火爆。

在网红业态的示范带动下，横一村20余户村民开办了民宿和餐厅。比如，一个夫妻店，每月可以有3万余元的收入，切实让村民尝到农文旅融合发展带来的共富甜头。

对此，傅国桥感受特别深，他说："以前在外面开饭店，其实风险是很大的，每月房租、人工费、水电费等各类费用还是蛮高的；现在在家里开，都是家里人在帮忙，每年除去成本，还能有20多万元的收入呢。"

如果说一个人的快乐是快乐，那么一群人的快乐就是幸福吧。我们在庭院里快乐地聊着天，好像影响到了带女儿来横一村进行亲子体验游的湖州小夫妻。本来担心惊扰了他们，想表达歉意，结果反而被他们说得更加不好意思了。

他们笑着说："正好想听一听横一村还有哪些好吃的、好看的、好玩的，想更深度地了解横一村。"

于是，在哄孩子睡着后，他们便穿着拖鞋、搬上椅子加入我们的话题中。

围墙降下来，庭院美起来，游客引进来，村民们创造美、享受美、维护美的热情被充分激发出来，村民们广泛参与到村口景观提升、道路改造、公厕新建、桥梁美化、弱电"上改下"等工程中来，使村庄的整体面貌焕然一新。

文化的力量直抵人心。

"我们集思广益，深入挖掘村里的龙马灯、郑旦传说、河灯节等非遗文化资源，启动了明代诗人倪朝宾故居的历史建设保护修缮工作，传承龙马灯等民间艺术，先后组建了舞龙队、马灯队等文体队伍，丰富活跃村民的文化生活，滋养村民的精神家园，成功创建杭州市非物质文化遗产旅游景区（民俗文化村），新建集杭州书房、公共服务、文化展示等于一体的如意山房党群服务中心，展示二十四节气等农耕文化，吸引艺术家入驻开设展示点，营造全民学习、终身学习的氛围。横一村还大力推进新时代文明实践站建设，弘扬时代新风，组织志愿服务活动，开展文明户、文明家庭等评比活动，移风易俗，形成崇尚文明、崇德向善的良好社会新风尚。"

傅临产像横一村的推介大使一样娓娓道来。

他的热情介绍，使得亲身经历、亲眼见证的傅国桥连连点头认可。

傅国桥说："我最喜欢的还是与老年人相关的一些安排。比如，村里开展常态化爱国卫生运动，'如意数字跑''赶个健身集'等15分钟健身圈就很受大家的欢迎。再如，村里的老年活动中心和老年食堂，安排了志愿者服务。15分钟的养老圈也很受欢迎。还有'萧山·大地哒哒'一站式服务模式的妇女儿童驿站，可以为村民提供教育培训、维权调解、创业帮扶、公益关爱、儿童服务五大服务。前段时间，浙江省妇联、杭州市政府、萧山区政府还在我们村联合发布了浙江省首个《儿童友好乡村建设规范》呢。"

"是呀，如今我们的《儿童友好乡村建设规范》已经成为萧山广袤乡村大地上的一道亮丽风景线。"傅临产接过傅国桥的话茬说。

谷上欢乐（图片
由横一村提供）

不知不觉，我们已聊至深夜，但大家似乎还有说不完的话题。此时，看到湖州小夫妻已经在打哈欠，我们便对他们说："你们今天早点休息吧，明天才有精力继续'打卡'呢！"送走他们，我对傅临产和傅国桥说："你们也早点休息，明天还要继续麻烦傅书记呢！"

送走傅临产，我就上楼了。不一会儿，楼下传来了傅国桥的关门声。

我简单地洗漱完毕，躺下，睡不着；起来，再躺下，还是睡不着。

于是，我干脆起床，拉开窗帘，看皎洁的月光如轻纱般笼罩着横一村。这个平凡的小山村如今成了远近闻名的共富村。我不由想起我那离开很久至今仍然破败衰落的故乡，想起了小时候过年的事情。那个年过得怎一个"惨"字了得！我在帮忙端菜上桌的过程中，一不小心将父亲炖了很久的火锅打翻在地，这下不得了，那可是一道主菜，父亲很生气地起身来揍我，追得我沿着家门口塘埂疯狂跑了好几圈，最后躲在出来找我的母亲身后，才免遭父亲的"毒手"。记得后来，我去新疆当兵，一次回家探亲，聊起这个故事，我笑着问父亲，大过年的，不就一个火锅吗，非得要打我一顿？我的问题虽然简单，却让父亲陷入沉默，过了很久他才轻声说："还不都是因为那时候穷吗！"

如今，虽然我的家乡也在发展，但与横一村相比，我的老家离实现共同富裕还有很长的路要走，我甚至萌发了邀请傅书记他们去我的家乡把把脉、传经送宝的想法。

三

天刚蒙蒙亮，横一村还未从沉睡中醒来，田野上、山林里一片寂静，远处偶尔传来一两声犬吠。傅国桥和老伴起得早，开始烧早饭；湖州小夫妻也许昨天熬得太晚，这会儿应该还在睡梦中。我按照昨天的设想，对今天需要去看的点、访谈的人进行了梳理，坐等傅书记来，开始我们的工作。

早上八点钟，傅临产安排好一天的工作，开着观光电瓶车来到傅国桥家。我们商量敲定，为有一个更直观的印象，从远往近走、从高往低看。

今天的第一站，如意山房。

初秋的阳光温馨恬静，梅里的微风和煦轻柔，天上的云朵飘逸潇洒。坐上傅书记的电瓶车，我们行进在鲜花簇拥的游步道上。我看不出早起散步的人是游客还是村民，他们一个个脸上带着笑，目光里写满善良，我仿佛置身于生态公园中。透过低矮的院墙可以看到，每一个漂亮的院子都俨然成了横一村对外展示的窗口，有开民宿的，有开书吧的，还有开奶茶屋的……男女主人都在热情地忙碌着，还有几个家庭是年轻人在忙前忙后。傅书记告诉我，后者都是返乡创业的"新农人"，这群年轻人的返乡，为横一村的发展注入了更加蓬勃的朝气和活力。

梅里往上，沟沟岭岭，两旁植被密实，或亭亭小树，或丛丛灌木。我们的车速很慢，车时而岭上，时而沟底，起起落落。傅临产指着远处的一片古树说："那是梅里的古柿树群，有些树的周边我们还种了一些茶叶……"

据考证，梅里的这一片古柿树群落，是目前我国南方规模最大、年代最久远的古柿树群落，可以追溯到明朝。百年以上的古柿子树达1400棵，最年长的有500多岁。这些古柿子树在梅里山坡上自由自在、随意舒展地生长，形成了独特的方顶造型，这片柿子树被称为方顶柿树，树上的柿子自然是方顶柿子。

秋意渐浓。

傅临产停好车子，我们走进柿子林。

一阵微风吹过，树叶在一片一片地往下落，树上的柿子还没有完全熟，青里透着红晕。傅临产说："我们正在启动'梅里古柿林复合栽培系统'农业文化遗产申报工作。"

傅临产告诉我，他们从2018年开始，每年举办一次"梅里方柿节"，今年的柿子节还要再等月余。傅临产回忆去年柿子成熟的场景时说，到时候树上的树叶都掉完了，柿树的枝条相互缠绕着，枝条的顶端挂满一簇簇、一丛丛的火红，像农村春节家家户户门前悬挂的串串红灯笼，在温暖阳光的照射下，闪烁着流动的晶莹。

对于如何做好柿子的文章，横一村走过了一条"从品质到品牌、从低效到高效"的路径。傅书记说，前些年，村民们到这时候就已经开始摘柿子了，他们有的将下好的柿子卖给渠道商；有的则采取传统手法，将摘下的没有破损的柿子，放进一个相对密闭的容器里，一排排摆好，然后里面放一个苹果作引子，三五天后，柿子便熟透，熟一个吃一个，味道特别鲜美；还有的将柿子晒干，做成柿饼。因为产量并不多，所以这些农产品还挺好卖。现在完全不一样了，村里通过文化赋能，倾心打造的"梅里方顶柿子节"品牌，一下子让村民们发现柿子增值了好几倍，便选择不再那么早下柿子，而是让柿子继续挂在树梢，在树上变熟变红，留给游客观赏、拍照，让他们体验乡村下柿子的野趣。

村民们的观念变了，从过去单纯卖柿子到如今"卖风景、卖文化、卖体验"，方顶柿子变成了金疙瘩，在点缀美丽乡村的同时，也为村民带来更大的收益。村两委班子也转变了观念，依托这些古柿树，依山而建规模适中的如意山房综合体，因地制宜引入如意茶室，集中展示了"如意柿界"的美好景象。

提起"如意柿界"，傅临产又讲述了一个发生在横一村的"无中生有"创意"失败"的故事。

他说："当时我们村想以这片古柿树果园作为基础，做柿子文化，发挥柿子的经济价值，但是为我们进行策划的乡立方团队负责人夏迪考察后认为，柿子季节性太强，又太小众，从我们村的长远发展考虑，仅仅维持一个月的柿子生长周期，是很难撑起横一村发展的。后来，

柿柿如意（图片由横一村提供）

我们虽然没有把柿子文化作为横一村未来发展的'灵魂'，但还是从柿子文化里找到了其社会价值、经济价值、文化价值，我们又'无中生有'了横一村'柿柿（事事）争先'党建品牌，引领党员带头干、群众跟着干的干事氛围，通过'柿柿（事事）'好商量议事机制，让村民的事情村民自己讲，使理越讲越透，事越说越明，村里的凝聚力、战斗力越来越强。"

我们来到梅里后山，俯瞰横一村大地。

山脚下，1700亩"非粮化"整治的稻田，好比摊在"萧山未来大地"上的一幅油画——金黄成为世界的底色，小溪翻滚的浪花、村民漂亮的院落和骑车移动的游人成为最有质感的笔触，阳光在民居和稻田间跳跃，金色的稻穗随风摆动。

视野中的"未来大地"已经勾走了我的魂。我心想，还是赶紧去那里欣赏体验吧。

上车，出发；下车，拍照。

我们步履匆匆，走进傅书记从湖州引进的如意茶室，与一群上海客人相遇，快乐着他们的快乐，幸福着他们的幸福。

我们又走马观花般地参观了如意山房党群服务中心，真切感受到这个服务中心是一个全新的数字化服务中心。

根据傅书记的建议，我在横一村数字化跑道上，体验了一回村里的智慧生活。

我们商定，同时从如意山房党群服务中心的邻里驿党群服务站出发，傅书记驾驶电瓶车按照每千米5分钟的配速下山，我也以每千米5分钟的配速沿着游步道跑步跟进，路程为2千米，要在不佩戴村里提供的手环硬件设施的基础上，检测一下他们的高德一键智慧游终端的准确率、匹配率，看看是否精准、是否高效。

我把自己随身携带的手环调试好。随着我的开跑，傅书记的电瓶车也启动了，毕竟岁月不饶人，10分钟下来，我已气喘吁吁，汗流浃背。

事实证明，横一村的智能步道系统还是经得起检验的，我的运动数据包括运动时间、距离、配速、能耗等一目了然，与我手环上的数字精准同步。

实在跑不动了，我又坐上傅书记的电瓶车，任凭炎热的风吹拂着面颊。

傅书记说："这是我们为绿色农文旅引流、助力全域旅游产业数字化升级的举措，通过在景区各个位置上架设人脸摄像机来采集游客的游览视频，利用边缘服务器进行数据汇总、数据存储、数据计算，对属于同一个游客的视频进行拆解、合并、汇总。"

聊起数字化建设，傅书记便进入"专家"状态，指出横一村已经实现数字公共新服务、数字治理新模式、数字社会新家园……

在我的不停催促下，傅书记把电瓶车直接开到了横一村的研学基地——"未来大地课堂"。

这里是横一村"未来大地"上"Hi稻星球"的大本营，眼前的白色长房子则是"未来大地"的控制中心（管理用房），它是一个集农、文、旅、研、学于一体的枢纽。

突然，一阵"轰隆隆"的声音由远及近，稻田中飞出一列名为"Hi稻飞船"的小火车。受好奇心驱使，我和大地课堂前的老老少少一起，争先恐后地坐上去，小火车一路向前飞驰。沿途都是风景，其中，白底上有"中国人的饭碗，要端在中国人手上"的红色黑体字的巨大横幅，显得醒目而又庄重。

粮稳天下安，粮食安全就是"国之大者"。

从"Hi稻飞船"上下来，我们再沿着步行道向稻田深处走去。傅临产一边走一边说，我们现在的稻田都是智慧稻田。我们徜徉在稻田中间，看见一位村民正在做收割前的准备工作，于是走过去和他攀谈起来。他兴奋地说，现在水稻播种、除虫、施肥，全部交给无人机，智能灌溉由远程控制，不仅省水还省电。

原来，稻田里还蕴藏着如此高度密集的数字智慧，可以让人感知到最细微最神妙的变化。

只有用自己的手攥紧中国种子，才能端稳中国饭碗，才能实现粮食安全。

傅临产捧起一簇沉甸甸的稻穗说："中国种子是中国人的安全底线，这片甬优 7850 杂交水稻，亩产可达 750 千克。"

"再过几天，水稻就要收割了，我们这里全部是机械化收割。"傅临产告诉我。

一时间，我想起小时候在老家一层一层的梯田上，挥起手中的镰刀，那些压弯了腰的成熟稻子，层层倒伏在自己身后，丰收的喜悦驱赶着身体的劳累……

此刻，我转眼看向傅临产，他沉默着，眼睛注视着远方，目光里含着微笑。我想，他一定是在想丰收的场景：大型联合收割机"轰轰隆隆"地啃噬着稻禾，甩出的秸秆满天飞舞，金色的稻谷粒粒归仓……

是啊，在中国，在农村，稻田、稻谷、稻农赐予我们的太多太多。想着丰收的场景，嗅着泥土的芬芳，习近平总书记的话在我耳旁响起："在全社会形成关注农业、关心农村、关爱农民的浓厚氛围，让乡亲们的日子越过越红火。"[1]莫名的感动油然而生。

我们返回"Hi鸭部落"，傅临产笑着对我卖起了关子："我约了一个朋友，正在'鸭棚咖啡'等我们，她可是'萧山未来大地'的权威专家。"

带着疑问，我跟着他走进这间"草舍"，一位时尚而又漂亮的女士

---

① 刘建新. 以人民为中心视域下的马克思市民社会理论研究[M]. 北京：人民出版社，2022：311.

"Hi稻星球"
（图片由横
一村提供）

"Hi鸭部落"
（图片由横
一村提供）

在向我们招手。傅临产介绍说："这就是我们的'乡村魔术手'，'萧山未来大地'项目的总策划，乡立方合伙人、项目总监夏迪女士。"

百闻不如一见。于是，在这个氤氲着咖啡特有味道的地标"鸭棚"里，我们聆听了一场既有理论高度，又有实践价值的高水平专题讲座。

夏迪说："打造一个未来乡村，首先要着眼于现实，找到自己的'魂'，只有明确了这个核心灵魂是什么，再围绕这个'魂'所要打造的业态，所要采取的建筑形态、运营管理方式等，才有方向。"

夏迪从两个方面对横一村的"未来乡村"理念进行了解读：

一方面，要有站位高度。横一村位于"千万工程"起源地的城乡接合部，打造未来乡村时应该紧紧抓住全省"千万工程"建设新时代美丽乡村现场会的时机，提出自己在乡村振兴上的独特想法。所以，横一村要站在萧山、杭州的角度去讲好乡村振兴的方法和故事，这样才能为城乡接合部的未来乡村发展提供一个可以借鉴、可以复制的模式。

另一方面，要充满自信。大城市周边的未来乡村，应该按照"城乡互为配套"的思路来打造：乡村是城市的配套，乡村为城市提供更多发展空间，包括城市的功能不足、功能外溢等；城市是乡村的配套，城市为乡村提供大量的人口，以及新的理念、新的技术、资金等。所以，乡村不应是弱势一方，而应是城市的补充。

"只要站位对了，那么思考的方向、方式和方法也就对了。所以我们想：未来，这片土地的稻田为什么不可以是城市公园？田野为什么不可以是课堂？田间小道为什么不可以是运动场？农村的房子和空间为什么不可以是创业空间……这就是我们将其命名为'萧山未来大地'的理由。这里的'未来'，代表了它既是乡村振兴新方法、新模式、新理念的一个探索地，又是一个先行区、共富践行地。"夏迪说道。

最后，夏迪表示，如果说"萧山未来大地"是成功的，那么原因不外乎两个：一个是项目定位准确，品牌引领、运营前置；另一个就是政府决策层目光前瞻、决策正确、敢于担当。两者缺一不可。

（2022 年 9 月于萧山区横一村）

歌声飞过龙门

"我从垄上走过，垄上一片秋色，枝头树叶金黄，风来声瑟瑟，仿佛为季节讴歌。我从乡间走过，总有不少收获，田里稻穗飘香，农夫忙收割，微笑在脸上闪烁……"

俗话说，好歌遇知音。

此时此刻，这首由庄奴作词、张明敏演唱的《垄上行》的意境，对于穿行在连绵起伏的天目山上的我来说，恰恰是最贴合心境的。歌声里那种清澈灵动、清新自然、亲切温暖的感觉，与我尽情、洒脱地欣赏着垄上人家与自然和谐共生的美景，享受着丰收季节带来的希望与喜悦的心情非常契合。

围绕农村共同富裕的话题，我在龙门秘境村落景区进行了两天的深度探访，而这首《垄上行》也一路陪伴着我。

沉浸在秋日的阳光里，我情不自禁地赞叹龙门秘境村落景区的村民们，在共同富裕的道路上，凝聚起来的党的创新理论的力量、改革的力量、人才的力量……

云雾绕重山（图片由高虹镇提供）

　　就这样，我的心被天籁般的音乐敲打着，思绪伴着歌声，在田园和阡陌、峻岭和深谷、古村和古街里飞翔，歌越听越有味道，心情越来越舒畅。

　　现在，我已经从龙门秘境村落景区回到杭州市区。无论是上下班穿行在钱塘江北岸的之江东路上，还是工作之余漫步在市民中心钱江新城的城市阳台上，再听这首歌，却无论如何也找不到歌声飞过垄上的感觉。我想，这首歌也许只有在丰收的季节里，在乡村的田园上吟唱才最好听。

一

　　龙门秘境村落景区是对临安区高虹镇西北部山区连片的石门、龙上、大山 3 个行政村的共同称谓，景区位于杭州市临安区、余杭区和湖州市安吉县的三地交界处，是临安区重点打造的乡村振兴示范型村落，共有 1237 户、3841 人，平均海拔 800 多米，面积 55 平方千米。龙门秘境村落也是浙江省级共富村落之一。

　　之前，这个村落景区于我是神秘而又充满诱惑的。从杭州市区出发前，我做了一些功课，专门向临安朋友做了深入细致的了解；应该说，对与龙门秘境有关的故事了解得不算少。我暗喜自己像个龙门秘境通，在朋友面前有炫耀一番的资本了；但当我真正走进龙门秘境，特别是深入了解村落后，我才发现无知者无畏，原来自己只是略知一点皮毛而已。秘境之秘将当初心中的那点盲目自信击了个粉碎。

　　好在这次和我一起探访的高虹镇信息员许雪珍大姐是个真正的龙门秘境通。她将满 60 岁，快要退休了；但在我看来，她一点都不像这个年纪的人，显年轻，人很随和、健谈，兼具南方女人的优雅精致和乡镇干部的干脆利落。

　　她自豪地说："我亲眼见证了龙门秘境村落景区的贫穷和富裕，前世和今生。"

　　考虑到龙门秘境村落景区面积大，山深林又密，我们便采取开车和步行相结合的方式来了一趟深度游。

　　我们从高虹镇上出发，沿着大鱼线往深山里开去，石门、龙上、大山，古村、古街、古树……我们参观了一路，许大姐详细讲解了一

美丽的道溪从村头流过（图片由高虹镇提供）

路，我也认真思考了一路。她讲述的故事虽然平淡，但比我读到、听到的很多故事都更全面、更深刻，她讲解的理念虽然简单，但比我读到的很多哲学书都更实在、更管用。

"早先我们这里被称为'穷乡僻壤'，这一点都不为过，年轻人几乎都流向杭州市区、上海等，再差一点的也去了临安市区，农村只剩下空巢老人和留守儿童，'空心化'问题已经很严重了。那时候，巍巍青山变成了拦路大山，晶莹碧水变成了寡淡之水，阻碍了我们农村的经济发展。"许大姐一边开车一边跟我闲聊着，但是她的双眼始终观察着盘山公路的前方，高度警惕着拐弯处突然钻出来的车辆。

出了高虹，车子便一头扎进山肚里，路边鸟儿的鸣叫声也渐远渐模糊，像被风儿吹走了。车子在"之"字形公路上，一折一折地往上爬。我们走过一程是山，再走一程还是山；一眼望过去是树，再望过去还是树。经过几番攀升，才驶入了一段相对平缓的路，向右看去，一汪碧水呈现在眼前，如同镶嵌在苍翠大山间的一颗蓝宝石，在阳光照射下显得格外夺目。

许大姐放缓车速对我说："这个地方叫水涛庄水库，因水库边上的水涛庄而得名，我们现在看到的这片水域只是这个水库的局部而已。"

水库的上游是猷溪，溪水流经的整个龙门秘境村落景区属于国家一级饮用水源保护区，水涛庄水库是临安区现有的两大饮用水源之一。

温暖的阳光、纯净的空气、清冽的甘泉、青翠的竹茶……

回忆从前，许大姐很是感慨："在发展面前，这些年来我们基层一直在努力思考解决既要怎样又要怎样、不但怎样而且怎样的问题。一路走来，我们发现只有理论的伟力才是实现农村发展的制胜法宝。试想一下，中国广大的农民如果都被党的先进理论武装起来，那将是一种什么样的'洪荒之力'？真不敢想象。其实就是一句话，党的创新理论才是基层党组织和广大干部群众思想得以解放、胸中拥有力量的源泉。"

她接着说："龙门秘境村落景区的高质量发展共同富裕之路就是思想得到武装、不断解放之路。"

"创新理论的力量"扎根在农村。

许大姐的观点不禁让我眼前一亮，这不正是为新时代农村扎实推进共同富裕之路找到的最生动的注解吗？

于是，我将心中的困惑一股脑儿抛给许大姐："新思想从哪里来？新思想怎么用？龙门秘境村落景区在扎实推进共同富裕的过程中都运用了哪些紧跟时代的、鲜活的新思想？"

我从许大姐的口中得知，原来，从临安区委到高虹镇党委，都十分注重加强党的创新理论学习，用这些理论武装头脑。他们将习近平总书记重要讲话精神，特别是习近平新时代中国特色社会主义思想作为基层获取正确思想的主要通道，注重运用中国特色社会主义理论体系闪耀的真理光芒，引导广大干部群众真学、真信、真用。

2005 年 8 月，时任浙江省委书记习近平同志在浙江安吉余村考察时，首次提出"绿水青山就是金山银山"的重要论断①，让余村率先走上了发展新路。许大姐回忆说："我记得特别清楚，当'绿水青山就是金山银山'理念传达到石门、龙上、大山几个村子时，陷入发展困境的小山村立刻沸腾了，村民们都在谈论着、思索着，大家相信，山村发展的春天真的来了。"

绿水青山路，奋斗龙门人。

思想的闸门一旦打开，基层党组织和广大村民们都铆足劲往前追赶。他们既大力发展乡村旅游产业，又下更大功夫让山更绿水更清，大刀阔斧地整治村庄环境，提升村容村貌，利用大鱼线公路拓宽的机会，把石门、龙上、大山几个村子内的农村生活污水统一纳管，再接到几十千米外的高虹镇污水厂去处理。他们以山区人居环境提升为抓手，打通生态环境与经济效益双向转化的通道。他们大力实施"五水共治"、生态公益林保护、美丽乡村建设等系统工程，并实施"安山"工程，大力治危拆违，充分腾挪、有效利用山区发展的空间。

绿水青山就是金山银山。山村的人们从"靠山吃山"到"养山富山"，彻底地改变了深山里的发展理念、生态环境，让大山里的休闲旅游、农家乐顺势红火起来，吸引了来自上海、南京、苏州、杭州市区、宁波等地的大量游客，既获得了经济效益、社会效益，又保护了绿水青山。

"尝到了甜头，我们更加注重从习近平总书记重要讲话中去找新理念、悟新思想。比如，习近平总书记指出：'文化自信是一个国家、一个民族发展中最基本、最深沉、最持久的力量。'②我们镇村党组织在学习中收获到，过去我们曾经抱怨山区太落后，其实是对大山里宝贵

---

① 本报评论部. 绿水青山就是金山银山（人民观点）——新时代推进美丽中国建设的根本遵循[N]. 人民日报，2022-09-29（7）.

② 习近平. 习近平谈治国理政（第四卷）[M]. 北京：外文出版社，2022：103.

的文化资源认识不足，这是缺少文化自信的直接表现。如果让这些宝贵的文化资源躺在深山里睡大觉，那岂不是太可惜、太浪费了？于是，我们及时将隐藏在深山无人知晓的、'古'的文化资源，充分挖掘出来建成文化景观，系统地展示大山里丰富的农耕文化、深厚的历史积淀，以及向善向美向上的人文精神。"许大姐的一席话让我受益匪浅。

不知不觉间，许大姐把车子开到了高虹新四军纪念馆门前。下了车，她手指前方悬挂着的"天目山战役新四军驻军遗址"牌匾对我说："这里是当年新四军旧址的老屋，这里蕴含的思想最深沉，影响最持久。"

我站在刘别生烈士旧居遗址前，思绪飞到那段烽火连天的抗战岁月里。我想起脚下这片土地曾是浙皖交界的天然屏障，一度成为杭嘉湖地区的抗日前哨。30 岁殉国、当年驻扎龙上村并威震江南的"老虎团"团长刘别生在这里抗战过，一生为党、大公无私的沈子球在这里组建过抗日游击队，开国大将粟裕领导的新四军队伍也在这里战斗过。

前事不忘，后事之师。历经磨难的中国人民永远不会忘记这段屈辱的历史和这些不朽的英雄。那么，挖掘好这些深藏在深山冷岙里的革命历史和英烈的故事，铭记历史给予中国人民的深刻昭示，不正是我们文化自信的思想源泉吗？

许大姐说："在我们村落景区，习近平总书记强调的'以人民为中心的发展思想''高质量发展''扎实推进共同富裕'等，都曾在龙门秘境的建设发展中发挥核心作用。"

先进思想是时代的声音，创新理论是制胜的武器。

党的创新理论的力量一经农村广大群众所掌握，就会慢慢厚植成强大的物质力量。我深信，习近平新时代中国特色社会主义思想武装起来的农民，一定能在共同富裕的道路上越走越自信、越活越精彩。

二

如果说龙门秘境村落景区的秋色是金黄的、赭红的、碧绿的……那么石门村古建筑的灰白主基调色，便是这秋色里最精致的点缀。

白墙灰瓦，灯笼高挂。耸立的小门楼、起伏的马头墙、美丽的大雕花，深浅不一墨色渲染，浓淡相宜线条勾勒，一座座建筑层层叠叠、错落有致。明清时期保留下来的徽派建筑像盛开的莲花，丰腴的白色点缀于金黄、赭红和碧绿之间，把巍巍群山装扮得十分高贵和典雅。

走在古韵悠悠、宁静整洁的石门老街上，我们正好遇见石门村党支部书记边志荣，他在指导一户村民布置门额上的横批。

得知我们的来意，他说："我们石门村是明清时期徽杭古道山区部分的重要落脚点，徽商所经之处，留下了很多徽派遗迹。前些年，村里人口流动大，几乎家家都剩一群老人守着老房子，而有些老房子则由于长时间没人住，眼看都快要倒掉了。2018 年，石门村纳入农村综合改革区域，区里、镇里紧紧抓住这一机遇，投资了 3000 多万，对老街的历史古建筑进行了抢救性保护，恢复了石门老街以前的样子，恢复了徽杭古道的原貌。"

踏在仿古的青石板上，走在老街的街心里，看见忙碌的村民们在经营着自家的酒坊、豆腐坊、年糕坊……他们脸上洋溢的笑容不禁使我心生感慨：浙江省农村综合改革这种深层次的经济社会改革，给农业带来盼头，给农村带来奔头，给农民带来甜头，而我们的共同富裕示范区建设涉及的是更深层次的经济社会改革，改革的力量一定能帮助我们实现共同富裕的目标。

我的这一想法得到了许大姐的赞同。

她说："回溯龙门秘境村落景区的发展历程，'八八战略'是一个重要里程碑，其中战略之一，就是'进一步发挥浙江的体制机制优势'，它蕴含着改革这一推动共同富裕的鲜明价值取向，只有改革才是通往乡村共同富裕的'船'和'桥'。所以，龙门秘境村落景区的建成就是改革的力量促成的。"

于是，我们商量沿着猷溪逆流而上，再从上游往下游走，去追寻共同富裕的猷溪大道上的"船"和"桥"，感受改革的力量为龙门秘境村落景区带来的巨大变化。

在路上，许大姐想了想说，关于龙门秘境村落景区的改革，要数高虹镇人大主席汪勤勇最清楚。经联系，汪主席正好在大山村蹲点，并邀请我们前往。

在大山村村委会，汪主席正等在那里。确实名不虚传，汪勤勇对龙门秘境村落景区改革的故事如数家珍。

他介绍的龙门秘境村落景区的过去和现在，与许大姐一路上讲述的几乎一样。他谈到，连片山区不懈努力，从小改到大改，从易改到难改，在改革中发展，在改革中奋斗。

他对我们说，在高虹镇，"山高路远"一直都是北部石门、龙上、大山难以改变的客观条件。

从硬环境看，这里是一级饮用水源保护地，生态红线、生态保护的要求特别高；人才、资金等发展的核心要素十分匮乏，产业发展的难度特别大。从软环境看，"各人自扫门前雪""村村精打小算盘""上村不去管下村，下村不搭理上村"等与乡村振兴、共同富裕的理念、思路、方式不相协调的问题还不同程度地存在。

他清楚地记得，2018年，中共中央、国务院发布了《中共中央 国务院关于实施乡村振兴战略的意见》。如何把新时代的农业打造成很有奔头的产业，让新时代的农民成为极具吸引力的职业，使新时代的农村成为人们安居乐业、铭记乡愁的美丽家园，以及如何推动乡村振兴，实现物质和精神共同富裕，是摆在各级党委、政府面前的重大课题。

如何改变？如何破局？临安区积极尝试着给出答案。

区、乡镇（街道）积极抢抓"浙江省农村综合改革集成示范区"的机遇，依托改革的力量，坚持从"山"的问题出发，按照乡村振兴战略的目标要求，实现"村强、民富、景美"；围绕"深化产权制度改革、助推农村产业发展、壮大村级集体经济、提升生态宜居环境、完善乡村治理机制、促进农民持续增收"等六个方面，在大山、龙上、石门三个行政村实施生态保护、赋权活能、产业发展、社会治理等方面的"12＋X"示范引领项目，同步实施产业类、村落景区类、基础设施类等40余个建设项目，补齐大山深处农业农村发展的短板，走出一条山区生态保护与乡村振兴协同共生的新路径，为全国山区型乡村的振兴提供可借鉴、可推广的临安样本。

汪主席进一步解释说："我们农村综合改革集成项目，其实一开始并不叫'龙门秘境'。'龙门秘境'的名称是我们的一个乡村景区运营师的创意，她借鉴了石门村昔日龙门公社的名字，分别取了龙上村的'龙'字和石门村的'门'字，组成'龙门'，有过'龙门'即入'秘境'的意思。记得那段时间，为了按时保质保量完成综合改革集成项目，我们高虹镇党委在区委、区政府的领导下，抽出专门的骨干力量，组建成工作专班，设立了攻坚指挥部，采取挂图作战、挂账销号的方式，对每个项目的施工进度、工程质量、造价控制等方面都进行严格把关，每天有通报、每周有例会、每月有比拼，大家把项目一线当成了战场、赛场、考场，坚持'5＋2''白＋黑'，全力保障综合改革集成项目顺利完成。"

正是改革的力量为生态区的群众打好了生态宜居基础。龙门秘境村落景区属于生态区，农民房屋大多依山而建，可用的空间显得十分狭小，导致乱搭乱建现象比较多。他们坚持一改到底，改变'一户多宅''一户多附'现象，拆除高大的围墙，一次性对457处违章建筑进行了清除，腾出建设空间 3.6 万平方米。收购、租赁古宅、空置房屋和宅基地 5000 多平方米，全面推进电力改造、路灯改装、古宅修复、墙体粉刷等多个环境整治项目，完成了石门古窑古道、龙冷古道、大石古道、里石门古戏台修复，改造了古门老街，建设了天石滩景区、石门乡愁记忆馆、攀岩体验馆、滨水游步道、石门广场、狮子山游步道、水上抱石公园等 40 多个基建项目。

正是改革的力量，为生态区的乡村打通了全面振兴的通道。龙门秘境村落景区紧紧抓住全国农村集体产权制度改革试点这一契机，以确权、赋权、活权为核心，重点推进农村承包地、宅基地和村集体经营性资产等三项改革，激活生态区资源，确认股份经济合作社股东成员，发放新版土地承包权证、房地一体不动产证书等。研发了农村承包地动态管理应用系统和区、镇、村三级产权交易平台，先后流转了承包地 1000 亩、山林 1000 亩，交易农村集体产权 1600 余万元，流转闲置房屋 21 幢，用于发展民宿、康养等产业。开展了闲置农房产业招商，拓宽了土地承包经营权、土地流转经营权、农房流转使用权抵押融资渠道，以便推动乡村振兴融资，引进社会资本，壮大集体经济和推动产业提质。

也正是改革的力量，为生态区的农民提升了共同富裕的成色。龙门秘境村落景区积极推动农村实现共同富裕，想方设法做好"富山"文章，将景区定位为"生态秘境、攀岩胜地、运动山乡、传统村落"，助推产业转型升级，创新实施城乡合伙人制度，大力发展"文旅＋""农旅＋"产业，打响了"百年古村落、千年大梯田、万年峭岩壁、亿年巨石阵"的IP概念，树立了良好的品牌形象，将其打造成共同富裕的临安样本。创新实施"城乡合伙人"模式，按照"政府引导、村为主体、村民自觉、社会参与、市场运作"的原则，成立村落景区运营公司，使其作为一级运营商，招引优质的民宿酒店、市场营销人员等二级运营商，建立"农户＋合作社＋村落景区运营公司＋专业项目合作商"的运营模式。新的产业引进来，新的业态在培育，龙门秘境村落景区呈现出一派欣欣向荣的景象。

改革到位了，环境变好了，经济发展了，社会进步了，村民们的心也就变暖了，他们脸上洋溢着幸福的笑容。

三

在探访共同富裕示范村建设发展的过程中，我最关注、最上心的还是村里人口结构的变化、生产生活的变化、精神面貌的变化，以及农民的收入、农民的想法、农民的能力等一系列的变化……

那么，农民到底能不能成为最具吸引力的职业之一呢？

我在龙门秘境村落景区的建设发展过程中找到了答案。

我们来到龙上村那天，正好遇见临安区文化和广电旅游体育局副局长陈伟洪一行，交谈后得知他们正在开展当下民宿业发展情况调研。于是，我和许大姐商量，临时加入他们的队伍中。

陈伟洪告诉我："你关注的方向也正是我们在推动乡村振兴、实现共同富裕的过程中最为重视的内容。说真的，农村最重要、最关键的还是人才，要培养出一批新时代爱农业、懂技术、善经营的新型农民，虽然是一个难题，但也是确保共同富裕能够实现的根基。这几年，在龙门秘境村落景区的建设发展过程中，我们的一个重要经验就是通过留住原乡人、召唤归乡人、吸引新农人的模式，探索形成'培育乡村运营师'这一'授人以渔'的新路子，推动文旅融合、农旅融合，为乡村振兴注入新动力、新活力，盘活山乡经济，吸引更多的人回归到村里。"

我们聊得正起劲，这时陈伟洪一拍手说："忘了，忘了，我们还约了娄敏呢。"

关于娄敏，前面许大姐已经多次提起过，她的故事给我留下了深刻印象，采访她也成了我这次行程的目的之一。

娄敏，对外有着一大堆亮眼的头衔，如：龙门秘境村落景区运营商，杭州市临安区政协常委，浙江金诺传媒有限公司总经理，清华大学工商管理硕士，浙江天目书院常务副院长，浙江农林大学"中华传统文化"荣誉导师，浙江农林大学文法学院硕士研究生实务导师和兼职教授，新乡贤，深耕龙门秘境的乡村文旅人、乡村振兴职业经理人。

听到我们也有采访娄敏的想法，大方的陈伟洪副局长便把这个交流时间让给了我们。

见到娄敏，是在她经营的垄上行民宿的一楼大厅，民宿就位于龙上村。说是一楼大厅，准确说是在临公路的半坡上，坡下猷溪水流潺潺，十几座小木屋点缀在对面的竹林里、丛林中。这个垄上行民宿应该是娄敏在乡村运营过程中比较满意的一件作品，也是龙门秘境村落景区的网红打卡地。

走进大厅，一股浓浓的书香、茶香味飘来。可以看出，这个接待大厅的设计还是花了很多心思的，外面一排是并列摆开的三张餐桌，每张餐桌的两边摆放了十分考究的复古沙发，可约三两朋友在这里谈事、聊天、发呆……再往里，左侧是一张长长的茶台，右侧则是接待用的吧台，茶台与吧台并列，吧台里有自酿的杨梅酒，茶台背面墙壁上是整排的书架，上面摆满了满足各类人群需求的图书，我粗略估算了一下，应该有千余册吧。

娄敏提前准备了好几杯茶。倒开水之前，玻璃杯的顶端用洁白的纸盖轻轻盖着，杯底盛放着的几片茶叶碧绿碧绿的，一种想喝茶的冲动在我心底升腾，喉咙里不由自主地吞咽了好几下。

这时，娄敏便给我们俩每人泡了一杯茶，用托盘轻盈地端过来。细长玻璃杯的杯口香气四溢，直扑鼻息。于是，我不管不顾，端起身前的茶猛然喝了一口，顿时一股特殊的香气直入心底。

"小心烫！"娄敏轻声提醒着。她说，我们现在喝的都是村民自制的高山绿茶。

待坐定，我便开门见山地问娄敏："在你众多的头衔中，你最喜欢哪一个？"

她好似在回忆，又好似在思考，迟疑片刻后，便坚定地告诉我们："最喜欢的头衔应该有两个，一个是大山村人的外孙女，再一个是乡村运营师。我还喜欢政府倡导的原乡人、归乡人、新农人这些身份。

"我的外婆是土生土长的大山村人，我是外婆一手带大的。小时候，我从这个山爬到那个山，从溪的这头跑到溪的那头，对垄上的小路、林边的石滩、山间的小溪、儿时的玩伴，还有大山村里的一花一草、一树一木、一人一事，都是如此地熟悉。大山村承载着我童年记忆里面对家的想象和家的味道。

"所以，我爱外婆，我爱大山村，我对大山村的了解、理解甚至超过了很多大山村人。我知道大山村需要什么、反对什么；我知道村民们喜好什么、讨厌什么。

"我对大山村有着比别人更为特殊的情感，我见不得外婆她们看着品质好、味道鲜的笋和茶烂在泥土里而无可奈何，我也见不得她们因庄稼受灾、收成减少而泪流满面，我还见不得大山村里的那些亲戚日渐衰老、村庄日渐空心化，我更见不得大山村人对空有'美丽风景'、缺少'美丽经济'的现象的失落和不甘……"

心怀感恩的娄敏说："我好想为我们村子的发展做点事情，把学的一些本领用在大山村的发展上。"爱到深处情自浓，这时候，娄敏的眼睛里闪着泪光。

2016年，在外打拼多年的娄敏决定以投资商的身份回到大山村创业，通过流转村里闲置的千亩高山梯田，大力培育乡村产业，在金竹坞种植了高山菊花、有机瓜果蔬菜，大力发展乡村旅游，带动了大山村的发展。

2017年，为解决乡村振兴中"千村一面"，乡村产业造血功能弱、专业化运营不足等问题，临安区行动了起来。他们创新发展"村落景区市场化运营"手段，通过广揽人才和依靠人才的力量，有效带动山村的发展。

善于把握机遇的娄敏，凭借着丰富的行业资源、对外婆家乡的热爱以及在大山村的成功创业经历，从众多候选者中脱颖而出，开始担任龙门秘境村落景区的乡村运营师。

相较于由单个行政村组成的村落景区，龙门秘境村落景区体量更大，复杂性更强，运营难度也更大。

娄敏下定决心，不能辜负家乡政府和亲戚朋友的期望。她信心满满地说："当好乡村运营师，其实我还是有底气的，这个底气就是我当过话务员、开过外贸公司、办过工厂、从事过传媒行业的丰富跨界经历。"

签约后，娄敏首先在原来经营大山村的基础上，建成了700亩高山戴妃皇菊产业基地、200亩高山蔬菜基地、2000亩星空之城高山草甸，在1000亩大山梯田上种植水果、珍稀药材、花卉，还有数百亩竹林、野茶山，收购或租赁了老供销社、敬老院、老街民居等地方[1]，作为带领龙门秘境村落景区全体村民实现共同富裕的家底。

运营之初，娄敏在全面摸底的基础上，邀请了国内众多来自不同领域的规划公司，以及来自浙江大学、浙江农林大学、浙江理工大学和北京、台湾的规划设计团队，为龙门秘境村落景区的运营出谋划策。

---

[1] 龙门秘境. 乡村运营师娄敏：用心雕琢龙门秘境，促进乡村振兴[EB/OL].（2022-06-07）[2023-08-23]. http://big5.china.com.cn/gate/big5/iot.china.com.cn/content/2022-06/07/content_41994233.html.

成立回乡创业联盟（图片由高虹镇提供）

"我们的策划改了很多个版本，临安区文旅部门也给了很多建设性意见。"娄敏说。

一次次头脑风暴，一份份策划方案。娄敏心目中理想的方案基本形成，这里面融入了团队的绝佳创意，融入了自己对未来村落景区运营的理解，也融入了自己的理想和全部情感。

娄敏说："我们根据三个村落的地理位置和特色，分别为石门村、龙上村、大山村设置了探古之旅、畅玩之旅和康养研学之旅的主题。

"其实，乡村运营于我而言算是一次很大的挑战。它是一个综合性工程，我们不仅要顾全大局，时刻保证运营走在正确的方向上，还要重点帮助全体村民提升收入，实现物质富裕和精神富裕双推动。在运营过程中，我们也是走过了从'一片骂声'到后来的'一片掌声'，再到如今的'一片笑声'的过程。"

许大姐接过话茬说："娄敏采取的办法是聚焦当地村民的参与程度和收入情况，通过整体产业布局，让村落景区与村民形成紧密利益共同体，吸纳更多的原乡人、归乡人、新农人加入进来。"

娄敏认为，要让村民更多地享受到龙门秘境村落景区的发展红利，必须提升景区内的住宿品质，培育新兴业态。于是，她和团队逐家逐户走访景区内的农家乐业主，发动、鼓励他们把农家乐改造提升为民宿。

"一下子投入 20 多万元去改造，如果最后连成本都收不回来怎么办？"

"农家乐变民宿，房价必然要上涨，来这么偏远的地方住这么贵，客人能接受吗？"

⋯⋯⋯⋯⋯

娄敏十分理解村民们的担忧，郑重地向村民们做出承诺：只要大家投钱装修，客源问题就由她的团队来解决；如果装修后，生意不如从前，装修费就由她的团队来出。动员后，石门的 4 家农户带头进行改造，提升后重新营业的第一个暑假每户净赚 30 万元，看到如此显著的成效，其他村民陆续跟进提升。

盛世饭庄的老板盛阿三也是享受龙门秘境村落景区运营红利的归乡人之一。

20 世纪 90 年代，在龙门秘境村落景区还属于石门乡的时候，盛阿三就在这里经营一家饭店，当时叫"阿三饭店"。进入新千年后，石门撤乡并镇到高虹，阿三饭店变得门可罗雀。2001 年，盛阿三不得已，只得将饭店迁到临安主城区和高虹镇。2019 年，龙门秘境村落景区建成，时隔 18 年后，他又将饭店迁回老地方改造提升。盛阿三高兴地说："没想到生意会如此红火，最忙时，从早上一直营业到晚上，年营业额比在城区翻一番。"

天目叠翠（图片由高虹镇提供）

如今，龙门秘境游客络绎不绝。高虹镇 2022 年汇报材料显示，截至 2021 年底，村落景区累计吸引本村的青年、乡贤 40 余人回乡创业，引入社会资本 1.5 亿元，新增就业岗位 200 余个，村集体增收 427 万元，村民人均增收 2400 元。2022 年国庆黄金周，龙门秘境一天接待游客多达 2 万人次，民宿入住率超过 97%。

2018 年以来，龙门秘境实现了蝶变，先后获得国家级森林康养基地、全国乡村旅游重点村、中国传统村落、国家 AAA 级村落景区；浙江省生态文化基地、农村综合改革集成示范区、红色美丽乡村、美丽宜居示范村、乡村振兴教学基地、运动休闲旅游优秀项目、十大最美农村路、森林氧吧、气候康养乡村、中小学生劳动实践教育基地等荣誉称号。

如今，站在石门村口，眼前是一条穿村而过的猷溪，清澈的溪水正缓缓流淌。壁立山崖间苍松勾肩迎客，蜿蜒河谷中翠竹作揖，杭徽民居层层叠叠，白墙灰瓦被五彩缤纷点缀——宛如一幅直入人心的色彩斑斓的油画。

（2022 年 10 月于临安区龙门秘境村落景区）

「话」外桐坞

　　如果有人问我杭州周边哪个村庄最值得一去，无须多想，我便会立刻说出外桐坞村这个名字。而据我所知，参观了解过外桐坞村的人几乎都会发出同一种声音：它确实无愧于"值得"这二字。

　　外桐坞村隶属于杭州市西湖区转塘街道，不仅自然山水引人入胜，而且传统文化令人神往，拥有李太白"画茶闲情抒"的赞叹。不管是青山绿水，还是文化传统，都既在村民共同富裕之路上赋予他们一抹鲜亮的底色，又带给村民一股治愈人心的精神力量。

　　我想，这或许就是外桐坞村值得去的理由吧。

一

得知我要去国内外知名的艺术村落——外桐坞村采访农村共同富裕的典型，杭州市农业农村局（杭州市乡村振兴局）的朋友专门送来两件精美的礼物。

一件是他自己的书法作品："朝涉外桐坞，暂与世人疏。村庄佳景色，画茶闲情抒。"这是一千多年前，唐代大诗人李白云游至此时为绝美风光写就的诗。细心的朋友将书法作品折叠好装在一个大信封里。我轻轻地打开，作品笔走龙蛇，力透纸背，散发着淡淡的墨香。另一件是一张标题为《画茶闲情抒》的音乐舞蹈光盘，这一主题也取自李白的这首诗，他将光盘装在信封里。我小心地取出，插进电脑光驱，然后点开，只听到音乐响起，时而婉约时而欢快，悦耳动听。

我的内心洋溢着满满的感动，不由得心生感慨，真是应了一句话：有了朋友，再大的困难也会变得容易一些；有了朋友，再苦的差事也会变得甜蜜一些。

其实，我一直认为自己是一个没有艺术细胞而且很无趣的人，平时，虽然也想用道听途说的艺术传闻或低端的仿制品来装点一下门面，但内心深处又怕别人说自己不懂装懂，因此常处于纠结之中。

当然啦，朋友赠送我这两件作品的本意，并不是希望我马上就能够提升自己的艺术素养，而是他作为一名从事"三农"工作的人，遇到有对"三农"如此感兴趣的朋友，触发了他对"三农"工作的那份独有情怀，希望我能借此读懂外桐坞这个艺术村落吧。

我轻轻地抚摸、细细地凝视着这两件作品。一方面，我的身心得到愉悦；另一方面，此时有两种声音在我的心底里此消彼长，一个说，"你啥都不懂，去探访也是徒劳的"；另一个说，"还是去看看吧，只要你用心多观察多记录多感受，总会有收获的"。最后，又出现了第三种声音："你是去探访高质量发展建设共同富裕示范村落的，又不是去鉴赏文化艺术的，想多了吧？"

至此，我的内心一下就释然了。我深信，杭州市农业农村局（杭州市乡村振兴局）推荐的共同富裕示范村肯定有它的优势和特色，探访共同富裕示范村本身也是我计划的初衷。

所以，一定得找个时间去了解它，读懂它，宣传它。

外桐坞村，正如李白诗作所述，是一个很美的名字。在杭州，有很多地方，名字里都带着一个"坞"（wù）字，譬如梅家坞、唐家坞、蒋家坞、庙坞，在西溪沿山一片就有"西溪十八坞"，丰富了西溪诸山坞文化。关于"坞"，《现代汉语词典》（第7版）里有三种释义：一是地势周围高而中央凹的地方，如山坞；二是四面高而挡风的建筑物，如船坞、花坞；三是防御用的建筑物，小型的城堡，如村坞。外桐坞的"坞"，我认为理解成第一种释义比较妥帖。外桐坞是因为当地桐树茂盛而取名，列"西溪十八坞"的倒数第二坞。

外桐坞村位于杭州市西南部，是西湖区转塘街道下属的行政村之一。外桐坞村2022年汇报材料显示，全村占地1950亩，住户163户，常住人口662人，有山林地1260亩，茶叶地520亩，村庄置于素有"万担茶乡"之称的龙坞茶镇，属西湖龙井的核心产地。

"村庄佳景色，画茶闲情抒。"我的理解是，外桐坞村之所以能够闻名国内外，一为茶，二为画。自古以来，西湖龙井茶，既是一种产业又是一种文化，中国当代文学家梁实秋说："喝一杯西湖龙井，等于是把西湖山水喝到肚子里。"是啊，文学家喝茶喝的是文化，是历史，是故事。至于画，外桐坞村还有一个艺名叫"画外桐坞"，我想，艺术家的画作，画的就是气质，是富裕，是未来。

据村里老人介绍，"画外桐坞"还对应着一个美丽的传说，是说他们的祖先为仇氏姓，从宁波搬迁至新凉亭（现唐家桥），后来转移到外桐坞，繁衍生息。另依《仇氏宗谱》记载，这一支仇氏，与"明四家"之一的大画家仇英同出一祖，"画外桐坞"会不会与家族史上这位大画家有渊源呢？

所以，这次对话外桐坞，不仅仅是因为茶，还是因为艺术。

耳听为虚，眼见为实。对话一座生活富裕、精神富有的现代化艺术村落，让我都有些迫不及待了。

二

今年夏天，杭州持续高温，并且不断地刷新着纪录。

据市气象局统计，杭州无论是连续高温天气数还是高温总天数，都在全国城市排名中靠前。8月14日15时04分，杭州热出了新高度，达41.8℃，创造了1951年杭州气象站有连续气象观测记录以来的最高气温历史极值。

此时已然立秋，但"秋老虎"意味极浓，丝毫没有降温的迹象，空气中弥漫着紧张、浓烈、急促的氛围。钱塘江江面上升腾的热浪无规则地摇晃着，之江路两边林带上的淡淡绿烟凝成一片黛色长廊，绕城公路墙角上的芊芊细草烤成一片密密的黑发，两旁高大的树干上扎堆的蝉发出嘶吼，天上的云跟随着疾驰的车快速移动，像涨起的潮，涌着一艘艘帆船。

我就是在这个火热的季节探访外桐坞村的。

这次采访得到了西湖区委办公室副主任吴恺的支持，他帮助协调并将外桐坞村党总支书记张秀龙的微信号推送给了我。张书记微信名就叫"画外桐坞"，是的，作为村党总支书记，为外桐坞代言，他是有这个资格的。我们相约下午 4 点见面，他爽快地答应下来，还发来了画外桐坞旅游景区的定位。

现在仍是疫情的高峰期，坐拥西湖、大运河、良渚三大世界文化遗产的杭州，旅游业仍在缓慢恢复中，再加上近期的持续高温天气，我心里盘算着，去外桐坞村的人应该不会太多吧？

一路上，穿行的车辆并不多，行至转塘留泗路，导航显示目的地已经到了，也许最美的风景总是藏在最深处，我跟着定位竟然将车子开到了外桐坞村对面的车辆检测站里。

我只好下车探路，重新又转回留泗路上，走着走着，猛一抬头，看见一个桥洞，上方刻有"画外桐坞"，再对照导航，才明白了外桐坞村就在这里。

"拨云寻古道，倚石听流泉。"穿过桥洞，复行数十步，豁然开朗，路旁停有车辆，院舍林立，茶绿竹翠，犹如世外桃源。

此时，坡上一位打着遮阳伞的美女款款向村外走来，停留打听，才知道村委会在坡上面。于是，我又折转回到车上，开车钻进桥洞，一路往村委会开去，窗外的村庄环抱于青山之间，道路上的每个区块，村庄的每个角落，布置得都很舒服，有满满的设计感，让李白诗中的绝美景色再现，令人陶醉。

村委会在画外桐坞旅游景区服务中心的楼上，让我诧异的是这里竟然停满了车，一个空位都没有。正当我为停车犯难时，一位村民顶着烈日走来，轻敲我的车窗，友好地让我把车子停到他家门前。一时间，我困惑、疑虑起来，这位村民好像洞穿了我的那点小心思，笑着对我说："我叫仇建昌，本村村民，你放心，我门前停车是不收费的，而且我们所有村民家门前停车都是不收费的。在外桐坞村，无论谁有困难，大家都会尽力帮忙的。"

仇建昌的坦诚，让我有些难为情起来，只好尴尬地连声说："谢谢！我真不是这个意思。"

仇建昌热情地把我引到他家门口。此时，门前已经停了两辆车，他便引导我把车子倒进边上一个很小的区域里停好。和张书记相约的时间还早，我便向仇建昌说出我采访的目的和心中的疑问：天气这么热，村里人气怎么还这么旺？

"外面太热，请到家里坐。"仇建昌没有立即回答我的问题，而是一边说一边礼貌地做出邀请的手势。

恭敬不如从命，受训莫如从顺。走进他的家里，一丝凉风吹来，与门外的热风打着卷儿交织着、争斗着，最终，凉风战胜热风，犹如在炎热的大夏天吃上一口冰激凌。慢慢地，室温平稳了下来，空调温度设置得刚刚好。环顾四周，才发现仇建昌的家里艺术氛围还是比较浓厚的。这个房间几乎没做什么隔断，而是作为一个大画室，摆满了画作，有装裱好的，也有没装裱的，用夹子夹住悬挂着。宽大的木板上一幅刚创作的山水画墨迹还未全干。几只茶杯随意地摆在茶台上。

"这幅画是儿子刚刚画的，指导儿子学画的庞代君老师有事离开了。这间画室主要是庞老师在用，我们偶尔也沾沾光，熏陶熏陶。"仇建昌淡淡地对我说。

虽然我不懂画的鉴赏，但我从他的语气中还是可以感受到满满的幸福，从他的神态中看出他为儿子的画作而骄傲。

"这段时间正值暑假，中国美术学院很多老师住在村里，跟随他们在村里创作和培训的人很多。虽然我们画外桐坞是国家AAA级景区，但我觉得我们这里的文化气息浓一些，商业氛围淡一些。"仇建昌随手揿下煮水的按钮，在灯光照射下，他那阳光、黝黑、健康的脸庞显得格外安静和从容。

"以前，我们村只是一个普通的茶村，茶叶是我们的经济支柱，经

学习的样子（图片由外桐坞村提供）

济效益一般，农民收入不高，大家往往要在农闲时到附近工厂做零工补贴家用。再加上我们村离主城区比较远，乱搭乱建的地方多，社会管理粗放，环境亟待整治，也没有什么人来投资。后来，随着杭州的快速发展，我们这里的区位优势才显现出来，村民们的思想也活络起来。应该是2004年前后吧，我们村里发生了两件大事：一件是中国美术学院象山校区建成，另一件是我们产生了新一届村领导班子。这两件事看似风马牛不相及，但实际上却是我们外桐坞艺术村落梦想的开始。村班子想事干事成事，他们下定决心发展村集体经济，整合现有条件，挖掘潜在资源，净化村内卫生，改建了村集体生产用房，增加厂房层高，这种潜意识思想无形中塑造了适合艺术作品摆放和创作的空间，为艺术家们的创作提供了便利。"仇建昌打开了话匣子。

2007年，外桐坞村第一幢破旧的茶叶加工坊招商引资，迎来了第一位艺术家，这也打开了以党总支书记张秀龙为代表的一班人的思路。他们进一步探索村庄发展之路，明确了村庄发展的方向是要引进更多艺术文创资源，为后期的转型打下扎实基础。

是的，只有当你准备好了的时候，机遇才会随之而来。

2009年，杭州市决定创建一批风情小镇。

经过前几年的"阵痛"改造发展后，外桐坞艺术村落有了雏形，加之紧邻中国美术学院象山校区这一特殊资源，它迎来了更大的发展机遇——成功入选风情小镇，一举迈上了往艺术村落方向发展的快车道。

村里抓住机遇，乘势邀请中国美术学院象山校区的老师参与村子的提升改造，从村容村貌大环境到农舍风格小环境，从街巷绿化大布置到路边小景小设计，甚至是农舍院子里的石榴树，彩虹长廊的颜色搭配，都深深刻下了中国美术学院老师的创作印记……

外桐坞村的发展使我联想到农村的共同富裕，以及实现这一目标究竟靠什么。我从村民的介绍中寻找到了答案：还是要靠村集体班子和党员、靠资源禀赋、靠历史机遇……只有把握机遇不懈怠、选准方向不盲目、锚定目标不放松，才能成就现在的"画外桐坞"。

我们聊兴正浓时，手机振动了一下，我拿起一看，原来是张秀龙书记快到了，邀请我现在过去。于是，我只好结束聊天，并且通过电话和庞代君老师相约，计划下次再来仇建昌家时，听庞老师讲述她与画外桐坞的故事。

三

下午 4 时的杭州依然阳光耀眼，热浪滚滚。

从仇建昌家出来，仅走几步路便汗流浃背，走进画外桐坞景区服务中心，远远看到中心门前藤椅上坐着一个人，像一尊艺术雕塑，目光深沉地看向对面的房顶、白墙、山石，仿佛在思考如何赋予这些静物以灵性，让它们活起来。

看到我，这位头发略显稀疏、皮肤为古铜色、上身着细格子衬衫、下身穿蓝色牛仔裤、脚踏运动鞋的中年男人站起来，充满歉意地与我握手："我是张秀龙，抱歉啊，让您久等了！"

"不要紧的，咱们村村民受文化的熏陶，很健谈，和他们聊天也很快乐，收获很大。"我边说边和他走上楼。

"天气这么热，都忙些啥呢？小心别中暑啦！"我好意地提醒他。

"一大摊子的事，这不，温度太高，很多茶树都晒干了，心疼啊！我刚到茶山去盯了一下茶树的遮阳、抗旱保护情况。"他说道，"现在的村干部都这样，'白＋黑''5＋2''007'，每天都是两眼一睁，忙到熄灯，全村的大小事情都要去操心，哪一个地方都不能疏忽，确实有操不完的心！"

我明白，张秀龙书记说的不是玩笑话，因为他确实非常忙。

他说："日子再怎么忙碌，村里茶山那边我都会抽时间去看看。"

张秀龙喜欢养育他的这片茶山，尤其喜欢坐在茶山亭子上，静静地俯瞰茶山上的绿色。远山如黛，阳光澄澈，一层一层的绿色，像起伏的浪，摇曳生姿。

如今，外桐坞村已经从传统的普通茶村向时尚的现代艺术村落转变。随着艺术家及各种工作室、艺术馆进村安营扎寨，艺术家们将各种"沉睡"的资源"唤醒"并进行有效配置，对村民的农居房进行了艺术化改造、加工或点缀，不仅增加了村民的房租收入，提升了美誉度，还带动了旅游业的发展；他们再将茶业与艺术联姻，让村民们把茶叶卖成艺术品，村民想不富都不行的。村美人富名气大。2021 年村里统计数据显示，村集体收入相当可观，村民收入在杭州也是相当高的，全村 163 户 662 人的年人均收入达 7 万余元。外桐坞村不仅是浙江省风情小镇、浙江省美丽乡村特色精品村，而且是全国民主法治示范村（社区）、全国文明村镇。

"年人均收入达 7 万元，这个数据可不低，远远超过'到 2025 年，农村居民人均可支配收入达到 5.7 万元，城乡居民收入倍差缩小至 1.7 以内'①的杭州城乡共富新目标。"外桐坞村的富裕程度超过了我的想象。

紧接着，我们从张秀龙 2005 年担任外桐坞村党总支书记后村里的情况开始聊起。

他将外桐坞村的发展模式总结为"资源依托自发式、政策推动激励式、产业发展主动式"三种模式，或者说是依托区位、环境优势自发形成艺术家聚集地，依靠政府制定政策推动建设风情小镇发展，通过打造美丽乡村和国家 AAA 级景区建设带动文化产业发展的自下而上的路径。

他回忆起刚当党总支书记那阵子，村里确实很困难，因为有生态红线，原来的油漆厂、五金加工厂、板材加工厂等有污染的高能耗企业必须清理淘汰，经济发展亟待转型，大家也想了很多办法去招商，但效果都不理想。

---

① 数据来源：杭州市委、市政府《杭州高质量促进农民农村共同富裕行动计划（2021—2025）》（市委办发〔2021〕58 号）。

一个村庄的美术馆（孔一摄）

这时，他沉默了，眼前浮现出种茶年代的艰苦画面；心里好似被突然飞来的石子击中一样有些痛。

江南的春天，朦胧而柔美，矜持而富有诗意，像一次需要耐心等待的约会，更像那浑身清纯的少女。你远远地看到了她的身影和妩媚的笑容，甚至闻到了她身上淡淡的迷人气息，但她却有些害羞，袅袅婷婷、躲躲闪闪，始终不肯向你走过来，而是需要你的投入、你的主动，需要你去创造机会。

2006年春天的机会被有准备的张秀龙紧紧抓住。

他说："这个机会也许是一个偶然，最后偶然成为必然，成为外桐坞村发展转型的一个最好契机。"

毕业于中国美术学院的书画家徐恒老师和几位创业的艺术家正在筹备一个画展，需要可用于开设工作室的场地。他们到中国美术学院象山校区周边的几个村庄找房子，几天下来，要么没有环境适合的村子，要么没有符合要求的房子。徐老师说："我们在一个茶村相中了一个比较适合的厂房，然而在厂房承租洽谈中，因为对方对艺术工作室、艺术村落的不了解，以及村集体经济发展的局限性，对方固执地坚持他们村里的厂房只用于招引实体企业，我们的谈判最终没有成功。"

徐恒老师和一群合作伙伴只好继续寻找。那天下午，他们来到外桐坞村。瞬间，就被眼前的美丽景象所深深吸引，村庄远山近茶相得益彰，你中有我，我中有你，村外茶园围绕，村里石榴遍植，村中那株树冠硕大的香樟古树枝繁叶茂，茁壮成长。"这里真是个创作创业的好地方，如果能把工作室建在外桐坞就好啦！"大家不由得感叹。

生活有时候就是这么奇妙，有些巧合简直让你不敢相信，正为招商而发愁的张秀龙书记恰巧碰上了这个送上门的好机遇。

那天下午，他苦苦思考未果后，便想到茶园去走走。

走进茶园，他看到了一群活力无限的年轻人，正在那里侃侃而谈，聊得十分火热。张秀龙不由自主地走到他们当中，正是这次走近，让他走进了一个全新的领域，走向了乡村发展转型的崭新轨道。

回忆当时的场景，张秀龙笑着说："当时中国美术学院的徐恒老师一行需要租赁库房做工作室，看着很着急的样子，担心我们不租给他。他还打开随身携带的笔记本电脑，把他在德国莱茵河畔、日本大阪艺术村落考察访问时的很多照片，一张一张地打开放大了给我看，我确实被打动了，如梦初醒，原来农村发展还可以这么搞。这样好啊，我没有丝毫犹豫，直接带着他们去看我们刚刚整修的库房，最后村委敲定，村集体用房全部租给这批艺术家。"

每个时代的发展进步其实都需要思想的觉醒者，只有拥有早于别人的觉醒才能获得发展的先机。那时候，张秀龙看中的不仅仅是这40万元租金，他看中的更是艺术村落的发展模式，以及文化产业的发展前景。

从那以后，村里党员代表、村民和中国美术学院的艺术家之间的交流越来越多，村民们也从怀疑到认可，从喜欢到支持，从接受到融入，外桐坞村艺术村落的模式逐渐形成。

"艺术家有的是思路和想法，而且他们都很和善，有些东西我们认为是没有用处的'垃圾'，经过艺术家一设计，废物利用，就变成'宝贝'了。所以，我们村委只要按照正确的方向全力支持就好了。"张秀龙说。

不论是艺术村落的规划设计，还是艺术房屋的经典打造，艺术家们都无偿提供支持。

随着外桐坞村往艺术村落的发展越来越好，周边很多艺术家慕名而来，后来竟然到了一屋难求的地步。一个小小的外桐坞村聚集了155名艺术家，王鸿、黄俊等一大批中国美术学院的名家在村里设立了油画、国画、雕塑等艺术工作室。村里的艺术中心有时还会举办音乐会，更是吸引了很多人前来欣赏。

艺术家郑秀珍是慕名而来的，她喜欢安静，崇尚自然。她表示，自己肯定不会去做"隐于野"的隐士，也不会去做"隐于市"的隐士。她对工作室的选址有明确要求，那种太荒芜的地方不会去，那种太闹腾的地方也不会去。

在考察很多地方后，她喜欢上了外桐坞。村子不仅离中国美术学院近，仅有3千米的距离，而且离钱塘江、西溪湿地也很近。

"采菊东篱下，悠然见南山。"这里葱郁的茶园、清新的空气、齐全的设施，特别适合生活和创作。权衡利弊和比较优劣后，她决定将工作室迁到外桐坞。与村委会协商后，她承租了村文化礼堂并打造了秀空间生活美学馆。她的入驻让村文化礼堂与艺术相融相生，既实现了她的创作梦，又活跃了乡村文化，还帮助村民提升了文化艺术素质。

她高兴地说："'画外桐坞'满足了我的全部想象，满足了我的生活所需。"

四

在村文化礼堂门口，我见到了66岁的外桐坞村老主任仇维胜，村子里的人都喜欢称呼他"老村长"。他正在等着接孙子回家，孙子参加艺术家免费举办的暑假书法培训班，今天是最后一节课。

仇维胜说："我从村主任岗位上退了后，每天的日子都过得比较平淡。当我看到全村老少日子过得有滋有味的时候，我感到很高兴很幸福。"

正从文化礼堂门口经过的村民傅剑华接过仇维胜的话，心怀感恩地说："我们现在有滋有味的日子都是'老村长'他们这些党员干部辛劳付出创造出来的。"

再把时间调回到2009年11月。当时，《杭州市人民政府办公厅关于开展杭州市"风情小镇"创建工作的实施意见》（杭政办函〔2009〕374号）提出，全市要通过一年到两年的努力，创建10个左右的"风情小镇"；同年12月，中共杭州市委杭州市人民政府农业和农村工作办公室出台发布了《关于开展创建"风情小镇"申报工作的通知》（杭州市农办〔2009〕141号），明确了具体的申报细则。外桐坞村得到西湖区、转塘街道两级党委、政府的支持，乘势而上，借助市里创建契机，争创"风情小镇"，解决外桐坞村艺术家集聚区在布局和规划方面的短板。

村委会这片老区域已经入驻了大量的艺术家，新改造的这片区域也准备招引艺术家入驻。在实际操作过程中却发现，很多艺术家对新改造这片区域的做法持谨慎观望的态度。

张秀龙说："艺术家们之所以谨慎观望，主要还是因为希望新改造区域的房租能低一点。搞清楚艺术家们的心思后，转塘街道和我们村里结合实际，着眼未来发展，讨论决定，要从承租房屋时就注入共享理念，实现共赢。我们充分考虑到了艺术家们的实际困难，比如，有的艺术家事业处于起始阶段，来外桐坞建立画室、举办画展，也是要讲究成本的，如果房租太高了，他们就会压力很大，进而导致事业失败；但如果房租太低，农民就亏了，共同富裕梦也就难以实现。

"最后，在上级政府的专业指导下，我们研究决定，以双方都能接受的最大公约数来确定农民房的租金。比如，四层100平方米的农民房，村民家庭自住第四层，一层至三层租给艺术家的价格标准是：1元/平方米·天，租期为10年，就是每年每户约11万元的租金。"

时任村主任的仇维胜积极响应村里的号召，将自己这栋每层95平方米的房子的一层至三层租给一位画家，还打了个折扣，每年5.6万元，合同一签就是10年。

就这样，在仇维胜的带领下，这片新改造区域的农民房全部租出去了。

仇维胜说："我们与租房画家相处得非常融洽。3年后，他准备去法国深造，我没有收他一分违约金。他推荐的另一位画家来租我家房子，提出能否按照相同的标准来租，我同意了，就以同样的价格同样签了10年。"

当年，整个外桐坞村推出的首批房子全部被抢光。

村民傅剑华动情地说："如果没有当年村干部带头做出表率，就没有今天的'画外桐坞'，就没有今天的崇高事业！

"再后来，外桐坞村又入围杭州市美丽乡村特色精品村和整乡整镇推进美丽乡村建设的名单，成了杭州市展示新农村建设和统筹城乡发展成果的样板示范点，加大了村容村貌、产业聚集、村风文明、生态和谐、污染治理等方面的建设。2014 年，外桐坞村被确立为国家 AAA 级景区，我们坚持'村貌悦目协调美、村容整洁环境美、村强民富生活美、村风文明身心美、村稳民安和谐美'[1]的'五美'要求，在共同富裕的道路上越走越稳健，越走越富强。"

"如果没有这么多年来对艺术村落发展的坚持坚守，那么村里现在会过着什么样的生活呢？"我问。

"人生没有如果！"张秀龙淡然一笑。但他心里想说而未说的话是，村庄应该也会大步向前发展的，但发展之后呢？如果按原来的发展模式，可能会污染环境；如果环境污染了，全村人即使都成为富翁又能怎样？不久后他们所拥有的一切都将全部丧失，最终将一无所有。

已经奋斗了 17 年的党总支书记张秀龙仍然铆在这个岗位上，每天为外桐坞走好共同富裕路奔波忙碌着。在党群服务中心看到张书记 2009 年的样子，再和如今的他相比，工作的辛劳不言而喻。他说："习近平总书记说得好，促进共同富裕与促进人的全面发展是高度统一的。[2]作为一个土生土长的村民，我虽然看到大家物质上富裕了，但我更希望我们的村民精神上更加富足，以前是这样，以后更要朝这个方向努力，这是全村每家每户都要完成的事情。"

说罢，他看着我，眼神里满是亮光，思索中透着坚定。

---

① 仇欢.潇洒桐庐　秀美乡村[N].浙江日报，2011-09-28（18）.
② 习近平.习近平谈治国理政（第四卷）[M].北京：外文出版社，2022：146.

五

"我们'画外桐坞'本身就是一个共富梦。"聊起农村共同富裕的话题，外桐坞村村民厉萍爽朗一笑，在她的眼中，这个共富梦是美好、是和谐，是工作、是生活，是理想、是幸福，是情怀、是奉献……

外桐坞村的发展道路，延伸开来，其实就是中国特色社会主义道路，就是杭州坚持高质量发展、走共同富裕道路的一个缩影。

"奋进新时代，建设新天堂"，外桐坞村正朝着"人的全面发展"目标扎实迈进，不但要实现全体村民物质的丰足，而且要实现全体村民精神的富足。

张秀龙表示，村里一直鼓励村民创新创业、守法经营、诚实劳动，鼓励艺术家们承担社会责任，鼓励艺术家与村民、艺术家与艺术家、村民与村民之间互帮互助、相互关爱。

是的，艺术家们入驻外桐坞村，有力地推动了艺术村落的经济发展，实现了资源的反哺，比如：村里新增加了很多房屋出租的机会；新建的耕心启智艺术公社、植觉花艺、艮余文化艺术创意公司，入驻的呢喃、朴青、曾韵等艺术工作室，给村民们提供了就业机会，使村集体经济得以增长，村民收入得以提高。而且，在艺术家入驻过程中，村民们被艺术熏陶和感染，浓厚的艺术氛围在村庄里一点一点形成，进而活跃了村庄的文化产业。艺术家的精彩创意，也为村里的传统产业种茶业提高了附加值，增加了茶农的销售机会和销售收入。艺术家捐赠的艺术作品的拍卖，也为村庄发展募集资金提供了一定的帮助。

如今，在村里精心设计、建设的年糕茶坊、仿古国学讲堂、美术馆、茶叶炒制中心、朱德纪念室等场所开展的一系列活动中，艺术家和村民们一起做一些简单农活，种菜吃饭，打水沏茶，不紧不慢，一个充满人间烟火气息的外桐坞展现在人们面前。

茶坊的样子（图片由外桐坞村提供）

在村民厉萍的书房，墙上挂有好几幅艺术作品，其中一幅《采茶女》的新作吸引了众人的目光，画中，采茶女背着竹篓神情专注地采茶，茶山得以再现。画作构思巧妙，形象逼真，颇见功力。厉萍说这幅画是她自己画的，创意也是她的。"从没想过自己这双采茶叶的手，也能拿起笔画画。其实，这也是我一直向往的生活。"

在村民傅剑华的家里，他正在和在他家租房的国画老师一起对几幅作品进行装裱。2012 年，他家房子租给了这名国画老师，如今，他已经跟国画老师学习装裱与画画 10 年了，经常会为外来游客裱画，画一些山水画，这也是一笔收入。"我以前就是个地地道道的农民，虽然我现在仍然是一个农民，但不一样了，大家都称呼我为农民艺术家了，我生活的环

一个有温度的连接（孔一摄）

境和整个人的状态都有了提升。"傅剑华自豪地说。

…………

清晨，这边的村民厉萍拿着锄头出门，那边的艺术家郑秀珍背着画板也出门了。

树枝上鸟儿的声音婉转清亮如晨露，一颗颗在树叶上轻轻滚动着，有的从一片叶子轻轻飞溅到另一片叶子上，有的直接掉落草丛中被大地没收了。这里不知名的鸟儿虽然很多，却不拥挤，亦不聒噪，他们有的声音清亮，有的细碎婉转，有的低沉悠扬；他们仿佛都是舞台上的角儿，按照既定的剧本，一方唱罢一方登场，并不觉得烦恼。厉萍和郑秀珍在茶山相遇了，这是锄头与画板的相遇，是天然与雕饰的相遇，她们像画外桐坞的鸟儿一样唱着歌、锄着地、画着画。

村民们说，在外桐坞，共同富裕是可以看到听到闻到的，也是可以感觉到触摸到的。

（2022 年 9 月于西湖区外桐坞村）

浪漫的塘栖

杭州市东北部有个塘栖古镇，古镇腹地有个塘栖村，北望京杭大运河，南靠超山风景名胜区和原生态湿地丁山湖漾，村域总面积4平方千米，共有1021户4265位村民，属于典型的江南鱼米之乡。其实，塘栖村还有一个很响亮的名称——浙江省共同富裕现代化基本单元。

在我眼里，富裕的塘栖还是一个特别浪漫的村庄。她的浪漫既有"东园载酒西园醉，摘尽枇杷一树金"那种收获舒适的浪漫，也有"水韵风情地，诗意古村落"那种收获美好的浪漫，但给我留下最深刻印象的，应该是"老槏杵歌晒太阳，面筋微笑忆时光"那种收获幸福的浪漫。

为什么说印象最深的塘栖浪漫是收获舒适、美好、幸福的浪漫呢？那就跟着我的脚步，从村口的那张巨幅照片开始，破解塘栖浪漫的密码吧。

这张合影照是塘栖村几千户村民的"全家福"，那是一片欢乐的海洋，透过宽大的屏幕都可以感受到他们的幸福。照片里前排就座的，是家家户户的长者。男长者们有的蓄着花白胡须，有的面如弥勒笑佛；女长者们穿着鲜艳的服装，化着淡淡的妆容。他们脸庞上用来记录岁月的皱褶因幸福的笑容而舒展，笑容里是满满的真实踏实、知足满足、温暖浪漫，让我不由得想起那首老歌《最浪漫的事》："背靠着背坐在地毯上／听听音乐聊聊愿望／你希望我越来越温柔／我希望你放我在心上／你说想送我个浪漫的梦想／谢谢我带你找到天堂……我能想到最浪漫的事／就是和你一起慢慢变老／一路上收藏点点滴滴的欢笑／留到以后坐着摇椅慢慢聊……"

塘栖村鸟瞰（李盛韬摄）

一

采访归来，我想说，塘栖的浪漫就在那些勤劳的奋斗者中。那些奋斗者中既有村干部也有村民，既有外来务工者也有游客。

"在塘栖村挂职一年多的时间里，我经历了从'纸上得来终觉浅'的空谈到'绝知此事要躬行'的实干，从'三门'（家门、校门、社会大门）青年曾经的拖泥带水，到深入基层摸爬滚打后的干脆利落，从追逐青春梦想的虚无到因使命而敢于担当的实在。"与塘栖村党委书记助理沈银祥聊天是一种享受，我完全被他的浪漫情怀深深地吸引和感染。

沈银祥，杭州市司法局驻塘栖村挂职的公务员，是 2020 年从上海同济大学建筑与土木工程专业硕士毕业的。

上午，塘栖镇人大副主席、塘栖村党委书记唐国标要去镇里开会，便安排沈银祥陪我先在村里转转看看，熟悉塘栖的村容村貌、乡土人情。站在"全家福"大照片前，小沈告诉我："虽然担任村党委书记助理的时间不算长，但我能从塘栖村干部身上感受到最强烈的革命浪漫主义精神。"

说句实在的，对小沈的话，我是持怀疑态度的，虽然我也清楚和认同农村工作的开展，特别需要干部群众的奉献情怀和革命浪漫主义精神。

之前，我曾跑过不少农村，走过不少社区，对广大农村干部的工作常态非常熟悉，他们基本上都忙到一周工作"5＋2"、一天工作"白＋黑"、每天工作"两眼一睁，忙到掌灯"，都快要忙死了，哪里还有什么心思去追求浪漫呢？

小沈笑着解释说："你可能不相信我的感受，那我还是举个简单的例子吧。"

在塘栖村，无论是村干部还是村民，他们的精神状态和奉献精神真的很不一般，他们特别有凝聚力和感染力。他们平时喜欢琢磨、善于琢磨，想得浪漫，做得也浪漫，能够把"虚"功做得实，"虚"理讲得实。比如在基层党建团建工作中，塘栖村党委、村干部特别注重着眼于未来，努力在塘栖的"栖"（《现代汉语词典》（第 7 版）解释为"本指鸟停在树上，泛指居住或停留"）字上做文章，党委一班人适时提出建设"未来可栖"党建联盟阵地，联合镇党群服务中心打造村级"栖"字系列党群服务中心，为村民、游客、学员提供定制式、菜单式服务，把党建、团建这篇文章做实在、做深入，做得有声有色、有模有样，让群众看得见、摸得着……

我们正热烈讨论时，小沈接到唐国标书记的电话，他已从镇里开会回来，回到"未来可栖"党群服务中心。

小沈好似找到了说服我的好办法，再也没有了刚开始和我聊天时的那份局促。

"我解释得可能不是很清楚，现在唐书记开会回来了，他可是在塘栖当了 25 年书记的老党员，村里每家每户什么情况他都'门儿清'，哪户村民的窗户玻璃损坏了需要更换他知道，哪户家里有人生病了需要就医他也知道……怎么样？走吧，现在就回村里，一起去听听唐书记讲述塘栖的浪漫故事。"沈银祥似乎有些迫不及待。

原本我想先通过切身感受来体悟塘栖村的浪漫，如今先去见见唐国标书记倒也不用担心什么，反正后面还是可以去亲身体悟的。

从村口到村委会大约几分钟的路程，我们很快便来到"未来可栖"党群服务中心，小沈径直带我来到二楼会议室。农村干部确实忙，在等候的半个小时里，唐书记还在办公室和临平区农业农村局副局长孙金星研究怎么解决农业项目建设配套的问题。

又过了几分钟，一个爽朗的声音传过来："不好意思，久等了。"

只见一个中等个头、长相敦实的中年男人走进来。虽然他像我一样，鬓角已经染白，刻下了岁月的痕迹，但是他的身体看上去特别结实，身材保持得也不错。仅从外表看，让我略微失望：眼前的唐书记似乎与浪漫不沾边。

然而，人不可貌相，海水不可斗量。一交流便发现，我面前是一个风趣幽默、浪漫温情、硬朗果断、坚定努力的农村带头人。

不对呀！我怎么觉得唐书记身上应该还有一种作为标杆村书记的重任和压力，以及那种巨大压力带给他的超强负荷和严格自律？

唐国标身上所具有的人格魅力和精神印记，不正是我在努力寻找的塘栖浪漫密码吗？

是啊，英勇果断不仅是一种力量，更是一种浪漫；坚定执行不仅是一种力量，更是一种浪漫；幽默风趣不仅是一种力量，更是一种浪漫。

"唐书记一定当过兵！"一个突如其来的想法在我的脑海中形成了，我脱口而出，他的微笑验证了我的判断。在聊天中得知，唐书记曾是一名中国空军空降兵，志存高远，胸怀如蓝天一样广阔。这不由得让我想起了两句话，一句是一位将军的用人之道：一个连队，把连长和指导员用准，就行了。另一句是一位市委书记的内心感受：一个村庄，把党支部书记用准，就行了。

那么，唐国标就是那个用准了的人。

唐国标书记用在部队带兵打仗一样的思维，带领塘栖村党委一班人认真思考如何谋胜局、攻坚克难打胜仗。

他们根据塘栖村的实际，适时提出要塘栖村建设一支立体化队伍，以充实骨干力量。他们建起了"班子成员、基层骨干、村民"的塔式结构农村先锋队伍，按照班子领导、骨干带动、村民参与的原则，自上而下实现基层治理的三级联动，他们挑选组建的党员红、五四橙、卫生黄、军人绿、群众青、工会蓝、巾帼紫的"栖彩＋"功能小分队，将组织的触角延伸到了塘栖村的角角落落。

在如今的塘栖，年轻人已经立下了"鲲鹏鸿鹄"的志向，并在朝夕中写实"韶华"，那是有为青年"青春无悔"的浪漫。村民们践行着"春雨润物"的责任，并在风雨中写实"奋斗"，那是富裕村民"渐入佳境"的浪漫。党员干部坚守住了"不忘初心"的约定，并在繁华中写实"沉淀"，那是党员干部带领全村"乘梦前行"的浪漫。

奋斗者的浪漫，要求他们对"国之大者"做到心中有数，对民之关切做到丝发必兴；要求他们时时做到，叩问塘栖发展"依靠谁""我是谁""服务谁"；要求他们心系"万家灯火"，情牵"柴米油盐"，以人民为中心践行初心使命。

我顿悟，一个出色的农村干部不仅应该是一个理论家、实干家，还必须是一个心理学家、艺术家。

二

采访归来，我想说，塘栖的浪漫在那惬意的富日子里，犹如那一颗颗汁多味甜的枇杷，吃在嘴里，甜在心里。

五月江南碧苍苍，蚕老枇杷黄。

曾有一位塘栖的朋友送来了两筐自家种的枇杷，色泽金黄，肉厚多汁，甜酸爽口，确实无愧于"枇杷晓翠"之名。可是两盒枇杷一下子又吃不完，送邻居吧，他家又没人在，弃之很可惜。

于是，不好保存成了我对枇杷的原始记忆。

如今塘栖的枇杷怎么样？

塘栖枇杷享誉国内外（图片由塘栖村提供）

"一分为二看，塘栖人引以为傲的枇杷创造过辉煌，但也经历过低谷。有段时间，我们自己都感到有些失落，枇杷产业做得并不好，'中国枇杷第一村'有些名不副实。所以，枇杷产业的发展也是我们一直积极思考努力的问题。塘栖枇杷一定要把这个对外'金名片'擦亮，村党委坚持开拓'枇杷产业'，增加村民收入、盘活集体经济，志在让家家户户的'钱袋子'都鼓起来。"唐国标说完便陷入了沉默。

据史书记载，塘栖枇杷始种于隋，繁盛于唐，极盛于明末清初。明代李时珍《本草纲目》记载："塘栖枇杷胜于他乡，白为上，黄次之。"清代光绪《塘栖志》记载："四五月时，金弹累累，各村皆是，筠筐千百，远返苏沪，岭南荔枝无以过之。"苏东坡任杭州刺史时曾云，"客来茶罢空无有，卢橘微黄尚带酸"，张嘉甫问曰："卢橘是何物也？"答曰："枇杷是矣。"

塘栖枇杷不仅历史悠久，而且斩获荣誉无数：

1963年在北京首届全国农业展览会上展示。

1980年在全国枇杷品种评比中获鲜食、制罐两项第一名。

1999年注册"塘栖"牌商标，同年获得杭州市优质农产品展销暨新技术新品种交易会金奖。

2001年获中国浙江省农业博览会银奖。

2004年中国塘栖枇杷节开节，并获国家质量监督检验检疫总局批准原产地域产品保护……

唐国标清楚地记得，早几年枇杷销路不好、价格低廉，有的村民只好狠心地将房前屋后种的枇杷树砍掉了。这一度让他很是心疼，他便下定决心，要大力开发枇杷产品的多种功能，不断延长产业链、提升价值链、完善利益链，并且通过多种不同的价值实现形式，把塘栖的枇杷产业做大做强，让村民享受到全产业链的增值收益。

"我们通过党员带头推动土地流转的方式，腾挪出1000亩地，建成枇杷特色产业园，形成产业发展的集群优势；再通过人才孵化带动枇杷产品的产销衔接，建立青年电商孵化园，先后培育了137名青年电商，拓宽销售增收渠道；我们还与浙江农林大学开展深度合作，采取党建联盟的形式进行助推，成功研发了枇杷酒、枇杷花茶、枇杷蜂蜜等一系列新型产品，进一步提高了枇杷产业的附加值。与此同时，我们还积极运用'中国枇杷第一村'的名气，为乡村振兴增添'人气'：引进流动人口，整合优质文旅资源，发展生态观光旅游，组织村'未来可栖'党群服务中心开办'乡创培训班'，带动农文旅就业500余人。我们村党委还规划了精品民宿集聚区和优质农家乐示范带，这也成为塘栖村吸引游客前来采摘和品尝农产品的'关键一招'。"

好办法带来好风光，来塘栖村考察并洽谈枇杷产业合作的人络绎不绝，每年仅中国塘栖枇杷节期间，塘栖村就接待了20余万人次的游客。塘栖村里的枇杷产业产值每年达 2500 余万元，成了名副其实的"中国枇杷第一村"。

"种植培育'生态化'，深度加工'标准化'，经营销售'品牌化'，交流渠道'平台化'，塘栖发展壮大枇杷产业的'四化经验'是我们打造美丽经济、让村民过上富日子的最佳路径。"唐国标书记说。

"实现共同富裕，就是要结合自身的特点和优势，积极培育优质产业，紧紧抓住国家实施乡村振兴战略的机遇，以及农业农村的新产业、新业态，打造农村产业融合发展的新载体、新模式，推动要素跨界配置和产业有机融合，让村民们在融合发展中实现同步升级、同步增值、同步受益。"唐国标表示。

产业兴旺是实现乡村振兴、推进共同富裕的关键抓手。

唐国标认识到，在塘栖村，产业发展并不能局限于枇杷一种产业，而是要让产业发展多元化、精细化。他将塘栖村培育优质产业、壮大集体经济发展之路概括为三个阶段。

第一阶段，是塘栖村在特定的历史条件下挖掘到"第一桶金"的阶段。2005 年，村党委通过盘活原有乡政府、大队部两处存量资产，挣到并村后的"第一桶金"98 万元，并将这"第一桶金"用于两幢办公楼的建造。其中一幢通过招商引资的方式出租给杭州塘栖法根食品有限公司，不仅一次性收到了两年租金，还拿到了区财政奖励款，村里再用这些资金进行投资和建设，慢慢地就壮大了村集体的资产规模和经济收入。

第二阶段，是大力培育枇杷特色产业的阶段。通过土地流转使枇杷产业形成规模，实施原产地保护，拓宽销售渠道，提高产业附加值。

第三阶段，是重点抓好美丽经济的阶段。随着美丽乡村建设的深入实施，以及塘栖环境的逐渐改善，村党委开发了乡村休闲旅游经济，倾心尽力打造了外塘红色研学基地、高端精品民宿、马家墩 Deep Work

卡丁车游乐项目魅力无限（图片由塘栖村提供）

智能湿地度假村等文旅项目，吸引投资 1.3 亿元，打造了高品质的乡村慢生活区，将美丽乡村转化为美丽经济，这也是村民最有获得感和幸福感的阶段。

除了以上三个阶段，实现"村富"变"民富"，既用老招数，又有新办法，塘栖村将其定位为现在和未来产业发展的第四阶段。

唐国标说："我们村先后建成了卡丁车、丛林穿越、高空滑索、游船、烧烤、小木屋、茶吧、智慧民宿等游乐项目，旨在打造一个人人共享的'共富乐园'；我们充分发挥村里的品牌优势，种植枇杷、草莓、蓝莓、脆柿等 11 种高端水果，以及养殖'跑步鱼'等鱼类，旨在打造一个人人共赢的'共富果园'；我们创新由商会进行垫资，村民即可均享的'商会＋村民＋村集体'众筹模式，旨在建立一个人人共荣的'共富家园'；我们还整合了浙江省兴村治社名师、产业发展带头人等师资力量，结合省级、市级、县级美丽乡村、未来乡村等特色示范点，与浙江大学、浙江理工大学、浙江农林大学等高校和百年老字号、知名种植养殖企业合作，旨在建设一个人人共筑的'共富学院'，形成共享共赢共荣共筑的、标识度极强的塘栖共富新模式。"

三

采访归来，我想说，塘栖的浪漫还在于塘栖的山水和风情。

告别唐国标书记后，我想一个人到塘栖村古老的街道和市井走一走，感受一下那里的山水和风情。

"人人尽说江南好，游人只合江南老。春水碧于天，画船听雨眠。垆边人似月，皓腕凝霜雪。"唐代诗人韦庄诗中所描绘的江南水乡的味道，与现代化的塘栖倒是十分贴合。

一样的江南，不同的村镇。其实，塘栖的山水和风情是有别于西塘古镇、南浔古镇、乌镇古镇的。从经济总量看，一个村的体量是很难与一个镇的体量相比的；从社会进步看，一个村的发展也是很难与一个开发多年的古镇的发展相比的。塘栖村没有西塘、南浔、乌镇那样浓郁的商业气息，它的美更加灵动和自然，就是我心目中"小桥流水人家"应该有的样子，不需要人声鼎沸的喧嚣，也不需要你追我赶的焦虑。

塘栖千年，山水是"根"，风情是"魂"。一场冬雨后，在这个运河古水哺育而成的古镇，远远望去，波浪像昆仑碧玉，闪烁着美丽的光泽；行至近前，曲径通幽、村舍依依，接天莲叶、倒影荡漾……走进塘栖的街巷，踏着长满青苔的石板发出阵阵清脆的脚步声，仿佛穿越时空的隧道，在古老与现实的碰撞中，看到戴望舒《雨巷》里那位丁香一样的姑娘，撑着油纸伞款款走来，彰显了塘栖风情的无限魅力。

如今的塘栖村既有丁香姑娘经过的清静小巷，也有游人如织的繁华商铺。

步行街上，游人和街景相映成趣，古朴与现代浑然一体。回到村头，已经 11 点半了，本不准备吃饭的我走进芦塘鲜农家乐，想喝一杯茶，满面笑容的老板娘给我泡茶，她在带柄的玻璃茶杯里放上少量茶叶，待水烧沸后，搁置片刻，缓缓地将水冲进杯里。绿茶在开水的冲力下翻滚了几下，便慢慢沉入杯底，个别不老实的叶子不愿意很快下沉，任性地在杯壁边上晃动。茶叶的香气可不管那么多，悄悄蔓延开来，扑入我的鼻息，想喝茶的冲动在我的心底涌动。

"茶多少钱一杯？"我问老板娘，准备付费。

"吃饭要钱，喝茶不要钱。"老板娘微笑着说。

"你是做生意的，不收钱不就赔本了吗？"我坚持着要付。

"人哪能掉进钱眼里呀？喝杯茶都要钱，那谁还敢来你家吃饭呢？"老板娘坚决不收。

老板娘和气生财的想法感动了我，一看时间，也到饭点了，干脆坐下来品尝品尝农家乐的招牌菜。

在等待出菜的时间里，我和老板娘闲聊了起来。

"家乡的脏乱差穷是我们早年去上海打工的主要原因。我们塘栖村位于杭州的城乡接合部。记得那时候，村里主要有三个经济来源（其中有两个来源似乎沾点污染的边）：一是养鸡养猪为主的养殖业，二是养鱼为主的水产业，三是种枇杷为主的种植业。

"春夏秋冬，一年四季，房前屋后臭气熏天，水塘里、河道里的淤泥很深很深，稍有不慎就会陷进黑臭的淤泥里。家乡成了大家的伤心地，年轻人都不愿意留下来。"老板娘回忆起从前时显得有些沉重，这也从侧面印证了唐国标书记的说法。

"村里环境发生大变化的时间大概是 2017 年。此后的几年里，我

梦里水乡（图片由塘栖村提供）

每一次从上海回来，村里都不一样。路变得越来越平坦了，河道变得越来越宽了，景色变得越来越美了，从周边城市来村里搭帐篷度周末的人也越来越多了。"谈起村庄的变化，老板娘的兴奋之情溢于言表。

我翻开笔记本，重温了采访唐国标书记的笔记，我在本子上找到两个时间节点，与老板娘的说法如出一辙。一个时间节点是 2016 年，塘栖村开始做"山水文章"，村里以"大会战"为契机，开启违建整治的"减法"，在区（原余杭区）、镇（塘栖镇）两级要求拆除 6000 平方米任务的基础上，自加压力在全村范围内共拆除违章及不雅建筑 4 万多平方米，拆出了足够的物理空间，为美丽乡村建设奠定基础，也为美丽产业导入预留了充裕的发展空间。从 2017 年起，塘栖村启动美丽乡村建设，基本遵循"村委中心圈，塘超小径大圆环"的美丽乡村框架，定位水乡风光特色，以点带面，做响做亮水乡"名村"。建成美丽乡村核心区块，涉及东横塘、罗塘 2 个自然村6 个组 235 户。

唐国标书记提供的另一组数据，我觉得也很有说服力。这几年塘栖村为筑牢生态屏障、建设美丽景区村庄，清理了 1.7 万立方米淤泥，整治了 409 处小微水体，拆除了 765 户家庭的违章建筑。

这时，老板娘已经将特色饭菜端上了桌，我一边吃，一边继续与她拉家常。

老板娘告诉我，她家的农家乐是在 2019 年正式开业的。2017 年，他和爱人沈雄伟从上海回来，听说村里计划通过提供场地、提供服务，鼓励村民以开办农家乐的方式来创业。

他们考虑到，一方面外出务工的成本很高，另一方面村里的政策很诱人，便决定返乡开农家乐。他们也就成了村里最先做"山水文章"的村民。他们的农家乐于 2018 年动工装修，两口子干劲十足，把自家菜地平整好，再修了庭院，村里还免费让游客停车。

芦塘鲜农家乐一开业便非常火爆，两口子既当店老板，又当服务员，加上自身的特色菜做得相当不错，有时还客串一把大厨，当年净赚了 100 万元。这几年，芦塘鲜农家乐的生意要差一点，但整体上也是好过周边农家乐的。老板娘说，之所以仍然能赚钱，主要还是因为村里的生态环境好，"山水文章"好赚钱。

让美丽环境变成美丽经济。如今的塘栖村，农家乐经济从无到有，已经产生了集聚效应，租房经济和地摊经济也为村民带来了可观的收益。

我点的特色菜比较简单，也很清淡，很快便吃完了。我突然想起：怎么没见老板呢？老板娘告诉我说："今天要接待 90 多人，他正在厨房里忙呢。"

这时客人还没有到齐，我便请老板娘带我去认识一下老板沈雄伟。

我们走进后厨，只看见大厨和配菜师傅正在紧张有序地忙碌着。大厨背后悬挂的铁钩上，一只只塘栖板鸭正列阵摆开。一碟鲜红的辣椒、一碟翠绿的葱花、一碟金黄的姜丝，加上一把花椒、八角等作料，被这位大厨一股脑儿地推入锅底，埋进高温下的葵花籽油中，发出了"滋滋滋"的声响。一股鲜香辛辣的味道刺激了我的味蕾，尽管我已经吃过清淡的午饭，但肚子还是不争气地发出了"咕咕"的声响。

眼前这位身着干净厨师服、头戴洁白厨师帽的大厨正是老板沈雄伟。他微笑着冲我点点头，虽然没有攀谈，但是他的努力何尝不是一种表达，值得我们每一个人尊重。

四

采访归来，我想说，塘栖村的浪漫还在那浓浓的烟火气，在那文明扎根于风俗的家风传承。

时代在发展，社会在进步。塘栖村不仅物质生活富裕了，还十分重视全体村民的精神生活富裕。重乡贤、倡家风，坚持把推动家庭的全面进步作为实现村民精神富有目标的重点，并找准了与村民密切相关的载体来付诸实施。

从 2016 年开始，塘栖村一年接一年地举办了"千家宴""千福宴""千寿宴""千禧宴"。2020 年，他们组织全村千余户村民照了一张"全家福"，把家庭、家教、家风当作传承文明的微观载体，润物细无声地影响村民的心灵，启迪村民的言行。往大里说就是，让塘栖村 1021 户家庭成为国家发展、民族进步、社会和谐的重要基点。

2016 年 1 月 29 日，塘栖村按照"文化礼堂、精神家园"的基本定位，即将建成以有场所、有展示、有活动、有队伍、有机制为基本标准的文化礼堂。

唐国标书记琢磨：应该用什么样的方法来促进家风传承、推动家风发展？

作为一名创新型、开拓型的基层干部，唐国标曾带领村党委班子创新推出了以下工作法："'炒菜'式工作法，产业发展打造美丽经济；'干塘'式工作法，由点及面做优生态环境；'年糕'式工作法，凝心聚力营造崇善乡风；'筑塔'式工作法，聚沙成塔垒好治理防线；'握拳'式工作法，资源统筹共创幸福生活"。这"五式"工作法夯实了塘栖的基础，助推了乡村的蝶变。塘栖村先后荣获了全国民主法治示范村（社区）、全国无邪教示范村、全国五四红旗团支部、浙江省先进基层党组织、浙江省美丽宜居示范村等荣誉称号，还获评浙江省AAA级景区村。

取得成绩当属于过去，持续发展要着眼未来。

他感到，村里邻里互助关系、家庭和谐关系等方面还需要加强。假如办一次"千家宴"来庆祝文化礼堂落成，是否可以更好地调动村民们的积极性和凝聚力，让村民们自觉成为村里文化活动的组织者、策划者、参与者？

他的这一提议得到了乡贤们的大力支持，也引起了村民们的广泛关注。

乡贤们纷纷表示，一定全力促成"千家宴"，并会资助活动的全部费用。

"村里第一次承办这么大的活动，一开始我们还是有些担忧的。"唐国标书记坦言。为确保"千家宴"活动的顺利完成，村党委班子和村骨干力量从严把食品采购关、交通安全关、席间安全关，把每个细节都想全想透、落实到人，经过2个多月的精心准备，全村1000余户村民每户派一位代表参加的"千家宴"在欢歌笑语中成功举办。唐国标欣喜地说："这个活动有效地解决了村内的许多陈年纠纷，营造了邻里和睦、安定团结、欢乐祥和的喜庆氛围，促进了邻里和谐，也拉近了干群关系。"

尝到了甜头的唐国标，带领村党委一班人紧跟时代步伐，根据形势需要选主题，连续三年每年开展了一次"千"字头活动。

他们着眼全域美丽、全民普惠，结合塘栖村的地域特色和水乡文化，开展"九美塘栖村"建设，制定塘栖村美丽乡村建设三年行动规划，充分发挥家庭妇女的"半边天"作用，凝聚巾帼力量。2017年1月7日，首次举办"千福宴"暨家庭文化节启动仪式，邀请居住在塘栖村的1221位家庭妇女，围绕"共建送福、迎新祈福、最美祝福、团圆纳福"四个主题，鼓励女同胞们共同努力，做好美丽乡村的美丽庭院和垃圾分类这两件"关键小事"，扮靓家园，共同参与美丽塘栖建设，共同见证塘栖村的繁荣壮大。

在活动现场，千余名妇女共聚文化礼堂，幸福洋溢心间，笑容绽放脸上。她们开展"晒照片、谈家风、讲故事、展才艺、秀梦想"等主题活动，弘扬新时代塘栖村女性风采，尊重新社会妇女地位的社会新风在塘栖村形成。

一年一个主题，一年一场活动。他们针对塘栖村老年人口占比已经超过三分之一的实际，注重弘扬塘栖村敬老的传统文化，巩固"健康、幸福、和谐、甜蜜"的敬老理念。2018年重阳节，塘栖村再次组织开展了"千寿宴"重阳敬老奉献礼仪活动。这一次，塘栖村邀请了全村65周岁以上老人共享"千寿宴"，让爱达老年人的所思、所想、所用、所爱，让老年人享受经济社会发展成果，安享幸福晚年生活，从细微之处彰显文明乡风。

唐国标感慨地说："虽然塘栖村文化礼堂的每一次活动、每一场大戏、每一席晚宴都是短暂的，但在活动的背后，我们看到了90岁高龄的老人'固执'地要求到场参加聚会的力量，我们看到了忙碌的子女贴心地接送行动不便的父母到村赴宴的温馨，我们看到了好久不见的老邻居在一起开怀畅聊的幸福，我们看到了老人们一张张洋溢着幸福

向幸福招手（图片由塘栖村提供）

感、满足感的笑脸，我们还看到了老人子孙发来的一条条确认安全的信息并感受到了宴会结束后一句'我顺路我来送'的温暖。"

历时三年的美丽乡村建设接近尾声，塘栖村迈向了新的征程，将2019年作为美丽产业发展的开局之年。推动美丽产业发展成为塘栖当前工作的重点。为进一步优化塘栖村的产业格局，他们继续发挥"千"字头优势，再打"千"字牌。他们于2020年1月5日，邀请了全村2000年至2019年20年间登记结婚的夫妻，到村文化礼堂开展"千禧宴"暨"幸福三重奏"活动。塘栖村幸福的650对夫妻齐聚一堂，共祝时代更美好、生活更幸福、家乡更美丽、祖国更昌盛。

2020年是全面建成小康的收官之年。为全面展示乡村振兴奋斗路上的点点滴滴，塘栖村举办了"千家福"（全家福）活动，让小康路上的村民们一起晒幸福。10月1日这天，在塘栖村的核心区块大草坪上，一场"全村总动员"的"千家福"（全家福）活动火热进行着。全村

4000 多位村民几乎全部参加，拍摄规模空前，以此形式共享中秋大团圆，欢庆新中国的华诞！

平时，塘栖村还通过文化礼堂、道德讲堂等载体，为全体村民制定美丽乡"春"、民俗一"夏"、"圆"来金秋、暖冬有"礼"的四季主题活动，月月精彩纷呈，让村民们的业余生活更加丰富多彩；通过将征地拆迁、美丽乡村建设等中心工作的推进与村规民约有效结合起来，敦促村民依据公序良俗进行自我约束，让村民生活有了"草根宪法"；通过开展"最美家庭""最美人物"等评选活动，用身边的典型带动身边的人，让村民身边有榜样，激发乡风文明新活力。

唐国标说："村里现在文化活动搞得好，人们空下来打扑克、打麻将的少了，一起听道德讲堂故事、一道参加民俗活动的多了，业余活动更加丰富了，邻里关系也更加好了。"

稿子写完，我突然想起，唐书记发给我的"全家福"视频还没顾上打开看。于是，我点开视频，看到视频制作精美，4000 多人拍全家福的画面和背景音乐同时出现："因为我们是一家人，相亲相爱的一家人……"令我印象最深刻的是视频最后，两位耄耋老人在幸福地聊天："我 93，你 94，你比我大一岁……"

（2022 年 9 月于临平区塘栖村）

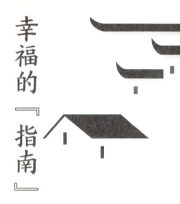

幸福的『指南』

　　在杭州市农业农村局推荐的共同富裕现代化基本单元名单中，临安区太湖源镇指南村赫然在列。刹那间，我对这个村子充满了好奇，为什么会叫这个村名呢？我在网上进行检索，也联系了区、镇领导进行印证。原来，指南村是因地处指南山冈而得名的，并非来源于传统意义上辨别方向的工具。

　　指南山古称紫南山，到底有没有辨别方向的意思便不得而知了。随着采访的不断深入，我从村民和谐的生活里感受到了满满的幸福，这种幸福是温暖的，是恒久的……

　　近两年，浙江全省聚力"缩差距"，在建设城乡区域协调发展引领区的过程中，对未来乡村社会发展提出了环境"美"、产业"旺"、活力"足"、风尚"好"、韵味"浓"、服务"优"、价值"高"、机制"畅"的城乡融合、村民共富共美新路子。通过半年多的农村共富之路采访，我发现每个村落的每位村民心中都有一个共同富裕梦。虽然他们的共同富裕梦各不相同，有的侧重物质富裕层面，有的侧重精神富有层面，但是他们的共富梦里都有一抹共同的底色，那就是幸福。

那么，指南村的幸福在哪里呢？

我想，应该在那村中古井中马头墙的绝美倒影里，应该在那500亩梯田沟沟坎坎泥土的芬芳里，应该在那年近六旬的指南村"麻糍妈妈"程林妹笑脸上幸福的褶皱里，应该在那返乡创业的民宿业主周露经营的光阴的故事民宿里，还应该在那刻进指南村村民骨子里的"变无为有、创新求变"基因里……这些是幸福生活的"指南"，幸福人生的"指南"，幸福工作的"指南"。在我眼里，指南村的幸福方向是那么地一目了然、清晰可感。

一

指南村不大，在重峦叠嶂的四百里天目山中，应该算是偏僻中的偏僻者。但就是这个偏僻的小山村，被司法部、民政部表彰为全国民主法治示范村（社区）、全国乡村治理示范村、全国生态文化村先进建设典型，还被"户外圈"称为华东地区最美古村落、江南最美的秋景之一。

指南村被我列入了共同富裕村落采访计划中。我想，既然那里的秋景最美，那么自然是在秋天去最好。于是，经过多方的咨询，我及时将采访计划进行了调整，把指南村安排在计划的最后，因为我要把它留给遍地红叶的秋天。

我一直等待着，等待深秋红叶最美的那一刻。

秋天到了，指南村的枫叶红了，银杏叶黄了，我从友人的朋友圈里知道了什么是五彩斑斓。然而，出于种种原因，我的指南村寻秋之旅始终无法成行。眼看都等到五彩树叶掉落了，这个计划仍旧搁置着，我只好带着遗憾走过秋天。

春节过后就要交书稿了。意识到确实不能再等了，我便联系好指南村党总支书记，在春节长假的最后一天，我和女儿迎着冬雨奔向了指南村。路边干枯的树木遇到了雨水，正在悄悄地发着力，枝头上也在冒着嫩芽，但南方的冬季仍然让人感觉寒意十足。

我心里想，指南村的树叶都掉落了，那漫山遍野的红枫会不会已经枯败萧索？指南村的稻子都收割了，那错落有致的梯田会不会显得单调荒凉？

从杭州城区到指南村，必须穿过临安城。驱车沿着S205省道青临线一头扎进茫茫的天目山中，山势起伏，山路蜿蜒，路边的水杉苍劲挺拔，绿色的翠竹犹如屏障，丛生的灌木密不透风。大约20分钟后，车子经过一片水域。导航显示，这片弯弯绕绕的水域叫作夏村水库。

正值枯水期，水位线以上裸露的土壤岩石如同一条金黄的缎带往山间绕去。虽然道路越走越远，海拔越来越高，气温越来越低，但我的内心却随着向后飘过的一帧帧美景渐渐温暖起来。

开着开着，我突然有一种似曾相识的感觉。依稀记得2020年国庆假期，我和爱人带着几个孩子到太湖源头打卡时，走的好像就是这条山路，女儿也回忆说，好像就是这里。

是的，我想起来了，一定就是这里。

再仔细一想：难道当时我们去过的那片梯田所在的村庄就是今天要去的指南村吗？至此，对于这次的指南村之行，我和女儿开始有点兴奋起来。

过了水库，我们顺着盘山公路盘旋而上，一路上车辆行人比较稀少，我们的车速稍稍有点快，当完成一个接近二三十度角的上坡时，车子几近抵进陡坡边的灌木，女儿吓得尖叫起来。我只好稳住车速，缓缓前行，攀至山冈，顿觉豁然开朗，路的尽头冒出来了一个如画的村庄。

通往村庄道路的左侧山谷和对面山坡上，是一个一个向上堆积而成的"人"字形梯田，蔚为壮观。冬季虽然看不到金色的稻浪，但此刻我的心里却丝毫没有感到遗憾，因为我看到梯田里绿得发黑、绿得纯粹的油菜长势正好。

远远望去，那一分两边、依山坡而修建的田埂层次分明、错落有致，犹如吹起的波浪，一层层向远处荡漾开来……我打开手机找出过去存储的照片进行比对，眼前的风景与三年前的风景相比，除了梯田里种植的稻子换成了油菜，那份美、那种静几乎是一模一样的。

在那一层一层的大号"人"字形梯田的上方，则是整体成片的徽派民居。它们和梯田以及道路和谐地连为一体，构成了一种世外桃源般的意象。

此时，湿润的空气中还弥漫着春节期间燃放烟花爆竹后留下的硫黄的味道。也许是由于小雨刚过，也许是由于即将开工，村头和路上鲜有行人。村口有一个低矮的小店，柜台上和柜台前都是茶叶、山核桃、咸鸡肉、咸猪肉等指南村当地的特产。小店老板娘正在剥着刚刚从山上挖来的新鲜竹笋，她嘴里哼着小曲，麻利地从凳子右前方的袋子里取出沾满泥土的毛笋，用刀削掉竹笋粘有泥土的底部，再一层一层剥掉外面的笋皮，直至露出鲜嫩的笋干，最后轻轻地将其投进左前方的篮筐里，干净利落、悠然自得。因为与指南村党总支书记、村委会主任郜华锋约定的时间还没有到，所以我在微信里给他留好言后，便和老板娘攀谈起来。

老板娘脸上挂着微笑，从内心深处流露出满满的幸福。她说："我们村子不仅风景美、人勤劳，而且很有文化底蕴，所以就很滋养人，不仅滋养村民，而且滋养游客，像过去只有秋天大家才喜欢来村里小住，现在是一年四季都有游客来。仅仅是过年这几天，村里的民宿就住了不少来自全国各地的游客，他们喜欢村里浓浓的年味，和村民们一起挂灯笼、贴春联、放鞭炮，有的昨天才离开我们指南村回城。"

老板娘的小店开在指南村游客集散中心的门口，每天的劳作生活都在这里，因此老板娘便成了指南村扎实推进共同富裕实践的亲历者、见证者，她的小店成了测量指南村经济社会发展的"晴雨表""温度计"。老板娘的视野成了我们察看指南村生活变迁的窗口。

她的幸福、她的见解，仿佛都在诉说着指南村普通村民的日子有多美好。

这一点，我在指南村小店老板娘的幸福日子和话语中，在一栋栋民宿的改造和建设发展中，有了深深的体会。我深切地感受到并且深信指南村是有未来的。

正当我准备继续从老板娘那里寻找指南村幸福源泉的答案时，郤华锋书记从外面赶回来了。我只好停下对老板娘的追问，与郤书记一起走进这个古村落。

迈步古村，登上瑶台，好似闯进了一片桃花源。眼前没有桃花，几株蜡梅正傲然绽放，成为瑶台周边最美的风景，让高大粗壮的银杏树只能悄悄地躲开，躲到瑶台的顶端凝视着，而低矮细小的杂树枝也羞涩地让开了，让到瑶台周边默默地陪伴着。

走到近前，黝黑的蜡梅树干，好像已经枯死，其实它还活着，而且生命力极其旺盛。实在难以想象，在每一个枝干的顶端还能绽放出那么多鲜活的、细小的、密密的花朵。蜡梅绽放的花瓣红得不夹杂一丝丝混浊，显得娇怯而透明。

我顺着郤书记手指的方向看去：近处的景点如瑶台揽胜、遇见指南、相约指南、千古相望等次第展开；再向远处看去，紫气东来、天池红叶、老宅古韵、古井涟漪等景点静待欣赏。

东晋田园诗人陶渊明在《桃花源记》里塑造了一个理想的社会："土地平旷，屋舍俨然，有良田、美池、桑竹之属。阡陌交通，鸡犬相闻。其中往来种作，男女衣着，悉如外人。黄发垂髫，并怡然自乐。……"但这个理想社会只是作者通过文学作品来表达向往的未来社会蓝图。

陶渊明的《桃花源记》、莫尔的《乌托邦》和康帕内拉的《太阳城》，其作用是点燃了人们心中理想的明灯，点亮了一个美丽的梦想。

"其实，咱们指南村就像一个现实版的桃花源，这个现实就是真切的眼前自然美景和村民的幸福生活的完美结合。这份幸福就像农村共同富裕'生活指南'一样呈现在人间。"我忍不住感慨道。

"把指南村比喻成共同富裕生活的'指南'也是有道理的。要说幸福生活的'指南',我们村的底气还是足的。"郤华锋书记沉思片刻,接过我的话并谈了自己的看法:"我们村算是一个传统文化古村落,讲好传统古文化与自然风光融为一体的故事,这也是共同富裕'生活指南'的一个方面。"

紧接着,郤书记按照方位为我介绍了起来:"如果说指南村不大,那么主要是指人口少、耕地少。全村仅有213户670人、368亩耕地,却沉淀着悠久的历史传统文化。古姓、古宅、古树、古井、古塘、古墓、古道等指南'七古',既是我们指南村文化的'老底子',也是我们创造成就幸福的'老底子',更是村民们引以为傲的'老底子'。"

"下面,我重点介绍一下村里的古姓、古宅、古树、古井、古塘这'五古'。"郤书记一边走一边娓娓道来。

"一是古姓。就是我的这个'郤'姓,在指南村是最大的一个姓氏。相传我们是晋国大夫郤缺的遗族,除我们村外,目前再也没有发现第二个分支。

"二是古宅。就是瑶台下面这些连片的明清古民居,高高的马头墙,镂空的窗棂,雕刻的梁柱,都可以完整地展示徽派建筑风格的古风古韵。

"三是古树。我们全村有300余株参天古树,还有枫香、银杏、柳杉等稀有树种,最长树龄达900年。深秋,红的枫,黄的杏,把秋天的村庄点缀得五彩斑斓,让村庄成为国内外摄影家追逐向往的天堂。

"四是古井。这口已经有上千年历史的古井,最具灵性,其水质甘甜,四季不涸。我们村志记载,1938年天下大旱,村民们依靠这口古井抵御了百年一遇的旱灾。

"五是古塘。我们村敬畏为'天池'的古塘,东西面临空,南北面

光阴的故事（孔一摄）

为民居，全村依山傍水，叠层而建，有如安徽的西递和宏村。"

介绍完"五古"，邰书记告诉我们，在"七古"的基础上，指南村还挖掘了古水井、古石器、古铁币等"古文化"。

我们一起来到古塘边，冬季的池水依旧碧波荡漾，古塘的北面，那片古树和古建筑倒映在池水中，构成了一幅意境优美的水墨画。

凝望眼前的古戏台，我好似对指南村的幸福生活有了更深层次的理解。指南村优秀的传统文化，充分彰显了中国农村的经济价值、生态价值、社会价值和文化价值。

如果利用好、挖掘好、发挥好传统文化的价值，我深信，指南村是有未来的。

二

我们下一站要去的地方，是一家位于山顶上、名为"光阴的故事"的民宿。邰书记安排指南村农家乐协会会长俞军涛、民宿业主周露在那里与我座谈。

我和邰书记沿着指南"天池"转了一圈，待折转回到村口时已经10点左右。因为还有其他工作安排，所以邰书记就让过节值班的村干部潘涛陪我去光阴的故事民宿。

按照我的本意，我们步行前往，但我看到潘涛面露难色，便询问其原因。他告诉我，山顶上的光阴的故事民宿虽然看着很近，但走起来还是有点远，是需要时间的。他建议我们还是开车上去，在山顶上停车也很方便。

果不其然，车子从村子里上到山顶也需要七拐八拐，虽然路面很平整，但坡陡都是三四十度角的大拐弯，车子一点都不敢开快。在经过了好几个"之"字形拐弯后，我们终于开到了山顶，在路的左侧停下了车。路的右侧，就是光阴的故事民宿。

光阴的故事民宿位于指南村民居的最高处。走到近前一看，一个低调朴实、小而精致的艺术体标识静静地挂在墙边的屋檐下。一列五开间的二层小楼立于眼前，正面是四个看似观光电梯一般的上下两层玻璃露台，通透明净，有一种传统的对称美。在门前几棵树龄数百年的麻栗树掩映下，光阴的故事民宿于静默中散发着一种活力。

我为古老的指南村里有这样朴实低调却透出一种现代都市韵味的小楼而感到欣慰。

走到正门往里望去，那道干净的玻璃门挡不住里面敞亮的灯光。一位上身穿短款红色羽绒服、下身着蓝色牛仔裤、脚踏中长款皮靴的精致干练的女子正在收纳整理吧台上的物品。潘涛说，她就是这家民宿的女主人周露。看到我们进来，红衣女子立即放下手中的活计，热情地与我们打招呼，并安排我们坐到客厅的火盆前烤火。

她遂一转身，将刚烧好的开水冲进早已放好茶叶的玻璃杯中，然后将热气腾腾的茶端到我们面前，一股太湖源独有的东坑茶的香气沿着杯沿向四周散开。她随手将火盆前的火钳拿起来，夹了两截新的木炭放进火盆中间，再将原来已经燃烧的炭置于新的木炭上面，以便于快速燃起。她的动作是那么娴熟而又轻盈，大方而又优雅。

就在她转身泡茶、加炭生火的间隙，我环顾了一下四周，对一楼大厅有了个整体的认识：三开间宽大的空间里，左手边是酒吧台也是服务台，右手边则是一个K歌厅和大茶吧。简洁的背景墙前，一株梅花的造型装饰既透着热烈，又给人一种清雅芬芳的感觉。

我请周露带我们参观她的民宿，讲述她内心深处的"光阴的故事"，周露微笑着答应下来。

她一边拨弄着脚前的火盆一边对我们说："我家的民宿，原来采用的是传统设计，在这个K歌厅和大茶吧处设置了两个包厢，但那样不

民宿业主周露讲述初心（孔钰涵摄）

光客厅显得拥挤不堪，而且很不上档次。于是，我便请来了上海的设计师，对原来的设计方案进行了大胆改造，便有了现在这样的室内大空间。"

不一会儿，火盆中的木炭完全燃烧了，炭火的热和光温暖了整个屋子，手暖和了，身体也暖和了。这时，指南村农家乐协会会长俞军涛忙完手中的事情赶过来了。我们一行三人便在周露的指引下，从一楼的后门走出去。这里别有洞天，原来是餐厅的包厢和厨房在后门外，通往二楼、三楼的楼梯也在这里，我们从一楼宽大的廊式楼梯到达二楼。二楼全部是客房，每个房间都有一个充满诗意的名字，如：光阴、流年、追昔、致远、拾光。走进任何一个房间，都可以看出房间的内饰装修比较考究，建设造型比较独特，配套设施比较齐全，还可以看出民宿业主独有的审美；抬头看向屋顶、四壁，看向木梁、椽子和木柱子，还有那自然色的原木家具，基本可以判断这应该是一栋有了些许年龄的老房子。但它又不是传统意义上的老房子，那开裂的木柱子透着老木头香味的屋梁，却又分明在讲述着这间老屋流淌在光阴里的幸福故事。

不管是"光阴"还是"流年"，"追昔""致远"还是"拾光"，每个房间的外面都有一个宽大的露台。站在露台上极目远眺，可俯瞰整个指南村，村里的方塘尽收眼底，对面山上耸立的"指南红叶"四个红色大字依稀可辨，正午时分的村民家中升起了袅袅炊烟，由于天阴，更有一番乡村的味道。古树、白墙、炊烟、方塘……一幅幸福和谐的现代人文山水画呈现在眼前。

周露说："我原来是一名老师，教英语的。前些年，在临安市区开办了两家教育机构，那时天天都在忙，起早贪黑，电话打个不停，虽然经济上宽裕了很多，但是总感到缺了些什么，也许是缺乏精神上的寄托，也许是厌烦那种无止境的忙碌吧。记得有一次我在翻阅《幸福的方法》时，乔治·爱略特的一句话让我至今仍记忆犹新：'金子般的美妙时光曾在生命中荡漾，我们却视而不见，任凭沙石掩埋；天使曾降临我们身边，我们却浑然不觉，唯有她离去时才恍然醒悟。'这句话让我顿悟，让我联想到山顶上快要倒掉的老屋子，联想到老家正在兴起的民宿业，于是我加速了重回老家的步伐。只有那样，于我才算是人生最幸福的方法，我的事业才能得到更好的发展，我才能有更多的闲暇时光陪伴父母，也算是回归生命的本源吧！"

俞军涛会长接过周露的话茬说："周露带了个好头，经营好民宿，发展好民宿，引导带动全村民宿业高质量发展是他们这些新农人的心之所系。周露开办民宿，不是将盈利作为唯一目的。这些新农人还有一个愿望，就是保护好老屋，让老屋旧貌换新颜，获得重生。"

其实，在周露看来，指南村的老屋还保存了她年少时的美好记忆，是她的精神寄托。所以，在交流中，她一而再再而三地感谢父母，正是因为父母的坚持，这块圣洁的精神领地才得以保留。

周露为我们讲述起这个老宅子的故事。她说，这个老宅子是她爷爷奶奶在20世纪70年代建造的，父母就是在这老屋里结婚成家的，她和弟弟也是在这老屋里出生成长的。

在她看来，她和弟弟最美好的童年就是在老宅子的陪伴下度过的。

"小时候，奶奶总是站在老屋门口那棵瘦弱的枣树旁，翘首等待着孙子孙女放学归来，看到我们从小路上欢蹦乱跳地跑回来，她就会满面笑容地瘸着腿跑来迎接我们。如今，几十年过去了，奶奶那慈祥的笑容和一拐一拐走路的身影早已镌刻在我们的脑海里，永世难忘。与其说这是我和弟弟的幸福人生，不如说这是奶奶的幸福人生。后来我们全家搬到城区，奶奶说不习惯住城里。我想，其实她是舍不得老屋，就一个人住在山上。这也加深了我们对奶奶的思念，几乎每个节假日我们都要回老屋看望奶奶，那段时光也是我们生活中最开心的日子。"周露说着说着，眼睛里开始闪烁泪光。

"是的，回家不仅是我的梦想，更是我父母亲的强烈愿望。"交流中得知，周露的父亲原是临目乡的老师。1995年，周露的父亲被调到临安市区教书。2008年，周露的奶奶去世，她家的老宅子便空了。

在农村，老房子的维护是靠人住的，如果长时间没有人住，那离倒掉也就不远了。周露家的老屋就像一个风烛残年的老人，在风雨中飘摇，孤独寂寥地伫立在山顶上，唯有门前的老麻栗树与它惺惺相惜。

这段时间里，指南村的旅游、农家乐逐渐热起来。周露家的老宅具有独特的地理位置优势，被好多投资客看中，想租下老宅改造成民宿，但都被她的父母拒绝了。落叶总要归根，周露的父母想到，无论自己和儿女在外漂泊多久多远，总有一天还是要回归家园的。

对于父母的想法，周露总是竭力支持。周露的父亲退休后，两位老人便果断回到了指南村的老家，修缮自家的老屋。

虽然修缮的过程是艰辛且漫长的，但是两位老人乐此不疲，沉醉其中。他们要打造自己心目中的老屋，既要更好地传承老屋的根脉和古韵，又要赋予老屋新的生命张力和现代活力。诚然，这是一个艰难的结合，但也是一个让人憧憬的结合；无疑，最后的修缮和装修是完美的，来住过的客人无不赞美光阴的故事民宿带来的惊喜。

"光阴的故事"是周露自己起的名字，她说："对老屋的情感，不是一词一句所能形容的。它是从时间的长河里慢慢流淌出来的故事，承载了我记忆中最美好的时光。"

如今，人们的生活富裕了，那么人的精神寄托又在哪里呢？一千个读者，就会有一千个哈姆雷特。在周露心里，它就在时光的诗词里，在光阴的故事里，是为了让自己的心灵回归到最初的宁静！

这既是周露为自己、为父母寻找到的人生的美好归宿，也是她为社会、为人们创造的生活富裕和精神富有的样本。说到底，它就是一个幸福人生的"指南"，可以让每一个来到"光阴的故事"的我们，找到一个心灵的安放地。

<h2 style="text-align:center">三</h2>

"我们指南村不仅有幸福生活的'指南'、幸福人生的'指南'，而且还有幸福工作的'指南'……从指南村的发展史、奋斗史来看，指南村一直在为历史导航，为时代导航。"蹲点调研指南村的临安区太湖源镇党委书记曹源发说。

其实，坚持幸福工作、领航农村发展、推动共同富裕是指南村一贯的、持续的做法。邵华锋书记介绍说，早在20世纪60年代，指南村就以其"高山出高产"的先进经验而被中央树立为"农业学大寨"的全国典型。

应该说，指南村的成就早就已经闻名海内外。

郤华锋书记告诉我，指南村过去是一个典型的"九山缺水一分田"的穷山村。当年，由于交通不便，村民们家庭所需的生产生活物资，都要靠肩挑背扛，走很远的山路才能弄上山。

据指南村村志介绍，那时候，村里的老一辈村民牢记毛泽东同志在《关于重庆谈判》中提出的"要承认困难，分析困难，向困难作斗争"[①]的谆谆教导，在充分调查研究、科学分析论证指南村的现有有利条件和不利条件后，发现了当年阻碍粮食高产的主要原因在于"缺水、土薄、气温低"。于是，广大村民没有"等、靠、要"，而是着眼问题症结，立即行动，努力改善指南村现有条件，有针对性地利用农闲季节改善土壤质量，增加粮田的亩均产量。

郤华锋说："我们村志里记载，在那个自然灾害频繁发生的年代，老一辈村民们发挥自力更生、艰苦奋斗精神，他们曾经发动全村男女老少战天斗地，硬是从山上挖出了一条用于灌溉的 3000 多米长的盘山水渠，肩扛手提，凭借双手相继建成了 6 座水库。这一创举彻底改变了全村靠天吃饭的历史，把"靠天田"变成了"高产田"。20 世纪 60 年代，全村实现了粮食的自给自足，而且还为国家储备贡献了 2 万公斤粮食。这是我们指南村历史上第一次向国家上交余粮，也是我们指南村成为浙江省农业学大寨的'高山出高产'全国典型的主要依据。"

站在高高的山冈上，看着眼前的指南村，郤华锋书记陷入了沉思。

缓和了不大一会儿，他问我："过去穷苦的时候，苦中作乐、苦中有为难道不也是一种幸福的方法吗？"

---

① 毛泽东. 毛泽东选集（第四卷）[M]. 北京：人民出版社，1991：1163.

"是的，我完全赞同。"我认真地回答他。

看着脚底下这条崎岖蜿蜒的柏油路，邵书记认真地说："我们要把老一辈'与天斗，其乐无穷；与地斗，其乐无穷''自力更生，艰苦奋斗'的战斗精神发扬光大，用这种精神激励村干部和全体村民勇毅前行，扎实推进农村的共同富裕。"

　　所以，无论发展遇到什么样的困难，工作的阻力有多大，指南村人都能勇立时代的潮头，运用智慧和力量，创造出幸福工作的"指南"。

　　当然，新时期的指南村也面临着全国农村一样的困境，曾一度空心化，经济发展受限，潜力有待挖掘，特别是在产业发展上遇到了瓶颈。

云雾绕山间，乡村丰收年（图片由指南村提供）

　　"那时候大家都在说，为啥村子里来来往往的游客很多，怎么就赚不到钱呢？"想起那段时间全村农家乐所面临的困扰，邵华锋书记仍感慨不已。

　　为破解产业发展难题，指南村党总支在临安区和太湖源镇党委支持下，一是选派力量外出上海、江苏、山东等省（区、市）学习先进的民宿经营理念，对全村的农家乐进行升级换代；二是引进一流人才进行科学管理，率先引进了本土乡村运营师周静秋；三是重新布局指南村的生产业态，融入"大太湖源"旅游板块，用"景区＋"模式，引导村里生产业态与太湖源景区协同发展；四是创新运营方式，打造幸福乡村旅游目的地，引进"幻影指南天空之境""南山南露营基地"等项目；设计大地景观、农耕体验、七古文化等打卡线路，让游客从"匆匆游"变成"悠悠住"。指南村的工作重心放在了全村农家乐的提升改造上，大部分农家乐加入转型民宿的行列。

　　"有眼光、肯动脑、善创新"是指南村人创造一个又一个幸福"指南"的立足点。站在光阴的故事民宿"致远"房间的露台上，邵华锋书记指着对面的山峦说："那是我们指南村精心打造的'红叶指南示范型村落景区'，我们发挥浙江农林大学在临安的院校优势，为村落景区出谋划策，坚持以'红叶'为主题，定期举办'红叶节'，充分挖掘指南村文旅产业融合发展的内在潜力的成果。"

　　顺着邵书记手指的方向，矗立在对面山腰上的"指南红叶"四个鲜红大字在雨后是那么亮丽。此时，邵华锋的思绪还沉浸在当时开展的"百名国际友人感知中国""国际学生国情教育基地签约授牌""红叶传情国际视频连线"和国际留学生艺术团"异国风情文艺节目演出"等具有国际化元素的活动里。

　　"小小红叶带给人们的是红火和希望。不仅为指南村的旅游带来繁荣，而且温暖了指南村村民的心。这也是我们指南村新的文化传承

保持热爱，奔赴山海（孔一摄）

和文化自信，我们都有信心把指南山的红叶之美、文化之美传出去，讲好中国的美丽乡村故事，共同富裕故事。"聊起未来，郤书记底气十足。

在这样一个数字化的时代，数字经济呈现出旺盛的生命力。指南村在打造数智未来乡村上不甘落后，明确提出要让每一位游客都能从指南村的幸福中体验中国未来乡村应用场景。先后举办的"红叶指南·稻梦空间"乡村音乐节、"幻影指南天空之镜"露营生活节、红叶指南传统美食文化节等主题活动，为游客深度体验"农村共富路"增光添彩。

是的，指南村的"幸福"不仅仅体现在产业业态、工作方法上，更体现在人民的幸福上……

（2023 年 1 月于临安区指南村）

夜宿之江村

在电脑屏幕上输入这个标题时，忍不住脱口而出背诵儿时的"移舟泊烟渚，日暮客愁新。野旷天低树，江清月近人"这首五言绝句。真是幸运，昨晚，我竟然是与唐代大诗人孟浩然枕着同一条江入眠的。

时空交错，孟襄阳舟泊暮宿，旷野宁静，他内心忧愁，仅能依靠孤月寻求慰藉。看今天，我们更觉幸运。我们生活在这个伟大的时代，乘坐着现代化的交通工具，住进之江小筑精品民宿，与农民兄弟彻夜长谈共产党坚持以人民为中心的发展思想，以及全面推进乡村振兴、加强农村基础设施建设、改善农村人居环境、实现全体村民共同富裕的话题。

建德归来，我不禁感叹："夜宿之江村，生活何其幸。"

春山可望

看见农村共同富裕的未来

移舟烟渚（王建录摄）

一

这段旅程还得从一个约定说起。

9月初的一个上午，我受杭州市委政研室第一党支部委派，和同事陶家威、驾驶员陈良前往淳安县枫树岭镇大源村，了解杭州市委政研室第一党支部与大源村党支部结对帮扶项目的完成情况。结束返杭时，又顺道去探访了"浙江省首批未来乡村"——建德市下涯镇之江村。

虽然已经出伏了好几天，但高温酷暑的感觉依然还在。我们的车子沿着杭千高速直奔建德，车内空调轰鸣，表盘温度显示19℃，但即使是这样，我们仍能感觉到锐利的阳光穿过汽车前挡风玻璃，像针灸理疗一样刺入毛孔，皮肤隐隐有些作痛。

我们在新安江口下了高速，也许是受"17℃新安江"的心理暗示，身体里的那股燥热骤减，而且气温一直在往下走。关掉空调、打开车窗，大家连声高呼"真凉爽"。

考虑到之江村党总支书记、村委会主任骆拥军，还有与我一起援疆过的援友刘朝忠在村委会等待，我们便决定不再停留，按照导航提示直奔之江村。一路上，峰峦叠翠、百川飞泻、江流曲折、鸟飞湿地、彩绘田园……我们呼吸着高浓度的负氧离子，任凭迷人的风景飞快地向车后隐退。

十几分钟后，我们到达了之江村村委会。

在之江村村委会的黄饶乡集馆里，骆书记为我们每人泡了一杯绿茶。大家在馆内巨大落地窗前席地而坐，双目注视窗外，眼前一片绿油油的稻田，水稻长势喜人，大约有几十亩的样子。面前的这个巨大

彩绘田园（图片由之江村提供）

落地窗活脱脱就是一个照相机的取景框，我拿起手机随手一拍，便是一幅色彩鲜艳的油画，无论从哪个角度看，都是很美的风景。

骆书记看我拍个不停，便微笑着对我说："这里算是我们之江村乡集馆的一个'文明窗口'吧。我们是根据不同季节的情况来决定稻田里种什么庄稼的，夏种水稻、冬种油菜，确保一年四季都有让人赏心悦目的风景，村民们在这里做宣讲、搞活动、解纠纷，心情都会不一样。"

眼前美不胜收的之江村是由原来的黄饶村和山边村合并而成的。这里是富春江水库移民最多的村落，这一段也是新安江最美的河段之一。

浙江的母亲河钱塘江，建德境内为新安江，富阳段为富春江，闻堰三江口以下为钱塘江。建德境内新安江流域在流经下涯镇时，突然来了一百八十度的大回旋，"啪"的一声河道江水转向西流，再折转向东流，这两个回旋径直把沿岸的之江村切割成了一个半岛。不得不说，大自然这位神奇的艺术家，在这里形成了一个巨大的"之"字，这也是村域合并调整后"之江村"这个名称的由来。

采访前，我对新安江"水至清，风至凉，雾至奇"的"三绝"有所了解。但真正来到跟前，看着眼前新安江流经的这片变幻神奇的宽阔江面，一群群白鹭、野鸭正在悠闲地戏水，画面是那么地和谐和美好，让我赞叹不已。

正当我在惊叹"三绝"时，家住新安江畔、教师出身的援友建忠接话说："至于'水至清'，南北朝诗人沈约游新安江时写道：'洞澈随清浅，皎镜无冬春。千仞写乔树，百丈见游鳞。'诗仙李白赞叹：'借问新安江，见底何如此。人行明镜中，鸟度屏风里。'孟浩然写《经七里滩》时，则更直接地表白：'湖经洞庭阔，江入新安清。'全国闻名的农夫山泉矿泉水就取自我们新安江。新安江的水质达到国家一级标准，可直接饮用。至于'风至凉'，这种'冬暖夏凉'的小气候却是20世纪60年代修建新安江水电站大坝时留下的独特情况，水是从坝底下面70米深处往外翻滚出来的，常年基本上保持在14℃至17℃之间，加上从千岛湖下流泻的水直接搅动河谷中的低气压，从而形成了一阵阵凉风。这个地区的空气湿润清新，沁人心脾。至于'雾至奇'，主要是因为从大坝底流泻的江水所产生的湿气流与峡谷下层的气流相遇，产生平流雾，使新安江江面上一年四季江雾弥漫。今年因为持续的高温天气，降雾天数明显少于往年。"

从小就生活在之江村的骆书记连连夸奖朝忠援友是"建德通"，特别是新安江"三绝"讲得好。他说："正是新安江的'三绝'生态带来了我们之江村的景美人富，这也算是我们引以为傲的理由吧。"他接着介绍说："我们村的占地面积为9.05平方千米，共有662户2372人。党的十八大以来，我们村紧跟时代发展大势，以'千万工程'建设为抓手，落实'三改一拆''五水共治'，以实施乡村振兴战略为统领，以改善农村的人居环境、提高农民的生活水平为着力点，打造生态秀美、生产富美、生活和美的新时代美丽乡村。通过有组织地赴外地种植草莓、发展本村旅游业和茶产业等业态，村民们日子越过越红火……"

朝忠在骆书记讲话的间隙建议："百闻不如一见，不如我们一起去村子里走一走、看一看，这样才能形成更直接、更客观的印象。"

二

说走就走，我们听从骆书记安排，援友朝忠坐前排开车，这样也方便介绍，我坐后排则可左右移动欣赏美景。

之江村沿江 10 千米这一段，可以说是新安江流域最美丽的河段。然而，今天天高云淡，江面无雾，虽然少了些孟浩然笔下"移舟泊烟渚，日暮客愁新"的朦胧美，却让我们领略了倒映着的蓝天白云、青山绿树的静谧之美。

骆书记说："今年的持续高温导致新安江水位下降，所以有些景致看不到了。在过去，我们这里碧水深深、湿地翠绿、云雾缭绕，村落、旷野、树林时隐时现，我觉得人间仙境也比不过我们之江村。"

一路上，骆书记感慨地说："咱们国家支持浙江高质量发展建设共同富裕示范区，这对于农村的意义特别重大。只有我们农民富裕了，浙江才算真正富裕；只有我们农村富强了，浙江的共同富裕示范区才算真成功。这些年，我们之江村在各级党委的领导下，主打一个'美'字，通过'美丽经济'来惠及全体村民；坚持一个'数'字，通过'数智赋能'来推动现代化乡村建设；实现一个'富'字，通过'共同富裕'来引领农村的全面振兴和繁荣，不断推动'山水与乡村相融合、村居与田园相辉映、原生态与现代化相兼备'的未来乡村建设目标。我们村也先后被评为国家级专业摄影创作基地、浙江省首批未来乡村建设试点村、浙江省首批共同富裕现代化基本单元、浙江省

AAA 级景区村落、杭州市数字乡村样板村等。"

我们首先来到一片新建的民居前。骆书记告诉我们，这个项目今年完工，共 140 户，全部是按照杭派民居风格设计的，白墙黑瓦，空间布局合理，门前院内绿化，建设的初衷是打造一片山水相映、数智赋能、低碳环保、还原乡愁的古韵新居。

朝忠停好车后，我们看到一户村民正在房前说着什么。走到近前发现，原来是一家即将搬迁进来的村民来看房。

"房子造得又实用又好看，马上就要交付，真是太高兴了！"女主人喜不自禁。

沿着江边一路往前走，一块绿草茵茵的室外足球场让我们眼前一亮。在葱蔚泅润、花海如潮的江边踢球，难以想象那是怎样的畅快和惬意！

骆书记笑着说："我们这里不仅有符合国际标准的足球场，还有符合国际标准的排球场，国内的一些重要赛事就是在我们村里举办的。"

朝忠援友插上一句，"现代化的新农村还真有点国际化的范儿"，把我们都逗乐了。

"其实，我们村的现代化设施、国际化范儿，不是一朝一夕之功，它是几代人共同努力的结果。虽然我们村的经济社会发展经历过阵痛期，但我们最终是紧跟国家发展大势的，抓建设打基础，抓产业促发展，全面提升村民的整体素质，最终迈上共同富裕之路。"骆书记深有感触地说。

近年来，之江村在建德市、下涯镇两级党委、政府的全力支持下，按照现代化、国际化标准，全力做好"四统筹两优化"，统筹村庄整体发展、统筹基础设施建设、统筹区域环境整治、统筹未来乡村打造，优化村集体的空间重构、优化全域的有机更新。一方面，狠抓生态环境整治改造，持续对新安江流经之江村的山边、岸边、村边、江边的生态环境进行系统整治，全面提升之江村的生态环境硬件建设标准；另一方面，提升乡村振兴质量，紧紧抓住乡村振兴示范区项目建设和环三江口美丽城镇集群建设的契机，持续推进乡村公路、通景公路提档升级，念好绣花经，狠抓微改造，邀请专门的设计力量对全村的主干道和房屋外立面等肉眼看得见的地方进行系统打造和提升，针对全村庭院内的内涵建设拿出优化方案，供村民们参考应用。

"目前我们村不仅有国际化的比赛场地，还有国际化的摄影产业。"对于摄影产业，骆书记好似说不完。他高兴地说："我们之江村的美已经出'圈'，如何把之江村的美变成产业，一直是我们村两委的头等任务。在老书记王建录的倡议带动下，以我们之江村为核心，联动周边的 6 个村现有的景观资源，重点打造醉唱渔晚、移泊烟渚、泽畔吟风、梦幻茶园、彩绘田园、黄饶津渡、龙湾叠浪、芦影婆娑、瑞平山色、马目相送等 10 个精品摄影景点，我们称之为'之江十景'，再兼顾新创、发展一批小的、巧的、有特殊意义的摄影景点，最终打造成最美的'江南摄影小镇'。摄影小镇光有景还不行，我们还围绕摄影人的需求，围绕配套服务，大力培育以摄影展览馆为核心，以摄影创客工作室为依托，以打造一流摄影团队为纽带，以捕鱼、放牛、采茶等生活生产和绘画、书法、雕刻等艺术形式为基本元素的摄影产业新业态。打造的美景是把人吸引来了，但如何把人留住，我们必须创新思路，在建成并运营 20 余家民宿和 10 余家餐饮店的基础上，重点打造集康养度假、田园休闲、现代农业等功能于一体的国家级乡村度假区。我们还注重让有意愿的村民共同参与进来，成立了之江村乡村振兴发展有限公司，不断探索'资源变资产、村民变股民'的乡村经营新模式。"

"我们发现，实现乡村的现代化、国际化，数智赋能特别重要。我们之江村搭建的数字化平台，可以精准地为全国摄影爱好者、农创客、

梦幻茶园（王建录摄）

游客提供摄影路线、器械租赁、跟拍预订等综合性服务。我们精心打造的集党群、游客、居家养老、家宴、快递物流、智慧诊疗等于一体的乡村服务综合体，为周边500多家大中企业、3万多高铁新城常住人口提供配套服务。"尝到发展甜头的骆拥军书记说。

十里沿江，目光所到之处皆是美景。我们一直走到十里江堤下游，仍参观不尽兴，于是我们再顺着沿江绿道，返回上游的之江村入口。

上午进村的时候，我们是根据导航过来的，因为担心走过了头，满脑子只关注着导航路线，直奔村委会去，没有注意到车窗外面绿树成荫、花团锦簇。现在回过头来再看，也算是弥补了我着急忙慌的错过。

这里是下涯湿地和千亩花海。近处的花海中红色、橙色、黄色、紫色、白色的花儿像起伏的波浪，一层一层，摇曳生姿。远山如黛，阳光澄澈，虽然这次没能赶上新安江的雾，但远处泱泱江水，缓缓流淌，波光潋滟。

我们边听骆书记的介绍，边沿着右侧道路往里走。大约每100米就有一栋三层小楼，路边的其中一栋小楼有一个非常诗意的名字——"之江小筑"，设计得也很有艺术感，非常有特色。骆书记说："这是我们村老书记王建录家开的民宿。他是我们村的传奇，也是我们村农村共富大道上的功臣，成功开创了很多个先河。比如，他以一己之力，用8万元组织了一场全省的摄影大赛，筹建村级的摄影基地；再如，他是我们村第一个开办特色民宿和个人摄影工作室的……这次本来也想约他一起来聊聊，但遗憾的是他今天不在家，只能再找机会约他。"

时间不早了，因为还有客人来杭，需返回对接，我们只好带着遗憾离开了之江村。

三

为了采访王建录，我一直在找机会，但约了几次都未能成行。有时他有空，我却由于工作走不开；有两个周末我想去建德找他，可一次是他要去丽水拍摄专题，另一次是他要去接待慕名前来拍摄的一个摄影团队。

其实本来也可以电话采访的，但我有些不甘心，心里总有个声音在说，王建录一定是一个内心丰富并且有故事的人，所以我觉得还是与他面对面交流最好。

我是不是有点不达目的不罢休啊？我也在问自己。

时间一拖再拖，虽然一直未能成行，但我们的约定没有变。

今年11月下旬，我到建德出差，正好又逢工作日，便再次尝试约王建录。幸运的是，这次他有时间，更加幸运的是，我一直想采访的有民间"中国第一鱼模"美称的唐玲珑也在。

王建录住在位于之江村的自家民宿里。因为白天我有公务，王建录有拍摄计划，所以我们约了晚上在之江村见面。从建德市区到之江村大约有半个小时车程，晚上8点钟援友朝忠接上我后，便直奔之江村。

夜晚，去之江村的路上少有行人，偶尔有从对面驶来的车辆。与城里相比，农村的人气还是少了些，路上的灯光也弱了些，这样就显得更加静谧和暗淡。不远处的新安江水在静静流淌，偶尔传来一两声犬吠，然后，又归于寂静。

我们很快来到村口。在车灯照射的前方，我看到之江小筑民宿门口站着两个人。朝忠援友告诉我："那就是王书记两口子。王书记在这里开了一个民宿，开了一间工作室。他城里的房子几乎没住过，基本上都住村里。"

朝忠援友还是习惯地称呼王建录为王书记。

走近一看，传奇的王建录原来是那么朴实，又有点时尚，头戴棒球帽，上着冲锋衣，下穿牛仔裤，话不多，身体健壮，人很精神。我们互致问候，互相介绍。

我说："农村真安静，你真能待得住！"

他半是自嘲半是认真地回答："人到中年，最高级的活法不就是一个'静'字吗？"

这么有哲理，我心里暗暗敬佩。有一句话是："浅水是喧哗的，深水是沉默的。"格局高的人应该有一张"金口"和一颗"静心"。

王建录是不是这样的人呢？我在思量中寻找答案。

我们走进王建录的山水间摄影工作室，他的爱人为我们泡了红茶后，便回到了他们经营的之江小筑民宿里。

山水间摄影工作室其实就是离之江小筑民宿只有几米之遥的一间小平房，里面最让人挪不开眼的是那台超大屏电脑。王建录说："这些年拍摄的图片和短视频都在电脑里。"然后，他便打开电脑，我和朝忠援友忘情地欣赏了一会儿他的作品。

一年四季，晨间暮色，绿水青山里流淌出动人的旋律；乡村振兴，共同富裕，美好生活里记录的是满满的感情。

王建录用一张张照片、一段段视频，记录下了他眼中的"之江十景"由大概率到精细化的发展变化，留存下了村民们由个人富到共同富、由物质富裕到精神富裕的幸福档案，不断地向外面的世界讲述之江村的"幸福故事"。

无论是"移舟烟渚"，还是"梦幻茶园"，景还是两个月前的那个景，但王建录的镜头赋予了这些景旺盛的生命力，演绎出独特的东方美学。

"听说你开过摩托车店，干过赛车手，这两种职业应该很赚钱，怎么又搞起摄影来了？摄影可是个烧钱的活。"我问王建录，兑现约定的交流从这个问题开始。

"这个还要从回村当书记说起。"王建录沉默了一会儿后回答道。

2012 年 9 月，王建录服从组织安排，放下开得好好的店，回之江村接任书记。

他说，那是一个艰难的选择。

现在在村里开民宿，建摄影工作室，应该算是对初心的坚守吧。王建录回忆了当初的困惑和苦恼，他说："那时候选择回村来当村支书，一怕丢面子，会被村里人嘲笑没本事，在外混不下去了才回家抢饭碗；二怕家里人不赞成，不继续做大做强原本好端端的生意。"

但最终，王建录还是毅然决然地回来了。"现在想来，当时的心境与习近平总书记强调的'望得见山，看得见水，记得住乡愁'①这句话

---

① 中共中央文献研究室．习近平关于社会主义生态文明建设论述摘编[M]．北京：人民出版社，2017：49．

很贴近。离家的游子走得再远都渴望回来，因为他们对家乡有一种刻进骨子里的不舍，总是希望自己的家乡能够建设好、发展好。"

"脏、乱、差，地面上到处星星点点，那都是鸡粪晒干后留下的印痕！这是我回到村子时最直观的印象。"王建录说，"生态是红线，任何时候都碰不得。发展，那你说怎么发展？那时候我们村里是不允许引进工业的，村民们只能发展一点农副产业。就这样，村子里一下子开了十几家养鸡场，村子外面都能闻到臭烘烘的味道。"

"'建录啊，在你这一任上，如果能把村里的'鸡粪'问题解决好，你就是大家伙心里的一个好书记。'这位长辈语重心长的话让我触动特别大。"王建录说。

自此，他下定决心，一定要还大家一个"看得见山、望得见水、记得住乡愁"的新农村。

"说实话，刚开始一想到全村的困境，还是有些压力的。但担心是解决不了任何问题的，只有迎难而上，勇往直前，才能成为大家伙心中的好书记。"王建录说。万事开头难，他首先带头挨家挨户走访了解、广泛征求意见，吸收的 200 余个意见中占 95%、大家最渴望解决的就是村里鸡粪污染环境问题。

如何解决呢？党委一班人在政策引导、利弊分析、洽谈交涉无果的情况下，找到了很好的解决方法。2013 年，浙江全省扎实推进"千村示范、万村整治"工程，开展"三改一拆""五水共治"行动。王建录紧紧抓住机会，他带领党委一班人大力组织实施畜禽退养工程，仅用了两年的时间就将全村十几家养殖场全部退养。自此，之江村的美丽乡村建设之路开始走上时代的舞台。

"落实'三改一拆'时，我有个想法，想要将全村房屋进行统一的规划，真正让村里沿江、沿路的建筑都变得整齐又好看起来，让新安江的'三绝'成为我们之江村起飞的最美跑道。"王建录说。

"十几年前，凡是与拆迁有关的事情都涉及利益、情感等种种因素，你们村这么大的动作，实现起来是不是很难？"拆迁一直是我想去探究的问题，王建录聊起时，我便问了他这个问题。

"当时拆迁的阻力是不言而喻的。虽然有些人有意见，有心里的小九九，但建设好生态的美丽乡村，让每一户老百姓在美丽乡村建设中有更多获得感、幸福感，这是时代的大势，是不可阻挡的。"王建录说。

当时，之江村党委一班人做了大量的工作，特别是王建录自己，做了一件特别有意义的事：他自费买了一台价值不菲的单反相机，每天忙碌在现场，为每家每户记录拆改之前和改建之后的对比图，并做好存档，让每家每户都能永久记得自己的家变美的样子，从精彩瞬间的回忆中寻找快乐和幸福。

四

毫无疑问，之江村的整治是浙江省"千村示范、万村整治"工程中一个成功的案例。

仅仅两年时间，村庄环境就得到了很好的整治，发生了翻天覆地的变化，也悄然揭开了美丽之江村蒙尘的面纱，但同时却暴露出之江村仅有外出种植草莓这一唯一支柱产业的问题。缺乏支柱产业的难题困扰着党委一班人。

那段时间，王建录为此经常饭吃不香、觉睡不好。

之江村有什么？之江村缺什么？之江村怎么办？

王建录背着他的单反相机，多少次徘徊在江边的小道上、茶园里。反复琢磨后，他终于找到了之江村发展的机遇和前景。

"我们之江村最大的优势资源就是我们拥有的新安江'三绝'、田园风光、乡土文化等，最大的短板就是我们村缺乏休闲度假、旅游观光、创意农业、农耕体验等的必备条件。"王建录对我说。

解决的办法就是取长补短，想方设法扩大"新安江——最美的江段"这一优势资源的知名度；通过建设改造提升，使休闲度假、旅游观光、农耕体验、乡村手工业等成为繁荣农村、富裕农民的新兴支柱产业。

王建录立即行动，把他的相机从记录家家户户在拆迁中"变美"，转向去关注新安江最美江段的日升日落、江水的曲折流淌、四季的花开花谢……

在王建录的镜头里，有云雾缭绕的村庄、牵着水牛走在田埂上的孩童，那是动景与静景的巧妙结合，那是人与大自然融为一体的美好景象，镜头语言是那么生动、和谐而富有情趣；在宽阔的江面上，若隐若现的一叶小舟划过，荡起了层层涟漪，齐飞的白鹭冲向天际……

王建录是一个善于学习的乡村振兴带头人。

他说，虽然摄影是一个既烧脑又烧钱的活，但是为了之江村的发展，他愿意去学习摄影知识，去购买摄影器材，去努力钻研技术。

王建录说，他发现了村里一个又一个非常好的拍摄点，也找到了最佳的角度、最美的光线、最好的画面，但又觉得这个镜头里好像缺少了点什么。

他想起摄影家吴品禾在丽水缙云鼎湖峰下守了 4 个小时拍下的作品《仙境》：雾气迷蒙中，鼎湖峰若隐若现。石板桥上，撑红伞的少女茕茕而行……他想起俄罗斯摄影家普罗辛·弗拉基米尔的摄影作品《河流之上》，它摘得了首届锡耶纳国际摄影奖，展现了"渔人泛舟"所演绎的独特东方美学……

他找到了，之江村十里美景所缺少的那部分东西应该是乡土文化，是淳朴厚重的风土人情和别具韵味的乡愁情怀。于是，他将这些美景一个一个地赋予了生命。

醉渔晚唱（王建录摄）

　　比如，之江村最有名的景点"移舟烟渚"。它是王建录根据孟襄阳
所作的《宿建德江》这首诗的诗意所打造的景点，还原了诗人当年行
舟至此，停船靠岸，远眺江水泱泱，旷野茫茫，天幕低垂，江月近人，
油然而起莼鲈之思的景象。他还自费购买了一条乌篷船，停靠在十里
江堤的码头，在浓雾弥漫的时节供摄影爱好者拍摄。

　　再如"梦幻茶园"景点。王建录想，如果只是纯粹的茶园，那它
虽然也很漂亮，但是只有高低起伏的层次，缺乏时间与空间的交织，
缺乏古老与现代的融合。于是，王建录建议，在茶园里合适的地方建
个凉亭、修个游步道等点缀一下，那种层次感就出来了。

　　又如"醉渔唱晚"景点。它的创意主要是唐玲珑老师提出的，它
紧紧抓住渔夫怅然若失的感慨和豪放不羁的洒脱，不断丰富泛舟之江、
笑傲烟云、醉乡酣美的心境。

龙湾叠浪（王建录摄）

　　这时，外面传来汽车的声音，王建录的小狗向门外跑去，应该是唐玲珑来了。我们出门一看，果然是他。一个身材魁梧、蓄着胡须的中年男人出现在眼前，一开口就声音洪亮，而且语言诙谐。

　　王建录说："唐老师的嗓门是在江里拍照时，与摄影师沟通而锻炼出来的。"

　　王建录一句话把大家都逗笑了，我们继续着原来的话题。

　　"杭州西湖有'西湖十景'，我们之江村也有十景，我们称它们为'之江十景'。虽然我们村的'之江十景'名气不能与'西湖十景'相媲美，但现在我们改造升级的'泽畔吟风''彩绘田园''黄饶津渡''龙湾叠浪''芦影婆娑''瑞平山色''马目相送'等景点的知名度在摄影界和人们的心里也很高了。"王建录对自己探索、归纳、总结的"之江十景"颇有些爱不释手了。

唐玲珑接过话茬诙谐地说："'之江十景'就像王书记的孩子一样，从思想的种子开始孕育，经过十月怀胎，一朝分娩，再到现在的成长壮大，可是爱得不得了。"

王建录对唐玲珑的玩笑话没有反驳，也算是认可了吧。

他接着说："'之江十景'要想'火'起来，'造好景'是第一步，第二步是'摄好影'，第三步是'留好人'。要一步一步把之江村的摄影产业搞起来。"

他在落实摄影产业"三步走"的基础上，自己也拿起了专业摄影教材开始认真自学起来。那时候，王建录每天清晨四点左右便起床带上大包小包的拍摄器材，风雨无阻地来到自己最想拍摄的景色面前。

出于对村庄的熟悉，对农村的热爱，对农民的理解，王建录对之江村应该如何从不同的气候、不同的季节、不同的角度去呈现白雾横江、山水朦胧之感形成了自己的风格。

慢慢地，他的摄影作品通过朋友圈一传十、十传百，有的还获得过摄影大奖，他也从一名普通摄影发烧友成长为省级摄影协会会员。

王建录的蜕变是紧跟着时代一步一步发生的，正是他的蜕变带来了之江村的蜕变，环境变好了，景点变美了，越来越多的人都愿意追随而来，有的是来了解他的故事，有的是来寻找最美的风景。如今，每天都有扛着"长枪短炮"的各色人群，跟随他的作品来到之江村、融入之江村，其中还有中央电视台《远方的家》节目组。

王建录最引以为傲的是他们以一村之力举办了一次全省的大型摄影比赛。那是 2015 年，全省在国内的一场大型摄影比赛计划放在建德市举行，王建录得知消息后，第一时间将这一活动争取到由之江村来承办，当时正巧遇到市里有好几个大任务，精力顾不过来，领导便提出直接交给王建录来承办。于是，王建录从活动方案开始，到邀请人员名单、吃住行保障、大赛评比等等，全部安排妥当，吸引了 400 余位摄影大师来到这里采风拍摄。这次浙江省大型摄影比赛获得圆满成功，评选出一批优秀摄影作品。举办这次摄影大赛，为下涯镇创建杭州市摄影小镇、浙江省摄影之乡奠定了坚实的基础。

"村庄的环境治理好了，摄影小镇也顺势推向全市、全省、全国了。那么，如何带领村民创业就业、共同富裕，就成了我们的首要任务。"王建录带领党委一班人一直在思考谋划着"留好人"的问题。

外地的摄影发烧友和游客一批一批地来了。然而，他们结束在之江村的拍摄后，便赶往几十千米外的建德市区去吃住、去消费，王建录觉得这是给别人做了嫁衣。留不住人一直是之江村发展的瓶颈，王建录研究后发现，在之江村里开民宿应该是个好主意。但对于这个想法，乡亲们却有些迟疑，毕竟需要花一大笔钱去改造房子，也不是一件容易的事。

为了说服村民们投入创业，王建录决定做全村第一个"吃螃蟹"的人。2016 年初，王建录和两位朋友一起出资，将先前承包的 30 亩柑橘林和鸡舍改造成民宿，并借孟浩然作品《宿建德江》中的诗意，将名宿取名为"烟渚之江"。

让他压根没想到的是，烟渚之江民宿竟然一夜成名，全国各地的客人纷至沓来，每到周末，民宿的客房变得一床难求，示范效应特别明显，其他的村民们看了不禁心动起来。在他的带领下，之江村又陆续开了 10 多家民宿，每家年均收入在 30 万元以上。之江村的游客，也从"看一看、吃一顿"变为"玩一天、住一晚"，有些甚至一住好几晚。

就这样，之江村的新型支柱产业慢慢发展起来了。之江村不仅有外出传授技术、种植草莓的专业农民，还有在本村发展的新型农民。"玲珑就是我们新型农民的代表，新型农民已经成为让人'高攀不起'的职业了。"已经卸任村党总支书记的王建录说。

此时，已至深夜。王建录建议，就在他家的之江小筑民宿留宿一晚，也算是感受一下孟浩然笔下的意境。

想起孟浩然的诗，我们决定留下来，继续探讨共同富裕的话题。

五

一个村庄好不好，农民最有发言权。

过去，世外桃源般的之江村虽然为我们留下了孟浩然传诵千年的《宿建德江》，却留不住村子里的村民。外出务工进行草莓技术输出的做法几乎是常态。如今，之江村又变成了乡土人才返乡创业的"热土"，"农民"也成了当地最具吸引力、备受尊重的"朝阳职业"之一。

"因风光而闻名，因摄影而兴旺。之江村在成长，我们之江村的全体村民也都有不同程度的成长。比如，建录书记搞摄影，从发烧友到办展览，从承包养鸡场到开诗意的现代民宿，进行着二次创业；再如我，摄影界授予我'中国第一鱼模'称号，我凭撒网技术立足，凭勤劳付出赚钱，我超级喜欢'中国第一鱼模'这个称号。所以，我觉得我从事的也是很阳光、很受人尊重的职业。如今，在我们之江村，正在悄悄地出现一种新的特殊职业——'村模'。比如，乡道上穿着蓑衣的牵牛人，江心船上撒网的捕鱼人，茶园里提篓的采摘女，小溪边洗衣的村妇……全村人都不当闲人、不当庸人、不当懒人，吃职业饭、做职业事、干职业活，我觉得也蛮好的。"唐玲珑对自己"中国第一鱼模"的称号很是自豪。

深夜的新安江水静静流淌，之江小筑民宿的玻璃窗外灯光点点，除了偶尔有几声犬吠，周遭都是那么宁静。

我们围绕"村模"这个新型职业与唐玲珑聊了起来。

美好的生活是靠奋斗出来的，吸引人的职业是靠勤劳换来的。

我记得三毛曾经说过，路是由"足"和"各"组成的，"足"表示路是用脚走出来的，"各"表示各人有各人不同的路。唐玲珑的"中国第一鱼模"称号就是他用双脚走出来、用勤劳的双手撒出来的，这是与别人不一样的道路。

农民唐玲珑虽然历经磨难，但他始终坚持拼搏，屡战屡败，屡败屡战，从不言弃。

他在新安江边长大，从小就会捕鱼，水性很好。他也曾经开过服装店，从事过种植和养殖工作，在村里当过村干部，在城里经营过卤味店。但最终还是经受不住家乡的"诱惑"，成了一位远近闻名的职业鱼模。

唐玲珑虽然有点划渔船、收渔具、捕鱼虾的基本功，却不具备职业鱼模在空中撒网的本领。据说，空中撒网是个技术性、灵活性很高的动作，普通渔民很难做到将网抛得高、撒得远、看着美。唐玲珑认识到，撒网是摄影师最喜爱的经典动作，要想当个好鱼模，必须掌握撒网的绝招。为此，他前往丽水、衢州和建德的邻县淳安拜师学艺。

他说："中国农民最大的美德之一就是不怕苦、不怕累。我也是中国农民中的一个。虽然这种练习很枯燥乏味，但是我始终斗志昂扬，充满着激情。"

那一阵子，为了苦练基本功，唐玲珑根据师傅所讲的撒网技巧，不停地在水泥地上练习。提起初学时每次一撒渔网，总是将整个网身卷在一起、扭成麻花时，他笑了。他说，那时候撒网谈何美观，简直丢死人啦。功夫不负有心人，经过反复练习，唐玲珑青出于蓝而胜于蓝，钻研探索出了抛撒渔网的诀窍，将撒网的动作呈现得漂亮而且壮观。

干什么吆喝什么，做什么就像什么。我发现唐玲珑对自己的鱼模职业要求很高，为了更好地服务拍摄者，他经常会有一些经典的点子，提供一流的审美服务。

唐玲珑也专门购买了一条渔船，经过专业设计和装饰，在船身上搭起了工棚，配制了蓑衣、鱼篓、煤油灯等捕鱼工具，并且将自己的爱人也拉进来配合表演，夫妻两人一门心思从事职业鱼模的工作。

唐玲珑善于钻研，会根据季节的变化、光线的变化、雾气的变化，总结出渔民撒网、喝酒等生活场景，探索出晨出晚归、渔家灯火、男渔女补等生产场景。经过不断地策划设计、调整修正，他总是力求将每个表演环节淋漓尽致、形象生动地呈现出来。

他的职业精神得到了业界的高度评价，有上海摄影师评价："唐老师撒网的高度、角度，张力、韵味都是一流的。"北京摄影师评价："唐玲珑作为鱼模的敬业精神、艺术气质都是全国最好之一。"

在如今的之江村，最火的鱼模就数唐玲珑。每年 5 月至 9 月是他们一家的表演旺季，每天表演收入高时都超过 2000 元，每年平均表演150 场，最多一年 196 场。他说："只要自己的身体吃得消，就会竭力宣传村里的生态环保理念，为家乡代言。"

唐玲珑在加我微信时表示，目前自己已经在微信上建了 40 多个摄影群，为 3145 个来自国内外的摄影师表演了 1600 余场……

昨夜聊得太晚，早晨醒来时，新安江的夜色还没有褪尽，而朝雾已经弥漫。今天有奇雾，对于建德市、对于之江村、对于王建录、对于唐玲珑，都是一个好的开始，期待他们收获梦想、收获共同富裕硕果。

我叫醒朝忠援友，将住宿费留在了客房电视机前，没有向王建录一家辞行，便驱车驶离了之江村。回头望去，雾霭里好像有一位游客驾乘着一艘孤舟，正往烟渚岸边停靠……

（2022 年 11 月于建德市之江村）

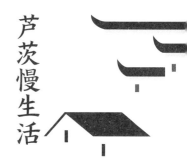

芦茨慢生活

在这个异常寒冷的兔年春节，我和家人入住了杭州城区以西70多千米外的芦茨溪畔，赏美景、吃美食，过了两天宁静的、悠远的、诗意的慢生活，以期达到看山望水寄乡愁的目的。

考虑到正月初三、初四我要值班，如果回老家过年，时间上会特别仓促；又考虑到这是疫情结束后的第一个春节，大家肯定都扎堆回到家乡过大年。所以，喜欢清静的我们一家人商量后，决定不去凑回老家过年的这个热闹。但是，杭州城区又似乎少了一点过大年的味道，于是我们便来到了芦茨村，入住慕溪晓庐民宿，让自己的大脑和身体从喧嚣中净化剥离出来。回想参加工作后的27年中，无论过节还是平时，一直都急匆匆的，忙忙碌碌成为工作、生活的常态，其中有19个军旅除夕都是在铁打的军营中度过的。那时候，肩上扛着守卫祖国千里边防的使命，脚步连着千家万户灯火璀璨的繁华。所以，在大家阖家团圆吃年夜饭时，我们仍在一线哨位守望；在大家欢声笑语观看春晚时，我们仍在边关踏雪巡逻；在大家燃放烟花尽情狂欢时，我们仍在保卫祖国平安……再后来，转业地方工作，又遇三年援疆、三年疫情，也鲜有回老家过年的时候。如此，我便对春节回乡产生了深深的渴望。

除夕之夜，主持人大声喊着"5、4、3、2、1"倒计时，新年的钟声敲响了，我用微信发了个新年红包给爱人，祝愿全家新年愉快、平安喜乐、身体健康。当我抬头看过去时，爱人正在接连打着哈欠，便对她说："洗洗睡吧，明天我们陪女儿去体验体验江南的新春民俗吧！"深夜里，我躺在床上，翻来覆去难以入眠，轻轻起床又轻轻躺下，轻轻躺下又轻轻起床，真的好想乘一叶扁舟，静静地夜游黄公望画中的严子陵钓台；真的好想带上余秋雨的《文化苦旅》，躺在青龙坞的言几又胶囊书店里夜读。担心惊扰了睡眠质量本来就不好的爱人，我便站在房间的落地窗前，轻轻掀开窗帘一角，见远山含黛，溪水潺潺，在"乌托邦"露营地灯光的照射下，伫立在溪边的"打造新时代乡村生活样板地"白色字牌点缀在绿水青山间。虽然隔着一溪烟雨，我依然能感觉到时光仿佛在一点一点地变慢。

一

芦茨村位于杭州市桐庐县富春江镇东南部的富春江畔，由芦茨、双源、蟹坑口三个村合并而成，村域面积达 54.5 平方千米，与一江之隔的东汉古迹严子陵钓台、风景如画的富春江小三峡、白云源瀑布、江南龙门湾等景区比邻。芦茨依山傍水、绿色环绕，就如一幅天然且不经雕琢的泼墨山水画，旧时有"高山白布、下湾渔唱、孤屿停云、暮中晨鼓、东山书院、玉阶古桥、双溪流月、凤山夕照、清芬高阁、盘山石壁"这"芦茨十景"。芦茨历史悠久、名人辈出，尤其是唐宋时以方干、方楷为代表的方氏家族，称得上是桐庐历史上有名的书香门第。据传，古时候这一带的江面上常有鸬鹚在此捕鱼，故称鸬鹚村。后人也许嫌村名俗气，便改成了芦茨村。

芦茨的美得到历代文人墨客的垂青和喜爱，是元代著名画家黄公望创作的《富春山居图》的取景地，也是当代国画大师李可染的《家家都在画屏中》、叶浅予的《芦茨》等名画的取景地。

芦茨民风淳朴，古民居、古街、古桥等历史传统建筑保存较为完整，与山清水秀的自然景观相得益彰。2006 年，芦茨村被授予浙江省农家乐特色示范村称号；2012 年，芦茨村被授予浙江省慢生活旅游体验区称号。

对于芦茨的山水风光、人文风气和富裕生活，稍早时候我是听说过一些的，而我真正了解芦茨村，是在半个月前慕名造访之时。从那时起，我便一下子喜欢上了这里。在这里，古朴与繁华融合得无比和谐，天然与人造搭配得无比巧妙，古老与现代碰撞得无比彻底。芦茨

芦茨溪里戏水欢（图片由芦茨村提供）

村可以寄托他乡游子心底的思念和期盼，可以让疲惫的心灵远离城市喧嚣和世俗纷扰，洗尽铅华，归于自然，融于自然。

余秋雨在《江南小镇》一文中说："中国文人中很有一批人在入世受挫之后逃于佛、道，但真正投身寺庙道观的并不太多，而结庐荒山、独钓寒江毕竟会带来基本生活上的一系列麻烦。'大隐隐于市'，最佳的隐潜方式莫过于躲在江南小镇之中了。"我也曾去过桐乡、西塘等古镇，总觉得小镇还是热闹繁杂多了一些，宁静悠然少了一些。所以在熟悉芦茨民宿后，我便觉得忙碌之余的隐潜方式中还有一种味道，那就是躲在芦茨这样的江南村落民宿之中。

在浙江，这样的江南民宿还有很多。

半个月前的探访是走马观花式的，从芦茨到青龙坞，再从青龙坞到严陵坞慢村，都是开车前往的，进出的道路几乎都是依山而开辟的，十分狭窄。在相隔一段距离后或是在一个拐弯处，便有一个稍显宽阔的地带供错车使用。当两车交会时，大家都很有礼貌地将车倒进离自己近而且方便的错车点，待对方车子完全错开后再前行。今年春节是疫情结束后的第一个春节，想必是因为大家等待过年的迫切心情吧，车速自然就加快了一些，在好几个拐弯处与对方会车时差点相撞，中间甚至不到一米距离，好险！所以，那一次并没有体会到芦茨缓慢悠闲的生活。

我们入住的慕溪晓庐民宿是芦茨村党委副书记章红华家开的。他一家三口，女儿已出嫁，平常民宿都是他爱人在打理。

他们家的民宿坐落于芦茨溪之上，背靠青山，位置优越，共有 10 个房间，在芦茨民宿中属于中等偏高一些的档次。在预约电话中，章红华告诉我："整个假期，除了除夕和春节两天只入住 3 户人家 4 个房间外，后面几天 10 个房间全都住满了，一个春节长假收入可以有 5 万多元。"

这一次我们是准备扎扎实实在章副书记家过除夕和春节的，便放空了脑子、放开了肚子，去寻找记忆深处那种无法割舍的年味。我和女儿还各自带了喜欢的书，做好了爬山、走路和阅读的准备，争取把两天的慢生活过得充实、过出味道、过出质量来。

我们是大年三十那天吃完午饭后出发的，到芦茨大约下午 2 点多钟，然后放下背包，取出生活用品，把一切安置妥当。考虑到离吃年夜饭还有较长一段时间，我们便准备到村子里去转转，感受感受南方乡村过年的氛围。我发现，虽然芦茨村念的是"民宿经"，吃的是

"美丽饭"，但过节的氛围却一点也不少。无论是大门前还是路灯下，都挂上了一个个、一串串红灯笼；每家每户的大门上都贴上了喜庆而有美好寓意的对联；过年的美食一样也不少，真是"未曾过年，先肥屋檐"。每走过一家民宿，我都喜欢去看看民宿主人妙手制作的各种各样的食物，酱鸭呀，腊肠呀，萝卜干呀，这些都是老底子的浙江人过年才有的美食。看，那一条条、一块块被盐粒腌制的猪肉，悬挂在屋檐下，经过长时间的风干，渗出晶莹剔透的油脂，在阳光的照耀下如同粒粒米珠。这些弥漫着咸香的腌肉是"时间老人"熬制的美味，也是勤劳与智慧成就的、在严寒的冬天才有的专属味道，可以慰藉来到芦茨过春节的游客的肠胃和乡愁。

我们在芦茨村文化老街走了一圈，然后折转回到慕溪晓庐民宿。迎着寒风，沿着芦茨溪向上游漫步，穿过芦茨一号酒店，来到芦茨村善治文化广场。这里早早聚满了人：有游客，也有村干部；有年长的老人，也有年幼的儿童。大家都围在广场中间的石臼边看热闹。原来，这里是村里为游客专门组织的过年打年糕的体验活动，也能让大家找点儿时过年的感觉。只见村民们和游客们各显身手，轮番打年糕、捣麻糍。我也一时手痒，加入"战斗"，小时候看到的大人们打年糕的画面又浮现在眼前，虽然天气寒冷，却觉温暖如春。

时间过得很快，与章红华家约好吃年夜饭的时间到了。

因为村党委书记、村委会主任方祖春春节去了女儿家，所以村里的过年服务保障便由副书记章红华来张罗。此时，章红华也忙完了村里的工作，我们便一起回到他的家里。

在章红华家里，他们夫妻加上我们一家三口一起吃了一顿丰盛而又充满浓郁江南文化的年夜饭，过了一个有意义的除夕。

一个游子，无论你走多远，过年了都要赶回来吃个年夜饭，求个团团圆圆。在张爱玲的《小艾》里，她这样写道："过年的时候吃年夜饭，照例有一尾鱼，取'富贵有余'的意思。"章红华家的年夜饭也照例准备了一尾鱼……

再有半个小时春晚就开始了，但我们还吃得意犹未尽。此时此刻，芦茨的夜晚已被灯光点亮，整个芦茨像一座梦幻的童话小镇，而我们一家就在这个小镇里享受家庭团圆的幸福。

二

年前，杭州的气温一度冲上了20℃，仿如初春。然而，两天寒潮来袭后，气温出现了断崖式下降，夜晚气温普遍在0℃以下，杭州的寒冷上了热搜。

大年初一，我们看山望水晒太阳，带了充足的食物和水，计划沿着芦茨溪游步道走路，是那种不设千米数、不算时间长短、走到哪里算哪里的慢慢的走。章红华副书记今天不值班，便主动提出给我们当导游，说他从村民的角度，我们从游客的角度，共同体验芦茨慢生活，再让我们为村里的旅游业、民宿业发展提提意见。

吃罢早餐，我们便从慕溪晓庐民宿出发了。

此时，天空晴朗，太阳正好，虽然芦茨溪上冷风还很强劲，但山区的这种冷，还是可以接受的，住在民宿的游客好像踩着点似的都走出来了。

青山如屏，绿水如练，碧空如洗，游人如织。

据章红华介绍，芦茨溪是一条典型的山区性河道，发源于建德市马岭，干流全长19.7千米，其中桐庐县富春江镇境内长15.4千米，其流量和水环境直接影响着下游的富春江，是富春江的一条极为重要的支流。在桐庐、建德两地"流域共治"政策的全方位保驾护航下，芦茨溪常年水质维持在Ⅰ类至Ⅱ类，是浙江省首批"美丽河湖"，也是浙江省内第一条全域可游泳（根据《地表水环境质量标准》规定，全域可游泳指全域地表水可达Ⅲ类以上）的河道。

章红华边走边告诉我们，芦茨溪的环境早些年那叫一个差，垃圾水上漂，脏水到处流。

回忆当年场景，章红华至今仍记忆犹新。他说，门前的芦茨溪在富春江境内流经芦茨、茆坪、石舍三个村庄。其中，比较特殊的就是芦茨村，20世纪90年代以前，可以用三个"最"来概括：位置最偏僻，交通最不便、人民最贫困。所有人都不注重环保，砍树烧炭成了最常见的脱贫思路。然而，这个思路根本行不通，结果就是村里陷入越贫穷越去砍树、越砍树就越贫穷的恶性循环中。直到90年代后期，县、镇、村三级启动封山育林工程。芦茨村结合省、市、县"五水共治"要求，把重点放在芦茨溪的保护上。

怎么保护？章红华总结了十个字："污水零直排，垃圾变为宝。"在富春江镇上出台"污水零直排区"建设行动方案后，芦茨村率先开展农村生活污水治理，实施截污纳管工程，污水处理率达98%以上。芦茨村在"垃圾分类日日净"的基础上，将生活垃圾化解成有机肥料，村里建设了一台设备，一天可以处理500公斤易腐的生活垃圾。

虽然已至寒冷的冬季，但芦茨村村口的小型花园里仍然绿意葱茏，让人眼前一亮。走入其中，一间小屋墙上的屏幕显示着总磷、氨氮、化学需氧量等指标。

看着眼前的生态数据，我想起上次来探访，芦茨村党委书记、村委会主任方祖春介绍溪畔大道：路的一边是绿水青山，那是政府治理后大自然给芦茨村的馈赠；另一边是村民们的"金山银山"，那是政府引导村民致富后如雨后春笋般涌现的民宿。

这时候，刚在一旁接完电话的章红华转身告诉我，富春江镇分管环保、旅游、民宿、服务业经济和慢生活体验区的副镇长王雪晴也在村里，她是来检查假期民宿的安全、服务质量和卫生工作的。得知我在村里过春节，她也想赶来和我们会合。

在我眼里，敬业能干、豁达宽宏、漂亮大方的王雪晴至少应该有三个身份：一个是年轻的副镇长，另一个是经过遴选的懂专业的干部，还有一个是我的半个老乡。

认这半个老乡，还有一段奇妙的经历。上次我来芦茨村探访时偶遇了王雪晴。那天，雨蒙蒙雾蒙蒙，正是交友好天气。在言几又书店，

王雪晴副镇长（右二）在言几又书店征求意见（孔一摄）

195

王雪晴正带着富春江镇干部开展节前走访工作。她严谨细致、一丝不苟的工作作风，还有对芦茨民宿不遗余力的推荐，令人印象深刻；那股年轻人的干劲、闯劲令人佩服不已。记不清是出于什么原因，我们聊到了她的家乡新疆伊犁，聊到了伊犁哈萨克自治州文化和旅游局副局长贺娇龙推介大美伊犁的故事。新疆伊犁，是我的"第二故乡"，是我在军旅生涯中维稳戍边、奉献青春年华的地方。我们都是带着西域的豪迈来到繁华的江南的，共同话题便多了一些。后来她要赶回镇上开会，便匆匆告别。没想到这个春节她也没回伊犁，我们还能在芦茨相见。

很快，王雪晴便赶过来，加入我们的慢走队伍中。

王雪晴手指芦茨溪说："这条溪通过一道道生态堰坝的截流蓄水，自然形成了一个个天然游泳池。在富春江镇境内，可游泳的水域面积达6万平方米，最好的一段还是在我们芦溪村。现在冬天天气太冷，没有人下河游泳。一到夏天，这里就特别热闹，游泳、划船、骑水上自行车……人们充分享受着与大自然亲密拥抱的乐趣，形成了一道独特的风景线。"

芦茨村因水而生、因水而兴、因水而名。随着生态环境的进一步改善，曾经的偏僻落寞变成现在的越来越旺，游人纷至沓来。过去常年在外打工的村民也被村里的优美环境和发展潜力所吸引，纷纷回村创业，建起了第一代民宿。

我们往前走了几步，看见一家古香古色的民宿门前有几个人正在聊天。"这家民宿的装修很考究，名字也起得很好听，有些味道！"看见我们，一个衣着时尚的女人招呼我们进去喝茶。王雪晴介绍说，她就是这家画中阁民宿的老板娘，她和她爱人也是被村里的优美环境和发展潜力吸引回乡的。夫妻俩放弃了外地还不错的工作，回村翻盖老屋，做起了民宿。

王雪晴介绍说，芦茨村的民宿起步于 2013 年，经历几代升级发展，芦茨村出台了"壮大规模、提质转型、精品示范、行业规范"的四轮驱动产业发展政策，形成了较为成熟的业态。目前，芦茨村 80%以上的村民从事民宿业，这里的民宿分三个区块：芦茨溪畔主要以中低档为主，青龙坞、严陵坞主要以高档为主。全村各种档次的民宿都有，各种消费需求都具备。村子里的其他人，有的即使没有从事民宿业，也在做着民宿业的相关配套工作。村民们愿意开民宿，主要得益于芦茨村旅游业的红火发展。

三

像慕溪晓庐、画中阁这样的民宿，在杭州各县、市、区还是比较多的，很多我们都住过，我们对体验感和住宿价格都还是有所了解的，但青龙坞那一片的民宿我们却不太熟悉。我上次去看了溪山深渡、流云乡墅等几家民宿，被这里的慢生活吸引；也去看了上海风语筑文化科技股份有限公司出品的放语空乡宿文创综合体，特别喜欢放语空运行负责人苏海锐深情讲述的、发生在网红打卡点言几又书店里的关于"一网情深""转角遇到爱"的浪漫故事，也特别喜欢言几又书店里最有味道的胶囊书店中的那些关于主题书房名称的每一句电影台词。比如关于"笑"，有摘自《虞美人盛开的山坡》的"青春就是让你张扬地笑，也给你莫名的痛"；比如关于"歌"，有摘自《步履不停》的"每个人都有会偷偷听的歌"；再比如关于"逢"，有摘自《千与千寻》的"我们还会在那里相逢吗""一定会的"。

这次本来是奔着这几家民宿去的，但它们全部无一空房，只好作罢。虽然没有住上心仪的民宿，但我十分喜欢并多次向女儿介绍的胶囊书店必须让她去体验一下，况且她还带上了自己最喜欢的书。于是我向他们提出了去青龙坞的想法。

考虑到大家走了一上午都有些累了，而从慕溪晓庐民宿出发到青龙坞还有 5 千米多的盘山公路要走，我们便决定驱车上山。

我们沿着一条狭窄的、崎岖的柏油山路，七弯八拐地向山中攀爬，越往上面开，路上行人越少。没几分钟后，一座长满青苔的古老石桥横亘在面前，桥头上一棵古树茂密的树枝几乎遮住了整座桥，山村里的古桥古树留下了岁月的印记。穿过石桥，地势变得相对平坦起来。再从石桥往上看，柏油山路的两边错落有致地散布着一座座富有时代特色的民宿，这些民宿看似个体独立但又有着某种密切联系，每一座民宿都有着自己的鲜明个性，它们虽然少了芦茨溪畔民宿那样挨挨挤挤的烟火气，却保持着相对的清幽独立，距离刚刚好。

王雪晴说："我们将青龙坞民宿群定位为高端民宿区。这里每间房的价格可都不低，而且都需要提前预订。每逢旺季或是节假日，我们最担心、害怕的事情就是帮助客人预订青龙坞的房间，往往会扑空，几乎订不到。"

青龙坞是芦茨村的一个村民小组，过去是由青龙坞、深坑两个自然村组成的（过去的深坑自然村又包括外深坑、里深坑两个村民小组）。在这个被溪水环绕的幽静山谷，前些年因为交通不便、生活不便，很多人陆续搬离，导致大量的"空心房"出现，再后来青龙坞慢慢地变成了"空心村"。

然而，"一座'空心村'在民宿业主眼里往往却是一幅深藏的'宝藏图'。我们富春江镇党委认识到，青龙坞空心村更有利于民宿业主张开创新思维的翅膀，挖掘村庄深藏的宝藏，绘出更新更美的图画。"王雪晴介绍说，"2014 年，我们镇在芦茨村整理出 44 幢农民房，借助芦茨村秀美的山水资源和青龙坞空心村的文化资源，吸引精品民宿项目落地青龙坞，以发展休闲旅游产业。通过精品民宿项目的招引，区域吸引总投资近 2 亿元，组织引进了'天方夜谭''开满山野'等 10 余个特色项目，形成了民宿产业集群，彻底盘活了青龙坞闲置的房屋与存量的土地。"

车过石桥，大家都说不能辜负青山和清新的空气，我们便下了车，步行前往青龙坞。没走多远，路边一户土墙竹篱、柴门紧扣的农宅吸引了我。走到近前一看，原来这也是一家民宿，门上悬挂着一块招牌，上面写着"静庐"两个很小的字。站在门前的停车处远眺，眼前是一片青翠的山，耳畔有轻轻的溪水在流动。王雪晴告诉我："这家静庐·澜栅民宿是浙江省授予的'白金宿'之一，仅有 8 间客房，常常爆满，节假日期间 2000 元至 3000 元一晚的房间仍一房难求。"

宅如其名，低调内敛，静谧空灵。我想，在如此低调的外表下，会不会有奢华的内在呢？正好王雪晴与民宿经理熟悉，我们便联系了他，想进去看看能不能遇见惊喜。

按下门铃半分多钟后，一个年轻帅气的服务生来开门。他穿着朴素而干净的灰色衣服，身前系着干净且没有一丝褶皱的围裙，第一眼看过去就显得特别专业。他在问清楚我们是民宿经理的朋友之后才领我们进门。感觉真的很不错，够私密、够安全！走进院门，更觉这里如世外桃源，迎面是一个高颜值的小游泳池，抬眼黛山青空，俯瞰一汪碧水。大家直呼："真棒！如果在夏天来这里游泳，肯定超级爽。"再往里看，这里的房子既没有繁复玲珑的瓦当，也没有精致高端的斗拱飞檐，更没有时尚耀眼的彩饰金绘，却显得特别宽敞舒适，两幢小楼融入青山原野中，让人感受到山林野趣之美，仿佛时光也变得悠长，使人内心踏实、安宁和简单。

踏进客厅，里面有吧台、长桌、沙发、露天座，是一个多功能的公共空间，无论是在视觉上还是功能上都打造得很好，各个区域相对独立又相互融合。一楼靠山的那面凿出一汪小水池，数条鲤鱼游弋其中，山

一个生命熨贴的既清静又方便的寻常角落（图片由芦茨村提供）

间溪水顺流而下，两位旅客坐在水池旁看书，外面冷风吹面，这里却温度适宜。我们没有去二楼，想必二楼也一定是高颜值。我们在感叹静庐的闲适、安乐、美妙以及优雅的同时，也为不能入住其中而略感遗憾。

走出静庐，我们发现它的旁边还有一户叫"不舍·青龙坞"（现已转让并更名为"柒竹"）的高档民宿。王雪晴说，这家民宿是咱们浙江的企业家外婆家餐饮集团有限公司的创始人吴国平投资打造的。吴国平是最早有意愿来青龙坞的投资人之一，他身边聚集了一群艺术家和设计师，正是这个群体关注到了这片"空心村"的民宿的发展。

"其实，我们青龙坞里的每家民宿都有一个美丽的故事，他们真不是把赚钱作为唯一目的的。他们只想打造那种'向往的生活'，他们的情怀令人很感动。"王雪晴向我们讲述了紧邻放语空的青龙坞流云乡墅民宿创始人王鹤翀的"民宿梦"。

王雪晴告诉我，王鹤翀过去在地产营销、酒店管理等方面做得非常成功。但美术院校毕业的他一直对山野自然充满着热爱，内心深处滋长着一个"民宿梦"，他希望选择一个理想的山野自然之地来经营自己心中的理想民宿。他在桐庐县考察了3个多月，调研了100多个村子后，最终被青龙坞里深藏的那片云雾环绕、雨雾弥漫的梯田所深深吸引，被青龙坞疏密有致的村庄整体布局所深深吸引。他认定，青龙坞就是可以施展自己才华和实现自己梦想的地方，便决定把开民宿的梦想寄托在青龙坞这个"空心村"里。他带领志同道合的一群人坚持修旧如旧，青山、绿水、黑瓦、黄墙和石子路……一座既有"看得见山、望得见水、记得住乡愁"的原本面貌，又有多种现代元素运用、居住体验和舒适度俱佳的流云乡墅就这样在青龙坞里"生长"出来。流云乡墅的整体设计较好地保留了农村住宅原本的夯土外形的民宿综合体的样子。

流云乡墅里的5栋房子、15个房间一推出便是民宿的经典，一开业入住率就很高。碰到节假日，流云乡墅民宿15间房天天爆满。据统计，流云乡墅入住的客人中有八成左右来自上海，一成左右来自杭州市区，其他的客人则是从全国各地慕名而来的。

"这么红火的民宿，难怪我们订不上房间啊。"我解嘲地说。

四

上一次去青龙坞，我印象特别深刻的就是村头的两个网红打卡点：一个是放语空乡宿文创综合体，它是以展示乡村振兴和文化融合为主要功能的样板区；另一个是溪山深渡民宿，它是以展示民宿文化附加值为主要优势的试验田。

这一次去青龙坞，我想带女儿去感受一下这两个网红打卡点的魅力。出发后，我并没有告诉她目的地，而是想让她自己去发现、去感受。

我们出静庐·澜栅民宿后上坡，步行不到百米就看到路右边的小溪上悬着一座吊桥，桥的对面有人家。只听女儿惊呼："快看，吊桥的对面还有房子，房子在竹林中若隐若现，这不就是神仙居住的地方吗？"

美都是共通的，女儿能够发现山间的美，这让我很欣慰。

吊桥对面的房子就是溪山深渡民宿，也就是前面我提到的展示民宿文化附加值优势的试验田。

上次在青龙坞，作为县政协委员的溪山深渡民宿女主人李梅正好去富春江镇参加镇里组织的"写春联送春联"活动了，十分遗憾没有见上面，这次便不想错过。

王雪晴联系后说："这次运气好，李老师在！"

去溪山深渡民宿需要经过一座吊桥，大约有几十米长，这也是溪山深渡民宿的一个鲜明标志。在吊桥的尽头，李梅老师打开门，带领我们拾级而上，眼前竹林环绕的半山无边泳池显得那么恰到好处，与几栋古典与现代模样的建筑巧妙地融合成一体，再融入大自然里，显得那么和谐与美妙，让人感觉十分亲近。

在李梅老师的一方画室里，我们静静地听她讲述开民宿、推文创、做公益的故事。

"我是江苏常熟人，老公是桐庐本地人。我们的工作生活态度、创业的起点和归宿就是想在深山里找一个理想而舒适的地方，可以安放自己的心，能让大自然与自己的心灵对话，也可以给自己和生活在上海、北京、杭州市区的朋友们提供一个深山里发呆看云、品茶读书的理想地方。"

画室里，李梅老师回忆起开民宿的过往。她说，那是2015年初，自己第一次来到青龙坞。虽然初春时节寒气透骨，但是山中却有一株桃树上的桃花在尽情地开放。李梅透过这株桃树，眯着眼看向小溪对面的荒山，几幢十分破旧的老房子在那里静静地、孤傲地伫立着，那是一种超脱自然的境界。

"这里，就是这里！"李梅激动起来，她好几年没落实的民宿选址突然间有了着落。

这个民宿几乎凝聚了李梅的全部心血。那段日子，她几乎住进了山里，民宿的每个细节、每个局部都有李梅的设计。比如，进门的木吊桥，一开始有人建议建成石拱桥，可以方便车子直接开进民宿，李梅觉得建石拱桥不够文艺，木吊桥更简约、更精致。她在吊桥头上安上了两扇木门，再在进民宿的沿途搭建上曲折的木栈道，破旧的老房子也是按她的想法建造的。房间内一定要时尚，设施一定要高级，家具一定要大气，一切都既要符合传统又要透露出精致的美感。

一个民宿的品位往往是由这个民宿主人的文化素养决定的，这个品位又是这个民宿的灵魂和核心竞争力。李梅将代表桐庐特色的诗词文化、隐逸文化融入"溪山深渡"民宿中，她联想到范仲淹的《萧洒桐庐郡十绝》，将民宿房间名分别定为山霭、云空、石泉、竹隐、笑上、惊雨、解颜、掩映、雨前、清潭、鸟鸣……既契合山间风情，又符合她的隐逸理想。

王雪晴说："我们青龙坞民宿群特别注重广大村民的文化传承、文创收益，李梅老师在这方面提供了很多的文化创意，提升了村民农产品的文化附加值。如今，她已成为一个地地道道的桐庐文化传播者。"

自制的红茶、自酿的小酒、自晒的桃胶……李梅将这些具有桐庐风味的产品进行包装，制作成伴手礼，并给它们起了一系列富有韵味的名字，"深渡红茶""李梅酒""深渡桃胶"……这些文创产品曾多次获得省、市文创产品奖项。与此同时，她还联想到，如果入住的时间长了，应该让游客如家人一样，有更多的体验感。于是，她开发了植物染色、书法国画、扇面绘制、艺术剪纸等各类共建共享的文化体验活动，让溪山深渡民宿文艺气息满满。

王雪晴告诉我们，李梅老师的溪山深渡民宿还先后获得了浙江省金宿、白金宿殊荣，这是民宿业里的最高奖。

始于美景，红于产业，终于文化。离开溪山深渡，我一直在想，芦茨慢生活不就是一条农民共富路吗？芦茨村积极践行绿色发展理念，打通"绿水青山"和"金山银山"之间的转换通道，走出了一条"民宿支撑、能人带动、全民参与"的共富路，持续改善的生产、生活和生态环境，给村民们带来了满满的获得感、幸福感。

民宿业的发展还带来了芦茨村的空间重构、美丽重现、形象重塑。美丽有了，和谐有了，艺术有了，那么，如何让芦茨的民宿业变得更智慧、更聪明？王雪晴副镇长告诉我，富春江镇政府紧紧抓住省、市、县三级的数字化改革东风，率先建成了首个村级的"民宿智脑"系统，将民宿产业的核心业态和村民经营治理以一张数据图的形式进行了赋能联通。

在放语空乡宿文创综合体，我扎扎实实地体验了一把芦茨村的"民宿智脑"。我扫了一下"民宿智脑——芦茨慢生活"小程序的二维码，为女儿预约了在胶囊书店读书，果然方便。"民宿智脑——芦茨慢生活"小程序里还有停车、民宿餐饮预订、线路推荐、景点讲解等服务。

言几又书店楼中楼的精妙设计打破了空间的界限，全玻璃构造让周围的一切都变得亲切。整面的玻璃幕墙形成一个画框，勾勒出远山的轮廓。书店里人不少，却很安静，女儿要了一杯咖啡后，便钻进胶囊书店，沉浸于书香中再也不肯出来。

王雪晴提议说："下一站，我们到云舞台上去欣赏一下苏总他们的杰出作品吧！"

芦茨村一角（孔钰涵摄）

"走，我在前面带路！"放语空乡宿文创综合体的运行负责人苏海锐没有丝毫犹豫。

"在整个放语空文创综合体里，苏总最喜欢向别人介绍的就是云舞台。"王雪晴悄悄地对我说。

我们来到露天剧场，身居其中的云舞台既自成一体，又八方呼应，花田里矗立着香港建筑师林君翰设计的木质瞭望塔，菜园边一棵掉完树叶的枫香树仿佛在诉说着 300 多年来的故事，远处的青龙脊被茂盛的灌木覆盖着，对面的山峦虽然不是云雾笼罩，但也在山顶飘起朵朵白云。青龙坞里的民宿一家连着一家，虽幽深却无登高之苦，虽奇丽却无柴米之匮，一种强烈的居家感在心底冒出来。

苏海锐介绍说："放语空乡村文创综合体的主体建筑原先也是农民的老房子，我们坚持认为不能改变老房子的大体结构，而是将其设计成了书店、私房菜餐厅、一个人的美术馆、乡村云舞台，还有多功能媒体展演空间。""上海音乐学院的艺术家们就在我们的云舞台上演出过，那种融入大自然的感觉特别棒，整场演出和山水自然完全融合，感觉特别好。"

青龙坞民宿实现了政府推进的美丽乡村建设和民宿产业文艺创作的完美融合，将逐步形成浙江的高端乡村艺术文化谷。

夜幕降临，夜色茫茫，在这样的静夜里，青龙坞的溪流在欢笑，过冬的枯草小树在吸吮露珠，不知名的小虫子在低吟浅唱，它们在用自己的方式为生命而歌。言几又书店的灯亮了，灯光璀璨了乡村，远远望去，犹如天女撒下朵朵金花，又似满天繁星，闪着亮光。有了隐匿深山的安适书房，青龙坞真正在文化意义上走向了充实。

唤出在胶囊书店里夜读的女儿，告别青龙坞，告别朋友们。愿青龙坞的民宿一直向前，明天更美好……

（2023 年 1 月于桐庐县芦茨村）

互相助长相宁

一个偶然的机会，让我产生了采访建德市杨村桥镇长宁村的想法。

今年 12 月初，根据单位的统一部署，我们自查自评检查组前往建德市。第一天，我们检查了建德市委宣传部与建德市发展和改革局；第二天上午，我们按计划去检查杨村桥镇。按理说，此类规定动作是不需要陪同的，但凑巧的是，当地党委办公室的同志第二天在杨村桥镇也有活动，于是大家便相约第二天早上 9 点出发。

我们入住的酒店就在高峡出平湖的新安江大坝下游不远的地方。新安江大坝是 1957 年 4 月破土动工，1959 年 9 月建成的雄伟大坝。如今，坝里坝外都很闻名，坝的里边是如诗如画的千岛湖，坝的外边是 17℃恒温的新安江。

近年来，建德市持续加大投入，把新安江两岸建设、经营得像一座大花园。面对如此美景，如果不与大自然来个亲密接触，那岂不是会留下遗憾？于是，那天清晨，当太阳还在酝酿升起时，我就起了床，信

207

步来到新安江畔。不一会儿，晨光喷薄而出，我便一路沐浴着朝阳，欣赏冬日里的小城景色，体验独具江南特色的小城生活，感受深冬里的温暖。

太阳是柔和的、温情的，清晨的江面好似铺上了一层洁白的面纱。江的彼岸青色依旧，似乎还保留着对秋的依恋，又像催生出了对春的期盼。江的此岸有一排排青黄相间的树，仿佛在进行着冬天和春天的交接，那些红色枫叶尽情地渲染着冬日的宁静，阳光透过浓密枫叶的间隙映在脸上，暖到心里。

一

早上9点钟，我们准时出发，大约半个小时后，就来到了杨村桥镇。精明干练的镇党委委员王蓉蓉将我们迎进会议室，没有客套话，大家直奔主题，开始分头检查。

大概是因为王委员与方学勤副主任工作往来比较多，大家彼此都很熟悉，所以相谈愉快而融洽。很快，我也融入其中。在面对面的交流中，我对王委员分管的工作有了基本的了解，她除了分管我们这块业务外，还分管了杨村桥镇的宣传工作。

王委员是一位"85后"，工作前是宁波人，工作后成了建德媳妇，现在是两个孩子的妈妈。或许是长期在基层一线摸爬滚打的缘故，她讲话很有感染力，沟通能力也很强，是我在基层采访过程中遇到的比较会讲故事的基层干部之一。

我们的话题围绕着家庭和工作而展开，而这两个话题往往是能够引起大家共鸣的。

因为是临时起意，所以交流没有方向、没有主题、没有目的，任由王委员自由发挥。她给我们讲了两个故事，一个是关于她家的，另一个是关于她的联系村的。

王委员有一个幸福的家，不仅有爱她的老公、两个可爱的孩子，最难得的是还有个把她宠上天的婆婆。巧的是，我们正交流着，她老公打来了电话，说车子已加满油，什么时候回去就可以换回来了。原来她这几天因为文明创建忙得不可开交，车子一直开到油量"报警"，所以一大早便把老公的车子开出来了。

"这样的次数多吗？"我问她。

"一年大概有个十来回吧，每次他都会帮我加满油！""狗粮"撒满一地，她回答着我的问题，又似不好意思，不由脸颊绯红。

提到婆婆，她更是由衷地感谢。她眼里的婆婆，聊天从不唠叨，付出从不抱怨，支持从不盲目，把两个小家伙也照顾成了令人羡慕的"别人家的孩子"……

"你可算是掉进福窝里了。"方副主任的玩笑代表了我们共同的心声。

我们聊了会儿家庭，话题回到她的工作上。

我发现，在聊家庭时，王委员还是有些羞涩的，可一旦聊到工作，她就像换了个人一样。她说："今年初，我联系的长宁村成为建德市新一届四套班子领导第一次集体学习的考察点，班子领导现场参观了长宁互助故事馆，学习了'长宁整顿互助组'精神。我为有半年时间全程参与'长宁整顿互助组'精神的挖掘整理而感到欣慰，为有机会助力'互助长宁——新时代乡村共富志愿服务项目'品牌而自豪。"

猛然间，王蓉蓉提到的乡村共富话题好似一下子敲在我的神经上，这不正与我即将完成的书稿的主题很契合吗？我便竖起耳朵继续听她说。

"前不久，我们的'互助长宁——新时代乡村共富志愿服务项目'以建德市金奖的成绩代表建德参加了2022年度杭州市志愿服务项目大赛，在全杭州的92个志愿服务项目中脱颖而出，一举获得银奖。"王蓉蓉兴奋地说。

"一个基层村庄的志愿服务类项目，何以能够赢得杭州市的大奖？"我问。

接着我的问题，王蓉蓉为我们讲述了"互助长宁"故事的来龙去脉："20世纪50年代，全国有部分农村存在不重视'互助组'的情况，建德长宁村率先开展整顿，推动生产，其经验做法得到了毛主席的批示肯定。可以说，长宁互助组在那个年代发挥了极其重要的作用，并深深烙在老一辈人的记忆里。"

"那么，时隔近70年，为什么还要再深入挖掘、重视长宁整顿互助组精神的传承呢？"我又问。

"曾几何时，虽然长宁村的老百姓富裕了，但是村子却一直在空心化的路上狂飙，这也导致村子'一老一小'（养老和助小）问题成为在外创业的莓农心中的痛，亟待关注解决。在推进农村共同富裕的道路上，'长宁互助'正是长宁村以一种文化和精神的力量为共同富裕赋能，凝聚群众智慧，构建全民参与、全民受益的新时代农村共富的方法和路径。"方副主任解释说。

我想，这不正是建德市新一届四套班子领导第一次集中学习选在长宁村的意义吗？在推动农村共同富裕的实践中，"互助"一定是个实在管用的好经验。

是啊，"互助"，应该是村民们的良好状态。简简单单的一个"互"字，说明这种帮助是来自彼此的，双向的，温暖的，你我他都尽其所能地帮助他人，传递新时代互助精神，传播新时代正能量。

"互助"，应该是一个村子的重要美德。新时代广大农村只有一片漂亮的房子是远远不够的，光这样也无法承载起老人和小孩的日常生活。可以通过互相帮助来解决老人和小孩的具体生活困难，减少在外打拼的村民们心中的忧虑。

"互助"，还应该是一个村子的全部幸福，它可以托举起一个村子的未来发展。互相帮助不仅可以让一个村子好起来、让村民们富起来，而且可以实现事事好、人人好的梦想。

王蓉蓉一边为我们续上茶水，一边阐述了"长宁互助"的三个需求导向，旨在形成一个完整的互助圈：

一是以群众生活需求为导向建立"长宁互助圈"。这个互助圈如今已经"圈粉"无数，其影响力不仅在长宁村，而且"出圈"到杨村桥镇、建德市，甚至杭州市，乃至全省。她详细地向我介绍了这个互助圈的构架组成、功能优点、效能作用。她说，"长宁互助圈"是一个系统工程，其中又包含"三个圈"：邻里之间的5—8户村民组成的"互助小圈"，解决农村"一老一小"在生活层面上的需求；街坊之间的15—20户村民组成的"互助中圈"，重在解决精神层面的需求；而片区之内的60—80户村民组成的"互助大圈"，则是解决生产层面的需求。通过互助可以提高全村的发展质量。

方副主任补充说，"长宁互助圈"三圈相互交融，形成一个紧密联系的互帮互助网，形成以产业发展、社会服务、基层治理等为重点领域的共同富裕基本单元架构体系。

二是以机制保障需求为导向完善"长宁互助圈"。长宁村坚持从服务群众生活出发，结合公共服务设施完善和人居环境提升，开发具象化的互助场景，完成首批实施的互助故事馆、实事求是工作站、互助小菜园、互助洗衣坊、解忧新课堂等场景的建设。建立"互助长宁"工作品牌，探索闲置资产无偿由村集体调剂使用的资产互助、互助养老的社会服务互助等方面的具体做法。建立"文艺队长"机制，组建老年模特队、网红主播队等特色文艺团队，创新"互助长宁"新村规民约说唱形式，实现公共文化服务精准匹配。开展"你侬真好"道德评议活动，通过身边人讲述身边人的互助故事，传播正能量。

三是以未来共富需求为导向丰富"长宁互助圈"。村里坚持把"长宁互助圈"的目标定得更高一些，让村民把情怀放得更远一些，他们以高质量建设共同富裕示范区为发展方向，以己富促共富带共富。坚持以长宁村为中心，联合周边行政村形成互助联合体的发展新格局，探索基层组织与其他社会机构和社会组织的互助合作形式。

共同富裕，文化先行（图片由长宁村提供）

王蓉蓉在轻轻地讲，我们在细细地听，并且沉浸其中。当她讲起村里 84 岁的邵满香老奶奶被志愿者们打扮得"花枝招展"，穿着花裙，围着红围巾，戴着鹿角发箍，高兴得合不拢嘴的样子时，王蓉蓉脸上露出满意的笑容，眼里闪着感动的泪光。

长宁就是这样，这个充满着烟火气的富裕小山村一下子吸引住了我，探索它的冲动在心里萌发，我一定要用心去感受这个富裕小山村村民形成的"互相助、长相宁"的集体人格。

二

长宁，是杨村桥镇西北山区的一个环境优美、民风淳朴的和谐山村。村民的草莓种植技术全国闻名，村民们在外地或进行技术输出，或租种草莓创业，收入比较可观。所以，家家户户的日子基本上过得比较殷实。

我们都希望亲眼看到一个真实的长宁。

大家商量后决定，不如干脆一竿子插到底，直奔长宁村，入农户、进大棚、看直播。

我们从杨村桥镇出发。车子沿着杨长线溯溪而上，13 千米路程仅仅开了 20 分钟。

走进长宁，小楼林立，样式新颖，清爽安静。一眼看去，干净整洁的村庄，标线明晰的路面，门前那些不知名的花儿开得正艳，绿色植物苍翠欲滴、长势喜人。

我们沿着村口往里走，鲜有闲人，只有个别临近街面的家庭里有老人在乐呵呵地看电视、听相声，我们没有前去打扰。王蓉蓉告诉我们，现在正是草莓采摘的旺季，村民们几乎都到大棚里干活去了。再继续往前，发现有不少房子的大门紧闭着，甚至屋内的窗帘也拉得很严实，不像有人常住的样子。

王蓉蓉说，这些家庭大都是举家远赴新疆、云南、广东等省（区、市）种草莓去了。他们像候鸟迁徙一样，一般都是在过年的时候回来，过完年马上又出去开始新的征程。

随后，我们回到村头的长宁互助故事馆。

王蓉蓉微笑着对我们说："现在'暗访'结束，可以告诉村里了吧？"

方副主任也笑着接话说："说呗，真实情况我们也都看到了呀！"

此时此刻，长宁村党总支书记、村委会主任朱宁斌正在邻居家草莓大棚里帮忙，接到王蓉蓉的电话后，说马上过来。

王蓉蓉看着眼前的这个故事馆，思绪又回到了历时半年的挖掘长宁互助组故事的日子里。那段时间，王蓉蓉和村里的同志先后采访了135位高龄村民，特别是14位80岁以上的村民，聆听他们讲述"整顿互助组"经验诞生以来发生在长宁的故事，并全部进行了取证。

可以说，正是因为王蓉蓉他们的共同付出，才有了现在的长宁互助故事馆。

我们正站在故事馆门口聊着天。这时，朱宁斌书记从草莓大棚里赶过来了。

我们一起走进了这座面积不大，甚至可以说是袖珍的长宁互助故事馆。故事馆虽然面积小，却很特别。特别之处就在于它是一个类似于博物馆的村史馆，里面布置的几个板块形成一个体系，主要是对"长宁乡整顿互助组"的来龙去脉做了系统完整的介绍，并展望了互助的未来。而对于王蓉蓉来说，故事馆有着更为特殊的意义，这是她智慧和汗水的结晶。站在一帧帧图片前，她和朱书记互相补充重点，详细地为我们介绍了新时代长宁的互助新故事。

朱书记回忆，关于长宁互助，最开始的时候，只在村里很少的几户村民家中展开。大家只是利用空余时间互相帮帮忙，并形成了一个自愿、无偿的互帮互助闭环。

"2019年2月换届后，我们新一届两委班子通过追寻老一辈的互助故事，回忆当年毛主席对'长宁乡整顿互助组'的批示精神，从互助精神的核心内涵中得到启示，互助的目的是推动发展，实现共富。于是，我们结合村民互助的探索实践，适时建立'农业农产''旅游康养''寻味美食''电商产业'四个新时代互助组，用这一集体互助模式，鼓励热心村民担任各个互助组的核心骨干，逐渐在长宁村建立了一整套'长宁互助'体系。"朱书记接着说。

"在长宁互助体系推进发展中，我们认识到，长宁作为中国草莓之乡、浙江省AAA级景区村庄，必须充分发挥'长宁互助'这块金字招牌的作用，打造具有时代特色的长宁发展路径。我们围绕乡村发展，重点打造了一条互助的'先进经验线'，制定全域旅游规划，形成'田园隐居、长寿长宁'品牌，进一步挖掘长宁红色互助经验。重点搞活了一条互助的'季节体验线'，比如，3月我们组织'长宁野樱花游'，5月我们组织'长宁农耕游'……猛然间，就吸引了全国的许多游客，又促进了当地农产品的销售，同时，也实现了长宁村集体经济的增收。"

采访中，有人表示，长宁村之所以能够发生巨变，关键还在于其特别注重用"长宁互助"来引领发展，不断拓宽"长宁互助"新渠道。

抓好农业标准地建设，也是长宁村拓宽"长宁互助"新渠道的一项重要举措。2021年，长宁村委会从村民手中集中流转了80亩土地，主要用于集中种植草莓、玉米等，形成规模，产生了较好的经济效益。这种"村委会主导建设、村民入股分红"的统一种植、生产和销售运营模式，当年就使入股农户每亩领到了1.3万元的分红。在建设农业标准地一期项目的基础上，村里还申报了建设农业标准地二期项目，计划流转150亩农业标准地，二期项目将在村民获得分红的基础上，每年为村集体经济增收20多万元。

王蓉蓉则从村民和谐的角度进行了分析。她认为，"长宁互助"不仅可以引领增加村集体的收入，而且可以解决邻里之间的实际困难，更可以增进村民之间的感情。

这方面的成果，朱宁斌也十分认同。他回忆说："在我们村开展的'夸奖身边好人'活动的现场，受帮助者将帮助者的好一句一句讲出来，说者流泪、听者动容，特别是当他们目光对视的那一刻，大家都

吃不愁、独不孤、乐有伴，是长宁村老年人的生活常态（图片由长宁村提供）

流下了感动的眼泪。这次活动，十几户村民通过讲述身边人的互助故事，传递了新时代的互助精神，传播了身边的正能量。"

朱宁斌说："前面说的模式是指集体互助模式，主要是从做大经济'蛋糕'、追求共同富裕、实现整体发展着眼的；还有一种模式是指个人互助模式，主要是从做好'蛋糕'分配、解决'一老一小'问题、解除后顾之忧着手的。"

吃不愁、独不孤、乐有伴，让老年人安享幸福美满的晚年生活是一种理想化的状态，而这个状态在长宁村实现了。

长宁村的党员干部和志愿者们通过个人互助体系，用爱交出了一份为老服务的暖心答卷。比如，有哪位阿婆的头发长了，有理发手艺的村民就会主动带着理发工具上门提供服务。还有村里的老年食堂、党员送餐、爱心车队、礼堂活动等互助队伍，全方位地服务老人，为他们提供修剪指甲、理疗按摩、聊天谈心等服务。每年重阳节，村里都要在文化礼堂为老人准备重阳宴席，集中提供文艺表演、医疗健康等专业服务。

作为驻村干部，王蓉蓉一回忆起去年重阳节的活动，就有些小激动。她说，长宁村的老人是幸福的。去年重阳节，长宁村通过一个个"互助中圈"了解到，这个重阳节，很多老人的子女在外地赶不回来，他们或许只能自己在家过节，因此，老人在精神层面需要得到更多的慰藉。村委一班人讨论后决定，组织策划"长寿长宁，温暖夕阳"主题活动。

那是一场专门为老年人准备的互助活动。

重阳节一大早，王蓉蓉赶到长宁村文化礼堂。好家伙，这里早就挤满了"30后""40后""50后"老人，他们很欢迎这场活动，并乐于参与其中。

活动现场，精彩纷呈。在时尚秀节目里，风华正茂、岁月刚刚好，这群老人用经历的岁月打底，走出了属于自己的味道。他们平均年龄达84.6岁，年龄最大的是杨根娥"大姐姐"，已经92岁了，但她的状态依然是那么年轻。87岁的林志良"大哥哥"，精致的发型在灯光的照射下特别闪亮，酷炫的行头穿在身上是那么精神，散发出来的魅力简直让人毫无抵抗力，大家用最热烈的掌声来表达自己的深切赞赏。林志良动情地说："60年前，我是一名军人，为国家无所畏惧上战场；60年后，我依然挺拔，健康而又充满活力，为大家奉献无上荣光。"

"帅，太帅了！美，太美了！"在主题活动的现场，尖叫声此起彼伏，一浪高过一浪；掌声持续不断，雷鸣般余音绕梁。这群"大哥哥大姐姐"伴随着音乐的节奏，走出了长宁村老年人的阳光幸福，走出了新时代老年人的高度自信。

远亲不如近邻，近邻不如"长宁"。如今，走进长宁村，自然而然地就会被村民们脸上乐呵呵的笑容所感染，尤其是那些老人的笑脸，可以让人感受到他们发自肺腑的开心和活力。

三

新时代的互助共富怎么搞？长宁村又有了新标准，给出了新答案。

去年 6 月 14 日，杨村桥镇"新时代互助、新长宁共富"互助长宁推介会在长宁村文化礼堂举办，长宁片区的 5 个行政村联合签订了"五村共富带互助协议"。

这份协议以长宁村为中心，联合黄盛、龙溪桥、徐坑、龙源等 4 个行政村，形成了以党建互助为支点，在产业发展、专业技能培训、应急救援能力、人居环境提升、乡风文明评议等方面开展"四互"（互帮互助互学互促）活动的片组式、联合体的发展新格局。

长宁村党员商讨"新时代互助、新长宁共富"推介工作（图片由长宁村提供）

"萌妈粽子"直播，一年卖 18 万只（图片由长宁村提供）

这一互助模式的创新，凝聚着基层广大群众的智慧和精神力量。这种以互助模式探索打造的共同富裕基层单元，初步形成了以"党建互助、产业互助、治理互助、文化互助"等为内容的基层互助体系，长宁村走出了一条村强民富、乡村善治的共富联盟新路子，标志着"长宁互助"模式的发展进步，实现了"从一村到多村""从单打独斗到互助成圈"的转变。

朱宁斌书记表示，这一互助协议的签订，是建德"长宁整顿互助组"经验做法的延续和拓展。

在长宁互助故事馆里，我看到了那件展示建德"长宁整顿互助组"经验做法的藏品，在1955年《浙江农村工作通讯》泛黄的报纸页上也被标注了出来。通过这件藏品，我看到了"长宁互助"70年的历史传承：过去，它为长宁村的发展提供着精神支撑；今天，它又在为扎实推进农村共同富裕中贡献着精神力量。

"目前，仅我们长宁村就已建立了25个互助组、10个专业志愿服务队，全村456户1400余人，基本上全员加入了'互助圈'，形成了'互助长宁'新时代文明实践体系，营造出人人加入互助组、家家都有志愿者的浓厚氛围。"朱宁斌书记告诉我。

"互助长宁"既是红色根脉的赓续传承，又是新时代共同富裕力量的凝聚，更是推进农村社会经济发展的有力抓手。接下来，他们将持续深化党建引领，在长宁片区先行先试，做强共富基础，进一步深入挖掘互助精神内涵并赋予其新时代要求，实现物质富裕、精神富有。

一种精神往往就是一种无形的力量。一种好的精神往往就像一块巨大的磁铁一样，可以展现出更强大的吸引力。

在"长宁互助"这个迭代升级的共富党建联盟的平台上，大家有钱出钱、有地出地、有力出力，一起谋发展、搞建设，携手奔富裕。

"共富党建联盟就像草莓籽一样一圈一圈地紧密抱团，由小圈到中圈，再到大圈，大家互帮互带、你追我赶。我们长宁村又是这个联盟的核心，应该干在实处、走在前列。"朱宁斌书记向我们讲述了发生在长宁的三个互助小故事。

第一个互助小故事，是关于一个人的。

故事主人公叫邹小霞，出生于湖北省孝感市，她因草莓而结缘，嫁到了素有"草莓之乡"的建德市杨村桥镇长宁村，成了地地道道的建德媳妇。邹小霞一家也像很多建德"草莓师傅"一样，每年都奔赴外地扩大草莓种植规模，也挣得了第一桶金。

耳濡目染，受长宁互助精神的感召和影响，邹小霞萌生了"回娘家建果园，带乡邻去致富"的想法。

说干就干。2017 年，她与丈夫带着长宁村先进的草莓种植技术和优质的草莓秧苗，来到她位于湖北孝感的老家。两口子投资建造了麦草湖生态园，他们在孝感的土地上开始了草莓种植创业。邹小霞说，那时候，到孝感种植草莓的初衷有两个：一是要把好技术、好种子带回自己的老家，二是要实现自己的草莓创业梦想。

然而，创业是艰辛的，过程也没有想象中的顺利：那年冬天孝感山区的一场大雪，压垮了她的草莓架，苦心经营的草莓园在大雪中化为乌有。尽管老天爷不赏饭吃，但创业还得继续，邹小霞重新置办，从头再来。她在创业期间始终不忘互助初衷，把自己事业的发展与老家村民紧紧拥在一起，她的草莓种子、种植技术都与老家村民共享，在她的不懈努力下，她先后培养带动了周边几十名种植户种植起百余亩草莓，解决了百余位村民的就业问题。她的努力得到了当地政府的高度评价，她的创业项目也得到了大力支持。再后来，邹小霞与孝感市签订了一系列合作协议，流转了 300 余亩土地，打造了一条集草莓科研、喝茶休闲、旅游体验等为一体的"茶莓之旅"精品旅游线路和孝感市休闲度假的首选目的地。她的公司当年经营性收入达千余万元。

邹小霞的故事令我动容。当着大家的面，我请朱宁斌书记拨通了她的电话，对她进行了电话连线采访。邹小霞感慨地说："一要感谢长宁这个大家庭对我们这些在外打拼的莓农的全力支持；二要感谢'长宁互助'这个平台，关于草莓种植的任何问题都可以和家乡人民说一说，我们在创业路上不惧困难，一直充满信心！"

邹小霞用建德的草莓苗种活了孝感的致富田，闯出了一片天。她以"草莓基地"为家，多方争取资金，帮助村里改变了原本的贫困村面貌。她用心关爱家乡的父老乡亲，带着好的技术，因地制宜地发展富民产业，为家乡人民开辟出了一条新的康庄大道。2022年，她成功当选为湖北孝感市人大代表。

第二个互助小故事，是关于一群人的。

这群人指的是长宁村应急互助队队员们。

去年夏天的一个下午，长宁村党员干部、应急互助队队长周裕生在开展巡查时发现，本村村用水源汉子坞支流的自来水进水过滤池快要见底了，大约只能保证全村3个小时的用水，假如在3个小时内找不到备用水，全村将面临喝不上水的危机。朱宁斌书记接到村民生活用水告急的报告后，立即组织村委相关人员商讨应对措施。大家一致决定，立即成立"找水小分队"，由应急互助队队长周裕生带领长宁村应急互助队的5名队员一同进山寻找饮用水源。

从发现问题到做出决定，虽然长宁村仅用了不到半小时，但此时已到傍晚5点钟，夕阳西下，正一点一点地往地平线下隐去。应急互助队的5名队员在周裕生队长的带领下，备上干粮和水，直接上山。在已知的两处水源都不可用的情况下，互助队队员们又能到哪里去找水源呢？

对于从小就在山沟里长大、如今都已经50多岁的6个人来说，村里的一草一木、一沟一洞他们都了如指掌，他们依稀记得后山坞的另一面有一处岩洞，岩洞下面有条小山沟，小时候好几个人在那里戏水过，也许那就是个希望。

时间不等人，这群"70后"说干就干，大家团结一心，提着柴刀奋力砍掉山沟里的杂草枯枝。大家顶着40℃的高温奋勇前行，虽然他们身上的衣衫已汗透，但是大家找水的脚步不停歇。经过两个多小时的艰苦奋战，这支"找水小分队"终于抢在过滤池见底前，把后山沟里的山泉水成功地引入过滤池。大家看着过滤池里一点一点升高的水位，悬着的心终于放下了！

正是在互助队队员的共同努力下，全体村民的断水危机成功化解了。

第三个互助小故事，是关于一村人的。

那是去年秋天的一个晚上，一名外地垂钓者在太阳落山后返家的途中，行至长宁村，因操控不当将车子右前轮滑落至长宁村河道旁的堤坝下，左后轮则因失去平衡而向上翘起，垂钓者在驾驶室里坐也不是，下车也不是，一时显得手足无措，情况十分危急。

余利民夫妇从菜地回家，经过河道旁看到车子状况后，立即跑到车旁帮忙稳住车身，吆喝着赶过来的村民立即拨打电话求助。正在田间收割稻子的副书记邵清华接到电话，放下手上的活第一时间喊了几位村民来支援。大家来到现场，在邵清华的指挥下，3个人跳下堤坝，架起木棒撑住车尾，并用双手紧紧扶住。紧接着，村里又陆续有几十位村民跑过来帮忙。堤坝距离村庄较远，没有路灯照明的堤坝漆黑一片，村民们纷纷打开手机的手电筒，顿时，堤坝的方圆百米被手电筒照亮，几十位村民在邵清华副书记的指挥下，小心翼翼地搭木板、撑木棍，用木板、木棍给车辆铺设了一条安全之路。

在长宁村村民的紧急救援下，车辆完好无损地开到岸边，大家情不自禁地欢呼起来。车主也动情地说："村民互助力量大，团结起来有干劲。还是长宁村的干部群众有想法有办法，我觉得很温暖很感动！"

据统计，自2019年以来，长宁村累计参与开展各类互助服务超过50万人次，帮助解决了各类问题1600余个。

一路参观，一路感动。我们跟随着朱宁斌书记的介绍，目光投向了长宁互助故事馆的最后一个板块——"长宁互助、共富未来"。影像里的一份跨省互助协议书引起了我的注意，我叫了声"暂停"，开始细究其原委。原来这是2022年9月份，长宁村与广东省信宜市白石镇细寨村签订的由细寨村提供土地和人力种草莓、长宁村提供技术和农资共建草莓共富基地的跨省互助协议。

我一时没有说话，于无声处甚至怀疑跨省互助协议仅仅是一个噱头，只为配合"长宁互助"经验而来。

朱宁斌书记好似洞悉了我心中的疑问。他沉默了一会儿，很郑重地告诉我："长宁人把草莓种到全国各地，我们长宁人也应该让'长宁互助'精神走得更远。"

朱宁斌的一席话将我心中的疑问一扫而光，也让我看到了"长宁互助"精神的未来。

走出长宁互助故事馆，我抬眼看向天空，瓦蓝瓦蓝的，深冬的太阳温暖而不刺眼。站在故事馆门前的小广场上，这里的一切都是那么自然、坦然、真实、真诚……

这时，一个小姑娘来到小广场，端来了一篮子草莓。她正是朱宁斌帮忙料理草莓的那家村民的孙女。小姑娘说："我爷爷说您这儿来客人啦，摘了一点草莓让我送来，给客人尝尝！"

我从小姑娘的篮子里取出一颗草莓塞进嘴里，鲜红的果汁溢满整个口腔，真甜！感觉还不过瘾，我便又伸手抓起一颗塞进嘴里……

（2022 年 12 月于建德市长宁村）

为你再美六百年

　　我第一次见到被誉为"画中之兰亭"的纸本长卷《富春山居图》，还是在阿克苏市援疆的时候。

　　杭州市对口支援阿克苏市，我们杭州援疆指挥部指挥长杨国正是富阳区选派的，所以富阳区开展援疆工作的力度自然就比较大。2017年夏天，富阳区党政代表团赴阿克苏市对接援疆工作。座谈会结束后，富阳区党政代表团捐赠了一幅等比的高仿《富春山居图》。

　　富阳区的两位工作人员缓缓打开长卷，那一刻，我真的被震撼到了，山川浑厚、草木华滋……真是太美了，大家纷纷离座，走近欣赏。我虽然不懂画，但经现场专业人士的介绍，也慢慢听出些门道来。这幅画用墨淡雅，山水布置疏密得当，墨色浓淡干湿并用，且极富变化。纸本长卷很长，现场参加座谈会的同志全部站在拉直的长图后面合影留念，发现仍有较多的空余地方。

　　从那以后，《富春山居图》便走进了我的内心，我希望能更多地了解它，能有机会走近它。

一

2022 年央视春晚舞台上，由浙江歌舞剧院舞蹈演员、浙江音乐学院舞蹈学院师生、杭州歌剧舞剧院舞蹈演员等共同表演的创意音舞诗画节目《忆江南》，将现代舞蹈和渔樵耕读人物表演融入中国传统山水画的意境中，以动画效果再现了《富春山居图》实景，向世界呈现了古今辉映的中国人心中的诗意生活，让我再一次领略到了《富春山居图》的无穷魅力。

其实，对《富春山居图》的每一次凝望，都是对我灵魂的一次触动，也是对我精神的一次洗礼。

那么，这幅图是谁画的？背后有些什么样的故事？画的又是哪里呢？

先让我们从这幅作品的作者——元朝著名山水画家黄公望说起。

黄公望，字子久，他接受了正规而又系统的教育，经史子集、诗词歌赋、绘画音乐、书法文章均广为涉猎。在元朝混乱的时局下，黄公望一直担任着低级别的文史，不但没能实现个人的抱负，最后反因牵连而被捕入狱，等到刑满释放、走出牢狱时，他已年过半百。从此，黄公望彻底放弃仕途，自号"大痴道人"。

一路走来，黄公望游览青山绿水，与赵孟頫、王蒙、吴镇等大师交往，学画山水画。但在山野间待久了之后，他对山水有了自己的独到见解和领悟，笔下的山水作品独树一帜。至七十岁时，他的绘画水平已炉火纯青，并且赋予了山水画鲜明的个人风格。

黄公望在用大半生的经历诠释何为真正的"大器晚成"之后，又跟无用师弟云游天下，过起了"春栖山林夏隐石，秋冬只愿伴山老"
的逍遥生活。

元至正七年（1347年），两人游至富阳，黄公望被富春江美景所
吸引，不愿再走。于是，他便对无用师弟说："以后你就自己去云游
吧，我要留在这里画画了！"

于是，黄公望就隐居在了富春江岸的庙山坞里，潜心研习自己心
中的山水。他创作的每幅画都是上乘之作。每画完一幅画，他就让身
边人去集市上售卖，用售卖的钱接济穷苦百姓。就这样，没过多久，
庙山坞一带的"贫困地"就变成了"幸福地"。

这难道不是最早的扶贫济困、共同富裕吗？

再后来，受无用师弟之委托，隐居富春江畔的黄公望，开始创
作《富春山居图》。再四年，黄公望终于画完了这幅千古名画《富春山
居图》。

打开这幅画卷，可以看到里面的景色就如黄公望的一生一样，大
概也分成了两部分。前一部分山势险峻、崎岖坎坷，如同黄公望的前
半生一样；后一部分则开阔旷达、意境悠远，就像黄公望的后半生一
样。从画上看，他画了富春江畔的点点滴滴和自然风光，既有屈原颂
扬"沧浪之水清兮，可以濯吾缨"之神韵，也有王维参透"行到水穷
处，坐看云起时"之意境，还有苏东坡感叹"此心安处是吾乡"之味
道。他画的是山水风光，又何尝不是在讲他的自身经历？他将心中故
乡的大美和对祖国山河的深情融入了长长画卷中。

正因为内涵如此丰富，《富春山居图》才会被誉为"画中之兰亭"，
历史贡献可与《清明上河图》相媲美，六百多年来一直受到无数人的
赞扬。

如今，《富春山居图》与《洛神赋图》《清明上河图》《汉宫春晓
图》《百骏图》《步辇图》《唐宫仕女图》《五牛图》《韩熙载夜宴图》

《千里江山图》并称为中国十大传世名画。所有名画中，没有哪一幅的坎坷经历能与《富春山居图》相比，它们虽然也遭遇了一些波折和坎坷，但是最起码依然是完整的作品，顶多是边边角角有些损坏而已。《富春山居图》却因为"焚画殉葬"而断成两截，前面一截《剩山图》藏于浙江省博物馆内，后面一截《无用师卷》则藏于台北故宫博物院内。

再让我们回到《富春山居图》描绘的富春江两岸的初秋秀丽景色上来。

"有路处则林木，岸绝处则古渡。"

我每一次凝望《富春山居图》，都会有不一样的收获，整幅长卷的画面在我的印象中是真实的、灵动的。江流潺潺，渔人晚归，丘陵起伏，峰回路转，扁舟垂钓，野林游嬉，重峦叠嶂，晓雾迷蒙……画中山和水、树和木疏密有致，小桥流水、房屋村舍生机勃勃，有特别丰富的层次感和张弛有度的节奏感。我想象着六百多年前的富春江畔，一位古稀老人，心为富春山水所动，远眺山峦林立、云烟浩渺，近听虫鸣鸟啼、流水溪音，经过长年累月如痴如醉、废寝忘食的观察写生，连续不断的绘画创作，最终完成了《富春山居图》这幅惊世巨作。

可以说，是富春山水造就了一代大师黄公望，而一代大师也为美丽的富春山水增添了夺目的光彩，《富春山居图》是黄公望与富春山水神意相通的最美结晶。

我一直有个美好的愿望：找一个初秋的时节，追随黄公望的脚步，乘船或是步行，沿钱塘江溯江而上，穿越68千米的富春江，汲取山水之灵气，吟唱自然之赞歌，与黄公望来一次心灵对话，领会《富春山居图》里富春山水的波澜不惊、安逸闲适，包容万流、大气沉稳，生生不息、坚韧开拓……

虽然我曾百余次近距离地欣赏过《富春山居图》，对图中的点滴美景记忆深刻，但我还是希望能够深入黄公望隐居地和《富春山居图》实景地、原创地庙山坞去小住半月，去亲身体验感悟那里的意境和美好，可这种亲身体验是只可意会不可言传的，因为它不是"天下佳山水，古今推富春"那么简单，它还需要我具备黄公望曾经体会过的那种山居生活的闲适感，甚至可能还需要我具备当初他给村民带来小康生活的那种温馨的幸福感。

虽然我曾经站在富春江上游的严子陵隐钓处，细细体会过东汉严子陵坚辞不仕，偕妻隐居富春山水间，耕田垂钓终老林泉的那种韵味；虽然我曾经泛舟富春江上，感悟过富春江"从流飘荡，任意东西"的那种灵动；虽然我也曾经登临过富阳安顶山峰，品茗高山云雾茶香，体会过"会当凌绝顶，一览众山小"的那种豪情；虽然我还曾经漫步过富春江畔有着"江州绿叶"之称的新沙岛，体会徜徉杉林花海、品赏田园风光、织就琼瑶"六个梦"的那种激动。

但纵览富春山水、探访富春别径的愿望却一直没能实现。

终于，机会来了。因为承担了采写浙江省共同富裕现代化基本单元——黄公望村的任务，2023 年的初春时节，我以一种虔诚的心境，来到位于富阳城区东面约 7 千米的富春江北岸，在"富春山之别径"庙山坞欣赏诗情画意、勾人魂魄的奇山异水，聆听"大痴"仙心有顿悟、亦步追前贤的动人传说，感悟高人名士首选之地的隐逸文化和"不惮壮游行万里，归来画山复画水"的审美选择。

二

我所要去的庙山坞是黄公望的隐居地和《富春山居图》卷首段的实景地，隶属于杭州市富阳区东洲街道黄公望村，村庄也是为了纪念黄公望而命名的。

　　我从黄公望村 2023 年的材料中了解到，该村东接杭州城区，南傍富春江，西邻国际高尔夫球场，北靠黄公望森林公园，是 2007 年 12 月由原华墅、白鹤、株林坞和横山四个自然村合并而成的，全村面积约 9.53 平方千米，现有农户 719 户，人口 3105 人，园林面积 213 亩，山林 9731 亩，森林覆盖率达 85% 以上。村党委坚持走党建引领乡村振

村中的"城市"（图片由黄公望村提供）

兴之路，先后被评为全国文明村镇、海峡两岸文化交流基地、全国民主法治示范村、"国内最清洁城市"示范点；被浙江省评为先进基层党组织、首批未来乡村、未来乡村试点单位、AAA景区村庄、乡村振兴示范村、休闲乡村、全面小康建设示范村、农家乐特色示范村、兴村富民示范村、绿化示范村、卫生村；被杭州市授予最美田园社区、最

美村庄、生态村、园林绿化村等称号。

我从杭州城区溯钱塘江而上，进入富阳。一路上，舒缓的音乐在耳畔轻轻响起，沿途的美景从眼前缓缓飘过，《富春山居图》从卷首到卷末的一帧帧画面持续不断地在我脑海里循环播放，画中的近山、远黛和沙洲，耕种、捕鱼和放牧，庙山坞重峦叠嶂、绿树萦绕、曲径通幽的一幕幕在我记忆中定格。我蓦然发现，原来《富春山居图》与沿江两岸的景致竟然在形质气度上如此神合，水行山中，山绕水生，山清水秀，景色如画。我不禁从心底里感叹大画家黄公望在认识生活本质、把握对象精髓后提炼、概括出的艺术形象对人类的巨大贡献。

山水所引，心灵所向，从杭州城区出发近一个小时后，我终于来到了神往已久的黄公望隐居地。

我按照富阳区东洲街道党工委委员郑晓迪发送的定位，直接将车子开到村委广场。

待停好车子，只见村委会门口一位身着黑色风衣的女士向我打招呼，正是郑晓迪委员，她是东洲街道驻黄公望村干部。于是我迫不及待地向她了解村里的情况。

我们根据前期的电话沟通，决定先沿着参加黄公望村未来乡村现场会时的参观路线熟悉整个村子，再根据需求做了详细了解，最后坐下来座谈。

我们首先来到村数字指挥中心，指挥中心工作人员一边演示一边介绍。他说，这个"综合数字智慧屏"是一个区级的全域未来乡村一体化数智平台，集成乡村治理、生产管理、公共服务和生态监测等多重功能，主要通过富春智联、公望里和公望客3个端口进行连接。村里的党务、村务、财务有关信息、民众诉求、便民服务等情况，都可以通过这块"综合数字智慧屏"传达到相对应的工作人员，再进行有序的处理。

当工作人员演示到"富春智联"时，郑晓迪指着大屏说，这个程序中的"民呼必应"场景最受广大村民的喜欢，大家的诉求、建议都可以通过"民呼必应"得到响应解决。

从指挥中心出来，我们来到黄公望金融小镇。

这个小镇是钱塘江金融港湾建设的一部分，主要依托黄公望村优美的自然生态和独特的文化底蕴，着力打造的一个"三生（生态、生产、生活）融合""三区（社区氛围、城区配套、景区体验）合一"和"三化（注册简易化、入驻便捷化、居住舒适化）一体"的生态休闲型金融小镇。

她介绍说："目前，我们黄公望金融小镇已注册基金 6000 亿元，入驻华融资产、东方资产、金石投资、中民投、工银瑞信、浙商产业基金、钱塘江金研等多家知名机构和基金管理公司 1056 家，累计完成的税收约为 3 亿元。"

紧接着，我们来到白鹤步行街。这条街全长 230 米，是黄公望村民宿和农家乐集中的地方，烟火气很旺，不仅外来游客喜欢这里，而且本村的乡亲们也喜欢在这里说说话、谈谈事。在我们快要走到街的尽头时，我注意到街头垃圾站旁边围着几位老人，他们正在对一位年轻小伙说着什么。走近一看，原来是村委原副书记何显荣和几位老人正在指导年轻小伙进行干湿垃圾分类。郑晓迪微笑着说："小伙子是这家农家乐刚从外地请来的配菜工，这家农家乐垃圾分类做得还不够彻底，何副书记他们在进行指导呢。"

路上，郑晓迪和我们解释了她对黄公望结庐隐居的理解："六百多年前，黄公望潜心绘就旷世之作《富春山居图》，题跋为'仆归富春山居'，以一个'归'和一个'山居'谦称，意在告诉世人，富春山水，生态宜居，让人'痴醉'。"

她接着说："如何保持并永久延续六百多年前的美和幸福，成了黄

江山丽景揽亚运（图片由黄公望村提供）

公望村管理的重大课题。我们在建设、管理和经营过程中，长期坚持循着黄公望的意境和笔法来下功夫，按照习近平总书记在党的二十大报告中强调的'全面推进乡村振兴'，改善农村人居环境，全力打造《富春山居图》卷首样板段，描绘一幅现代版'富春山居图'，让黄公望再美六百年，而且要一直美下去。"

为你再美六百年！这是多么大的魄力和勇气啊！在我的再三请求下，郑晓迪为我们介绍了黄公望村干部群众大力实施"千万工程"，推动村庄美化、序化的过程。通过这一举措，黄公望村真正让村庄美了起来，让村民富了起来，让村集体强了起来。

讲到如何推动乡村振兴、实现共同富裕时，她说："四村刚合并为黄公望村时，仅一个自然村有一些农家乐能吸引周边游客，其他三个自然村则以传统的农业为主，靠天吃饭，村内年轻人外出打工的比较多，属于典型的老破旧问题比较突出、道路不平整、生态环境还有很大提升空间的村子。"

为了改变这一状况，富阳区决定对黄公望隐居地景区实施环境集中整治工程，一、二期工程投资 8000 余万元。在建设过程中，黄公望村注重引领党员干部当好实干主力军，充分发挥群团力量，以"今日事今日毕"的工作作风和"干部带头、党员主动"的工作干劲，在从推倒"一堵墙壁"到建好"一间房子"、从拆整"一个角落"到美化"一个区块"中逐步推进，在从腾退"一亩土地"到规划"一个片区"中进行整合。指导每个农户先建好自己的"小家"，再划桨开大船，让全村这个"大家"能够净起来、绿起来、美起来、亮起来，呈现出"一水护田将绿绕，两山排闼送青来"的美好氛围。

环境变美了，群众的精神文化需求也随之变大。在省、市、县、镇的大力支持下，黄公望村以传世名画为纽带，深入挖掘黄公望与《富春山居图》的文化内涵，做大"公望"文化IP，不断擦亮"公望"品牌。黄公望村的农村有声书屋——公望书屋，就是"公望"品牌的代表。

公望书屋是由富阳区文化和广电旅游体育局投资180余万元兴建，以文旅融合发展、文旅资源共建共享为主要理念构建的一个具备24小时开放条件的度假休闲型书屋。书屋现有藏书22大类5000余册，主体为一幢欧式民国风的建筑，最大特点是智能化，一键操作、简单高效。书屋内设有旅游精品路线有声解说、文创产品展示区、电子书借阅机、喜马拉雅台式阅读机、有声画框、咖啡吧等等，村民们在这里可以体验多元化数字阅读空间，还可以参与亲子绘本阅读沙龙、分享会等阅读交流活动，为共同富裕注入文化能量。

由于时间关系，我建议直接去参观黄公望纪念馆。

黄公望纪念馆是2012年6月1日建成并开放的，纪念馆主体坐北朝南，是一幢呈一字形的双檐建筑，纪念馆前门有一个湖叫白鹤湖。馆内既有图文介绍黄公望"少有大志——生不逢时——潜心绘事——大器晚成——结庐富春——杰作传世"的曲折人生和艺术经历，也有《富春山居图》的传奇经历和百家评论。

走出馆门，我们走进延绵千米的百竹园。眼前的毛竹粗壮挺拔，竹林茂密洁净，铺满竹叶、松软平坦的小径一直向远方延伸，漫步于绿竹掩映之间，顿觉清新幽雅的气息弥漫四周，感觉极度舒适。地处庙山坞底、背靠主人峰的公望草庐保持着宁静，筲箕泉从草庐前轻轻流过，黄公望生活起居地的"小洞天"别有一番味道，在"小洞天"的陈设中，我们领略到大画家简朴的隐居生活状态。

三

"今日已无黄子久，谁人能画富春山？"参观归来，清代诗人王清参缅怀黄公望时发出的如此感慨引起了我的共鸣。600多年后的今天，生活富裕、生命阳光、生态美丽成为黄公望村的真实写照。富春山水的本质之美依旧迷人，《富春山居图》实景地的意境依旧极美，并且更多地融入了时代之美。

我问郑晓迪："黄公望村能够如此自信地交出答卷，底气究竟是什么呢？"

她深思良久后说："黄公望村之所以能够交出完美答卷，最大的底气就在于丰富的人文资源景、勤劳的文化传承人、成熟的文创致富业……一个村只有具备鲜明的个性、较高的品位，才能永久地散发出时代魅力。黄公望和《富春山居图》作为我们村的两张文化'金名片'，要求我们始终如一、义不容辞地把这方天赐的山水保护好、规划好、建设好、发展好、描绘好，不断描绘富春山居的新画卷，提升富春山水的知名度、美誉度，注入时代元素，全新诠释好现代版'富春山居图'，建成生态美的绿色新农村、生活美的人文新农村、生产美的智慧新农村。"

其实，一个地方良好的人文环境不是与生俱来的，而是要靠人为地去发现、去挖掘、去创造的。

"一开始，我们也不知道到底应该怎样去发现、挖掘、创造人文环境，只能一边摸索一边实践。"郑晓迪说。

"我们村实现人文环境的发现、挖掘、创造源自2008年。村里依托房前屋后、低丘缓坡上生长的2000多棵柿树，首次推出乡村特色节庆品牌'金秋火柿节'。没想到，精彩纷呈的活动一下子为村里聚集了不少人气，也让我们学会了通过组织活动、挖掘内涵、创造品牌的办法来培育人文环境。"

2010年3月，黄公望村争创杭州市风情小镇，又一次给这个村庄创造品牌提供了契机。

郑晓迪说，当时，富阳市（改区之前）成立了黄公望文化研究组、黄公望隐居地（风情小镇）规划编制领导小组两个专门机构，编制完成《黄公望隐居地概念规划》《黄公望隐居地近期实施规划设计》《黄公望风情小镇规划设计》与《黄公望隐居地景观方案设计》等四个规划，为黄公望村人文环境的改善和提升发挥了重要作用。

与此同时，在上级指导下，黄公望村还着眼未来发展，立足自身实际，大力优化产业结构，拓宽旅游渠道，挖掘公望文化，集中整治村庄，美化亮化庭院，全力保护生态，等等。一个体现富春山水人居特点、反映黄公望文化精神特征、拥有农家乐休闲旅游特色的魅力新农村正在形成。

创造风情小镇，无疑为黄公望这张文化"金名片"增加了厚重感，展示了黄公望村隐居文化的"重头戏"。富阳借助黄公望的文化资源及品牌影响力，整合了周边的灵山风景区、舒茹坪景区、东洲岛和黄公望森林公园丰富的旅游资源，将黄公望隐居地与周边景区紧密相连，互为配套，并充分利用充满时代特征的历史文化题材，重点打造黄公望隐居地、国画艺术园地、两岸交流基地、慢生活度假胜地，通过文旅融合注入乡村发展，重点打造现代版"富春山居图"美丽乡村标杆点，建设人本化、数字化、产业化、系统化、生态化的乐居型未来乡村。

人文环境再好，如果没有积极乐观、勤劳朴实、道德高尚的新时代农民辛勤的传承和无私的奉献，没有他们倾心尽力去经营培育良好的社会风气，谈论自信书写现代版"富春山居图"就是一句空话。

在黄公望村，民宿业主朱梅娟就是这样一位新时代农民的代表，她守护着、传承着、弘扬着中国人"人勤春来早"的干事创业精神，倡导村民争创"文明家庭""星级庭院"，提升村民的道德与文明素养。

朱梅娟是土生土长的黄公望村人、杭州三八红旗手、"最美民宿"女主人、黄公望村"美丽经济"发展的领头雁。10余年来，她在自主创业的同时，还不忘带领村民共同致富，带动黄公望村58家民宿共同创业，并组建了民宿（农家乐）女主人女性社会团体"公望女管家"，通过抱团经营、服务公益，积极投身乡村振兴，为打造现代版"富春山居图"付出情怀、付出力量。

那天下午，我们走进朱梅娟的家，开始与她进行关于社会风气的对话交流。

共富路上的巾帼（图片由黄公望村提供）

"我们刚开饭店时，常有人问哪里能住宿。于是，在村里鼓励村民开民宿时，我恰巧准备建新房，便响应号召，办起了民宿。"朱梅娟说。

其实，在开民宿之前，她曾上过班，卖过 2 年服装，做过 9 年鞋子，还与朋友合伙开了 7 年庙山坞酒家，酒家的生意一直红红火火，每天都要翻桌好多次。

2012 年，朱梅娟在村委的支持下，开起了黄公望村第一家民宿——白鹤街梅娟休闲农庄。她曾凭自创的"公望醇香肉"品牌在杭州市"回家吃饭"家庭厨艺大赛上斩获"十大厨王"称号。她热情好客、做事认真、待人真诚，不仅积攒了很多的客源，而且还形成了很好的社会风气，产生了极佳的反响。

朱梅娟接待的游客还有不少是来自俄罗斯、日本、韩国等的外国友人。2017 年，一位来自俄罗斯的画家被《富春山居图》所吸引，经朋友介绍前来住宿，在朱梅娟家的民宿一住就是半年多。虽然只能依靠手机上的翻译软件简单沟通，但是朱梅娟与这位画家相处得十分愉快。每天早上，朱梅娟的丈夫都会开车将她送出去画富春山水，晚上再接回来。这位画家回国前还与他们互赠了礼物，直到现在还有联系。

一位来自上海的潘老妈住得最久。2014 年，这位潘老妈来黄公望村游玩。回程前，她在朱梅娟的休闲农庄吃了餐饭。饭后，这位潘老妈突然改变了主意，直接住了下来。朱梅娟回忆说，当时潘老妈和她一见如故，直说住在这里就像回到了家中。后来，潘老妈每年都要来朱梅娟家住上十来个月，相处下来，潘老妈早就把朱梅娟认作了干女儿。

而这样的干爸干妈，朱梅娟在全国各地一共认了 17 个。每年春茶上市，她都会为每个人精心准备一些村里自产的公望绿茶，给他们寄过去。

就这样，朱梅娟把开办好现代民宿与传承好传统文化结合得恰到好处。

朱梅娟认为，自己好还不够，还要把全村的姐妹都带动起来。于是，在自家民宿发展起来后，她积极鼓励姐妹们把家里多余的房间拿出来改做民宿。为解决姐妹们的后顾之忧，让她们安心经营，她安排自己的团队全程跟进，手把手帮助姐妹们办理营业执照及特种行业许可证、提高餐饮质量水平，等等。在她的帮助下，村内妇女们纷纷开办民宿，如今发展到了58家民宿。

黄公望村民宿经济服务行业队伍日益壮大，如何团结这些餐饮、民宿，提高整体的接待能力，成了亟待解决的问题。在朱梅娟的倡议带动下，极具影响力的"公望女管家"社团形成了。朱梅娟自发地把黄公望村的餐饮、民宿女主人团结发动起来，成立了一个妇女群团公益组织，打破行业壁垒，整合资源，凝聚合力，抱团作战。

朱梅娟与姐妹们把打造"热情、善良、贤惠、进取"的"公望女管家"作为自己的价值取向，全面助力黄公望村文旅产业的发展。

"成立这个公益组织，便是想打造统一品牌、统一形象，形成'公望女管家'连锁品牌，互帮互助，共同致富。"朱梅娟说。

告别朱梅娟，我们边走边聊。

郑晓迪告诉我们："黄公望村画好现代版'富春山居图'，人文环境是基础，文化传承是重点，产业突出才是关键。我们村里不仅有旅游民宿产业，还有很多文创产业，而且这些都是美丽产业、朝阳产业、持久产业。"

她说："我们有了黄公望隐居地、黄公望纪念馆，去年又增加了数字诗路文化体验馆，前些日子公望两岸圆缘园也'长'出来了。"

盘点黄公望村的产业，9.53平方千米的村域面积里，不仅有高尔夫球场，还有万科、融创、杭房、碧桂园、逸城、富春玫瑰园等高档小区、别墅群，以及曜阳老年公寓等康养产业，杭州首创奥特莱斯，华融黄公望金融小镇……

2011 年 6 月，《富春山居图》在台北合璧。作为创作实景地的黄公望村也成为海峡两岸的交流基地，越来越多台湾艺术家、年轻人把目光投向黄公望村，"公望两岸圆缘园"项目一期因此落地开张。

以公望两岸文创基地为依托，两岸青年将咖啡甜品、休闲观光、艺术体验等项目植入黄公望村，以画为缘，创业发展，共建家园，共绘现代版"富春山居图"。黄公望村俨然成了两岸民众向往的符号，也承担了两岸民众期盼的"画合人圆"。

画上笔墨山水，眼前创业家园。2023 年 2 月 15 日，"公望两岸圆缘园"项目二期正式签约，项目将致力于打造集文化创意、亲子互动、户外研学、露营民宿等于一体的两岸文创产业园，还计划引入亲子民宿、微生物博物馆（益生菌实验室）、清风山谷露营地、东方品茗馆、公望家宴台菜餐厅、两岸幸福市集、点亮公望直播基地等六大产业十余个项目。

黄公望村通过特色文化展示和产业内容配套，打造了《富春山居图》实景地的山水样板、中华传统文化的传承样板、文化创意产业的园区样板、美丽乡村建设的共同富裕样板和两岸文化的交流样板。

四

在高质量发展中推动乡村更美是促进共同富裕的根本之道。如何抓住高质量发展的"题眼"，找到牵一发而动全身的抓手？黄公望村干部群众信心很足："聚集浙江独具特色的数字化改革就是高质量发展的'题眼'，也是最直接、最具体的抓手，是数字化改革由'一子落'到黄公望村更美'全盘活'的乡村共同富裕的根本路径和方法，帮助建好黄公望村的未来乡村场景。"

郑晓迪一口气为我们列出了未来乡村九大场景，描绘了一个美好的未来。

产业上，黄公望村深挖公望文化，解码"文化基因"，做好文化价值转化文章，启动"公望文旅""亚运体旅"双引擎，推进多业联创，通过与黄公望隐居地景区抱团发展实现景村融合。健全完善村民利益联结机制，创立"公望女管家""白鹤乡村俱乐部"等行业联盟，以"农家乐＋民宿＋康养＋景村融合"串起村庄农旅、康旅产业链。

黄公望村打造的"富春山居公望里"未来风貌场景，重点围绕"一心三点、三线多点"的结构布局，系统改造了村域内各类建筑的外立面，统一构建建筑文化标识，全面规划提升村庄入口门户及公望路、庙山坞路等村庄道路，建设"白鹤街·庙山茶径游园、庙山坞·国际艺术街区、公望路·飨食游宴街区"等三条特色街，打造宜居、宜业、宜游、宜文的新杭派乡村，铺展开"富春山居图，公望美学地"的美景画卷。

在未来文化场景的打造中，村民们保护传承黄公望村的"乡村记忆"，培育乡村文化特质，打造"未来乡村"文化视觉系统，塑造黄公望特色文化IP。连续举办"公望雅集""传承民族·对话世界公望国际文化交流节"等"公望系"两岸文化交流活动；全新建成"公望两岸圆缘园"文创园区，吸引傅申、陆蓉之夫妇入驻，方文山、蔡美月等名人授权经营；提升改造富春山居·数字诗路文化体验馆，收集1149首富阳诗歌，以"数字化"模式让游客沉浸式体验山居四季。

在"美丽心灵公望人"的未来邻里场景中，村民们重点打造黄公望村游客中心、文化礼堂、休息驿站、城市书屋等邻里共享空间和线上场景，开展"和睦邻里、共建公望""和谐社区幸福梦·互助家园邻里情"等常态化邻里活动，不断完善邻里场景建设，弘扬遵纪守法、

阳光少年共欢乐（图片由黄公望村提供）

遵规守约、尊老爱幼等精神，构建邻里和睦、互帮互助、志愿服务的守望相助愿景。

　　未来医疗场景注重从"人的全生命周期"和"村庄生命体"的需求出发，聚焦"一老一小"，用数字化改革来破解民生之困、治理之难，绘就无处不在、优质普惠的美好生活单元。构建线下线上暖心护航链：线下，配备老年公寓和照料中心相结合的"三有"康养服务体系；线上，配备空巢老人"智守护"系统，全时段守护独居老人健康安全。同时，依托"15分钟公共服务圈"改革，推进公共服务资源合理配置，扩大普惠性育儿服务供给。

　　未来低碳场景的表现方式是"富春烟雨山水秀"，聚焦多能集成、节约高效、供需协同、互利共赢，新建AAA级旅游厕所，推进使用清洁能源的公共设施建设，提升居民个人清洁用能水平，全面提升人居环境；装配太阳能路灯、太阳能发电瓦、风光互补智能监控等，提高清洁能源使用率，推动"碳达峰、碳中和"项目在乡村落地，构建"循环无废"未来生态场景；实现农村生活垃圾分类和农村生活污水治理全覆盖，做精现代版"富春山居图"的乡村单元。

黄公望村还注重打造未来交通场景和未来智慧场景。比如，科学布局停车位、充电桩，重点引入数字管理模式，形成"5分钟出村、10分钟入乡镇、1小时进区街①"的出行网，低碳出行蔚然成风，现代物流体系完整健全。其中，村口停车场总面积约6700平方米，东西向长130米，南北向长56米，共可容纳143辆车，同时还特别设计了特型车停放通道，可以满足特大型、大型、中型和小型四类车型的停车需求，为调研、参观、旅游的来宾提供安全与便利。加快数字化应用场景落地，建设"一个中心、两套设施、多项窗口"的智慧便民服务体系。打造"15分钟生活圈"，通过智慧化"隐逸公望"村级事务平台、"家医平台"、智慧共享停车系统、24小时无人借阅有声书屋、数字诗路文化体验馆等公共服务配套，让农村人真正体会现代化智慧就医、智慧交通、智慧书屋等便捷生活场景。实现进村事项"一口归集"、涉村任务"一键直达"、过程管理"一屏掌控"、村级干部"一体联动"，全面激活"区、街、村一体"的治理末梢。

郑晓迪还重点向我介绍了"党建引领治理优"的未来治理场景。这是一条坚持走好"党建统领"之路，成功搭建"公望红"和"公望芯"两个党建联建；以创建全国民主法治示范村（社区）为契机，创新基层社会治理模式，提升基层治理法治化水平；通过民主"自治＋智治"，有效补充"公望女管家"、巾帼义警队、村级巡逻队等自治组织参与环境整治、民宿管理等，全面激活"区、街、村一体"的治理末梢，打造"共建共治共享"的社会治理格局。

---

① 这里的"区街"指市区。

　　"未来的黄公望村将会是一个环境优美、生态绿色、宜居、宜业、宜文、宜游的未来新型乡村。生活在这里，可以享受'人在画中游'的美好意境，同时还能在风景宜人的富春山水中，体验奇妙的未来乡村。"郑晓迪说。

　　600多年前在这里隐居的黄公望恐怕是怎么也想不到这方人迹罕至的山坳，如今能这么热闹，而且还成了杭州有名的"网红打卡地"吧。

（2023年3月于富阳区黄公望村）

未来村庄的模样

　　在采访完杭州十几个共同富裕村落后，我再一次约了杭州市农业农村局的朋友进行交流。其间，他很认真地问我："如今的杭州村庄中，我相信大家特别喜欢、特别推崇的肯定有很多，那么，能否告诉我一个在你心中最能代表未来的村庄？一个，请只说一个。"

　　朋友的问题点醒了我。是啊，虽然共同富裕的指标和要素都有确切要求，但对未来村庄模样的描绘，却是一千个人眼中有一千个哈姆雷特。采访过的那些村庄在我的脑海里像放电影一样快速过了一遍，我心里瞬间有了主意，然后郑重地回答他："梅林村！"听了我的回答，朋友若有所思，没有继续追问下去。我想，也许是我猜中了他的心思吧。

　　采访归来，我很佩服下姜村总结形成的几种共富经验，很欣赏外桐坞村的艺术氛围，很憧憬指南村的幸福"指南"，很向往之江村的旖旎风光，也很喜欢塘栖村的温馨浪漫……这些村庄都是农村共富大道上的"模范生"，可以说，它们的富裕程度或者某一方

面都超过了梅林村，都具有自己的特点和味道，具备
可供学习、借鉴、复制的经验做法，但是，它们的身
上又似乎相对少了一点梅林村的那一种产业基础、那
一份乡土传承、那一抹现代韵味。

一

　　梅林村地处风景秀丽的钱塘江南岸，是一个典型的"江南鱼米之乡"，隶属于杭州市萧山区瓜沥镇（撤镇并村前隶属于党山镇），东至党山湾，西至西塘下湾，南至信源村，北至北塘河。2022 年梅林村材料显示，梅林村现有农户 659 户，人口 2387 人，村域面积 1.88 平方千米，耕地面积 1776 亩，是杭州市最早实现别墅化新农村的行政村之一。

　　在采访梅林村前，我想起我原来在浙江省武警总队政治部宣传处的同事陈佳华转业后就安置在瓜沥镇，正好可以找他了解梅林。电话接通后，老战友的声音异常亲切，我从他口中得知了富裕梅林的大致轮廓。

　　电话交流中，陈佳华介绍了关于梅林村的 3 个令我感兴趣的话题："第一，2002 年底，时任浙江省委书记习近平同志在萧山调研时，充分肯定梅林村新农村建设成效，希望萧山新农村建设为实现农业农村现代化提供有益的借鉴和成功的经验。20 多年前，梅林村成为浙江'千村示范、万村整治'工程的重要起源地；如今，它成为首批全省未来乡村建设试点单位。第二，梅林村率先发布浙江全省村级'共同富裕'指标体系（'5＋21＋X'体系架构，前面的'5'，即经济富裕、服务优质、文化先进、生态宜居、社会和谐等五个维度评价；中间的'21'，即以浙江省'共同富裕'指标评价体系为指导，梳理筛选出的21 个适用于梅林的省级指标；最后的'X'，则是梅林村结合自身实际情况和发展目标，梳理出来的共 29 个特色指标）。第三，梅林村建成美好生活中心，这座现代化的数字乡村馆曾经创造了 8 个全省第一，比如，第一个 24 小时乡村数字书房、第一个村级电力（低碳）服务驿站、第一个村级青少年分宫、第一个乡村'未来居'展厅、第一个智慧慈善工作站……"

佳华的一席话更加坚定了我采访梅林村的信心，我便与佳华相约，一起去梅林采访。

梅林村地处杭州东南方向，驱车向东南，阳光火辣辣地照在脸上和身上。一路上，虽然有车载遮光板遮挡，但也只能挡住人脸上半部分，而人脸下半部分和身穿短袖裸露的胳膊却在阳光照射下一点一点变红；车内开着空调，但后背仍然湿透。我沿着钱塘快速路穿过九堡大桥，再经红十五线、党农线、梅林大道，便到达村里的美好生活中心。仅仅两分钟后，战友佳华也驱车赶到了，从车子一边下来一位年轻、气质出众、身着洁白职业裙装的女子，一头披肩长发显得那么灵动和柔美。佳华也从另一边下来了，右手拿着手机，左手快速抖动着被汗浸透的 T 恤，一边向我走来，一边直呼："太热了！太热了！"

紧接着，佳华向我介绍说："这位是瓜沥镇团委书记孔高敏，我们一个办公室的，梅林村很多工作都是她牵头在做，今天正好来村里对接共同富裕场景改造工作，我们便一起过来了。"

"啊，这么巧，我也姓孔，原来我们是本家！"特殊的渊源让我们的交流更加顺畅。

此时，天气虽热，我却没有打算"放过"孔高敏和陈佳华，趁现在还没有见到村委会同志，我拉着他们一起先把梅林村的环境熟悉起来。

站在宽阔的梅林大道上，佳华告诉我："这是我们瓜沥乃至萧山区为数不多的以村庄命名的道路。据村里老一辈讲，这条梅林大道是 22 年前修的，1800 米长、30 米宽的路面规划设计，这在当时还是广受群众质疑的，大家觉得：一个村庄有必要建设这么宽的道路吗？"

"那现在呢？"一个村庄修建一条如此宽的道路是我所见为数不多的，内心深感震撼的同时也产生了一些疑问，于是，我赶紧问道。

"时间是最好的检验，呼声是最真实的回答。如今，村里的企业用车、村民的代步汽车离村、回村都经过这里，很多村民还在感叹当时路修得不够宽呢。"孔高敏书记接过话茬回答。

"你看，梅林大道西侧是驰名的浙江爱迪尔包装集团有限公司，东侧就是我前面说过的美好生活中心……"这时，佳华停顿下来，顺着他的目光，只见一个身穿淡蓝色短袖衬衣、黑色休闲裤，浑身透着清爽干练气质的中年人向我们走来，佳华像解放了一样地对我说："这位就是梅林村的党委书记、村委会主任朱明海，下面的介绍任务就交给朱书记啦！"

我心中暗笑，"佳华这个家伙在耍滑头啊"，并与党委书记、村委会主任朱明海打过招呼。

朱明海告诉我们："梅林的发展史既是一部改革开放史、农民创业史，又是一部'千万工程'探索史、实践史。梅林村总是随着国家的经济发展、社会进步而不断成长壮大。"

朱明海手指左边的浙江爱迪尔包装集团有限公司说："过去的梅林是由钱塘江改道后围涂而成的村庄，没有山没有水，资源禀赋并不优越，到处茅草房林立，曾被称为沙土地上的'烂梅林'。对于我们来说，1976年是一个重要转折点，当时的上海知青王鑫炎来我们大队插队落户，发现我们大队有村办企业的潜质，认为天时、地利、人和都具备。于是，在王鑫炎的带动下，我们大队集资办起了党山塑料制品厂（浙江爱迪尔包装集团有限公司的前身）。从创办开始，我们的企业就很火，三年时间里，我们的产品便销往全国各地，甚至打入国际市场，为我们梅林大队赚了第一桶金。但也不得不说，那个年代农民的思想还是相对保守和陈旧的，爱迪尔的成功并没有激发全体村民的

梅林的现代民居（图片由梅林村提供）

创业热情。直到 1978 年党的十一届三中全会召开，1979 年萧山县委又召开了全县农村促富大会，大力营造'先富光荣'的社会氛围，村民们才认识到产业是乡村可持续发展的生命线，也是我们事业持续向好的源头活水。村里趁热打铁，锚定工业化产业发展的目标，推出了一系列优惠政策，营造了良好的产业发展环境。弯道超车的梅林，迎来工业化发展的'黄金转型期'，村民们也从农民变成了产业工人。

"经过 20 来年的探索发展，我们村的产业发展迅猛，曾经跻身世界包装企业 500 强，经济发展和群众生活水平取得了长足进步，但随之而来的环境问题让人警醒。为解决牺牲环境与快速发展之间的矛盾，梅林村高起点地规划了'工业小区、农业园区、住宅楼区'三位一体的建设方案，经过统一规划、统一设计、统一建设、统一管理，全要素配备水、电、煤气、绿化等公共设施的 187 幢新式别墅住宅区拔地而起，而且村内的中心公园、梅林大道相继建成。正是'三区合一'规划的落地，让梅林

美好生活中心（图片由梅林村提供）

村走出了一条示范带动、整体推进、深化提高的美丽乡村建设的新路径，一举成为全省典型。"

　　说到这里，朱明海显得有些激动，他兴奋地说，是习近平同志科学的思想、朴素的为民情怀激励着我们不懈奋斗，指引我们过上如此幸福的日子。

　　朱明海回忆，2002年12月15日，习近平同志充分肯定梅林村"三区合一"的新农村建设是"千村示范、万村整治"工程可参照的标杆；2003年6月，习近平同志在全省"千万工程"推进大会上提出，按照统筹城乡经济社会发展要求，大力实施"千万工程"，促进农业发展、农民增收、农村进步。

村庄美、产业旺、村民富，生活在梅林真幸福。听了朱明海的介绍，我们心中无限感慨。

太阳炙烤着大地，路边的梧桐树叶缺少了抵抗高温的勇气，小心翼翼地卷曲着，以往聒噪的昆虫好像也感觉到了夏天高温的厉害，悄悄地藏了起来，路上一丝风也没有，空气中充满着南方特有的潮湿、闷热，我们浑身湿透了。朱明海书记邀请我们走进他们更为自豪的美好生活中心，到他们的乡村数字书房去喝一杯水。盛情难却，我们便跟着朱明海向梅林大道东边的美好生活中心走去。

二

这是一片时尚的建筑群。或许是我在农村的出生成长限制了我的想象，一个村庄拥有建设如此现代、设计如此漂亮、功能如此完备的生活中心，确实超乎了我的想象。应该说，在中国农村的广袤大地上，对于生活在如此美好的村庄的村民来说，那是多么惬意、多么幸福！

按理，在如此闷热的天气里，钻进屋子吹空调才是最好的选择。可我们没有这么做，而是坚持请朱明海书记带领我们参观这个农村热门的网红打卡地——美好生活中心。

朱明海书记很高兴地应允了下来。

我们一边走，朱明海一边介绍："我们这个美好生活中心建成于2021年9月，占地约19亩，建筑面积约1.5万平方米，地理位置特别优越。它就坐落在村委会的对面，隔着梅林大道与爱迪尔遥相呼应，也算是我们村真正的'C位'吧。"

学习着美好生活中心的知识，体验着美好生活中心的美好，感受着美好生活中心的氛围，这无疑就是梅林村具有的独特现代韵味的集中体现。从朱明海和孔高敏的介绍中得知，这个美好生活中心的内涵极其丰富，不仅有电影院、24小时乡村数字书房、智慧健康服务站，还有无人健身房、无人超市、青少年分宫等独立的活动场所，它是一个村民喜欢的民生综合体，所以目前，这里也是梅林村最热闹的地方。

当我们跨进24小时乡村数字书房时，扑面而来的文化气息令人陶醉。在面积不大的书房里，已经坐满了求知的人，虽然也有两个年龄稍大的人在轻声闲聊，但其他人都在忙碌着，七八个年轻人在看书，四五个中小学生在写作业。

离我最近的是一位年轻女子，她面前的桌子上放着书，此时正认真地刷着手机，我深表歉意地叫停她并与她聊了起来："今天就你自己来的吗？"

梅林邻里节（沈雷摄）

"不是呀，我们一家三口一起来的。这会儿女儿正在青少年分宫里上舞蹈课呢，老公看了会儿书看累了，现在跑到健身房里跑步去了，本来我想在书房里看会儿书来着，刚在外面接了个电话，这不，现在刷会儿视频。"年轻女子微笑着说。

"你们经常来这里吗？"我接着问。

"是啊，只要有时间，我们就会带孩子来美好生活中心里玩一玩，我们青少年分宫里的老师都是村里从杭州市青少年宫里请来的，水平都比较高！像这样的大夏天，我们可以在中心里待一整天。你看这里多好啊，不仅可以纳凉，而且有适合各类人群活动的 24 小时乡村数字书房和健身房，平时村里还会邀请省市知名文化学者来中心举办文化沙龙、少儿读书会等活动。现在我们共享的都是智慧化生活，大家议论时常说，我们乡村里现在是既有'下里巴人'，也有'阳春白雪'，如此这般，群众的生活质量自然而然就提高了。"年轻女子笑容满面地说。

"是的，我们村不仅村集体富裕了，而且老百姓的生活条件也变好了，大家对未来村庄的要求也不一样了。我的理解，这个'未来'就是以美丽乡村为底色，以数字乡村为手段，是一个以人为核心的现代化基本单元和人民幸福生活的美好家园。建成一批以智慧门牌、智慧老年食堂、智慧医疗站、智慧公交、数字图书馆、智慧健身、乡村公园等为代表的活动场所，而且这些改变乡村生活方式的配套设施等都要一一落地。"朱明海接过话茬说。

听着朱明海的话，大伯大妈们停止了聊天，年轻人放下了手中的书本，除了几个淡定的中小学生仍在写作业外，大家七嘴八舌地加入了我们的讨论。其中一个年轻人说："现在的梅林村超酷，时尚感一点都不比城市差，特别是在数字化的加持下，生活充满了未来感和科技感。"另一个年轻人接过话茬说："就是呢，现在我们在村里的数字跑道上每跑步一次，消耗的卡路里数据就会实时出现在手机屏幕上。"两位老人中的一位说："我在家测量血压，数据会实时上传到云端，家庭医生就可观测到我身体的健康数据，及时做出诊断，并送药上门。"另一位老人说："我现在去坐公交车，总是先在智能手机上的数字公交平台查看车辆到站时间和公交路线等信息，再卡着点赶到公交站台，一点都不会耽误。"一个小姑娘笑着对我说："有了现在的数字终端，找个东西都不在话下。那天，我家的宠物狗走丢了，我们通过数字终端一键发布后，全村村民竟然都在帮忙寻找，仅用了 10 分钟就帮我找到了狗。"……

从数字书房出来，我们来到智慧健康服务站，这里虽然不算大，但从所需医疗设施设备到所需药品，再到人员配备都是很齐全的。平时工作日都有两名医生和两名护士正常上班，她们通过悬挂在墙上的数字化电子屏，可以实时了解全村老人的健康状况指标。

"全村 60 岁以上有高血压、冠心病等基础疾病的老人都是我们重点关注的对象。我们为这些老人配备了智能手环和智能血压计，一旦监测到数据显示异常，屏幕上就会自动预警，提醒我们为老人及时检查，拿出治疗的解决方案。"服务站的站长陈约瑟说。

在无人超市里，朱明海书记现场进行了演示，让我们见识了一把乡村的智慧化。只见他打开"沥家园"App，通过手机微信扫一扫登录"沥家园"平台，在这里，我们不仅可以了解到村里最新的信息，而且可以通过志愿者服务、在线学习和参与村务管理等内容板块换取积分。

对了，这个无人超市还是梅林村的积分兑换点。这一次，朱明海用自己的积分兑换了三瓶矿泉水，发给我们每人一瓶，又用这次积分加上以前没兑换完的积分，兑换了两盒纸巾、一瓶洗发水和一盒牙膏。

朱明海告诉我们，截至目前，梅林村的"沥家园"服务端已经上线了"家头条""公益＋""邻里帮"等群众日常生活必需的数字化服务，还有"清廉村社""平安村社"等相关内容。在服务保障上，实现了"码上知""码上督""码上办",各项清单可以随时查看。"沥家园"数字化治理让村民们参与村社治理的活跃度明显提高,抢做公益任务的做法蔚然成风。

朱明海说:"我们梅林村围绕生活、生产、生态'三生融合',通过美好生活中心平台,重点抓好数字基建、数字生活、数字治理、数字产业、公共服务,旨在打造梅林村'民呼我为'红领通数字驾驶舱,将'沥家园'服务端覆盖全村所有村民,推进数字应用场景的落地,特别是加强了对水、电、气、社保、医疗、教育等公共服务的数字化集成,推动民生'七优享'延伸至村社的'神经末梢',真正让村民们率先过上数字生活,享受到智慧便捷的公共服务。"

这时,一阵急促的手机振动声在朱书记口袋里响起,他接通电话,原来是镇里通知他去开会。于是,他表达了歉意,安排梅林村党委副书记杨燕江赶过来参加采访,便急匆匆地赶往镇里。

不知不觉中,我们也走完了美好生活中心的功能区域。此时,我才猛然发现,天气好似也没有那么热了,其中固然有每一个区域都开了空调的缘故,但我想,主要还是人的心境不一样了,幸福心自静,心静自然凉。

三

杨燕江,一名年轻的基层干部,脸上始终挂着谦和的笑,热情、诚恳、沉稳、干练、耐心、细致,从她身上可以感受到一种强烈的亲和力、沟通力、感染力。

她给我的第一印象是:她应该是把基层工作的好手。

在我的记忆中,梅林村共同富裕展示馆里的沙画还是很震撼的,于是我便向杨燕江提出想去看看的诉求。杨燕江听后笑了起来,原来,共同富裕展示馆就在这个美好生活服务中心里，但这几天由于内部改造，其中几块展板需要更新完善，便没对外开放，原计划过几天后再开的。在看到我流露出的遗憾表情时，杨燕江又说："放心，这个不影响沙画墙展示。"

于是，我们又折转回来走进共同富裕展示馆。

杨燕江插上电源后，投射到沙画墙上的梅林村农民房七代变迁沙画便动态地展现在了我们面前。

只见墙面上的沙画师捧起一捧细沙，结合着背景音乐在沙盘上自如地挥洒勾勒。一开始，他仅三两下便将一代草房子勾勒成形，并且将其布局在一片"烂梅林"中；转眼间，在沙画师的一抹一勾中，时空转换，二代平房便已成形；弹指刹那，沙粒如同通了灵性，在沙画师的一挑一拍中，又实现了场景转换，二代平房瞬间变成三代单平台；斗转星移，乡村、道路、行人、天线、摩托车，一幢四代二层小楼拔地而起，又到三层楼房、乡村别墅，再到联建房（新农村别墅群），汽车、围墙、避雷针、色彩……沙画师妙手点缀，变幻出一幅幅农民房发展变迁的画面，带给我们梦幻般的感觉和前所未有的视听享受，第五代、第六代、第七代的农民房一一呈现在我们的面前，惟妙惟肖、浑然天成。

杨燕江说："其实，每看一次这里的沙画表演，都会勾起我童年的记忆，总是那么清晰而温暖。"

她的话大家都深有同感。

《汉书·纪·元帝纪》说："安土重迁，黎民之性；骨肉相附，人情所愿也。"在中国，一个房子代表着一个港湾，是人心灵深处觉得最放松、最舒适的地方。对于每个村民来说，最实实在在的幸福，其实最直接、最具体的就是生活的富裕、环境的提升、住房的改善，而且房子还要和环境配套，相得益彰。

梅林旗袍秀（图片由梅林村提供）

"村里那些老房子还在吗？如果拿过去的老房子和现在的新房子做个对比，村民的获得感和幸福感或许就能更加直观地体现出来了。"我似乎在自言自语，又似乎在问他们。

"村里的老房子肯定是没有了，现在只剩下五代、六代的房子和联建房了，下面我们一起去看看吧。"杨燕江边说边在前面带路。

穿行过园六路村道，走进梅林湾，跨过梅林河，映入眼帘的是亭台楼阁、假山曲径，新式别墅连片林立在田野上，沥青路面直通别墅编织的"花海"里。

此时，虽然天气炎热，但小朋友们嬉戏的热情是无论如何都阻挡不住的，他们调皮地从大家身旁跑过，留下一阵阵银铃般的笑声。一路上，还可以看到迎面而来的村民幸福的笑脸，他们与杨燕江书记打着招呼，互相问候。

路上，孔高敏对我说："早期，梅林村在处理求发展、盖房子和保环境之间的矛盾时做得不够好，甚至可以说是走了一些弯路的。其实，早期梅林的产业发展主要是以快速实现财富增长为目的的，却忽视了梅林村的环境承载力，伴随粗放式发展模式而来的是环境的破坏。虽然大家口袋变鼓了，房子变大了，但是赖以生存的家园变脏了、变臭了。大家意识到，不仅生活要更富裕，产业要更兴旺，而且生态也要更美好。认识到这一点之后，我们确定了新目标，决定提高乡村的'颜值'，打造美丽乡村。"

那么，梅林村究竟该如何重塑、如何打造呢？

"我们梅林村在推动新农村建设的同时，为了提升生态环境的成色，于2021年着手全力推进了'降低围墙、拆除保笼、美化庭院'行动，把家家户户过去围在深墙内的美丽庭院一步步变成了大家的'共享花园'，并且全面提升改造北塘河景观绿道、乡村公园、美丽池塘、梅林大道。如今，梅林村已经基本实现了'推门便是花园，全村皆是景区'的目标。

"与此同时，我们梅林村还崇尚绿色发展，打造环境友好型企业。比如，通过'农业'打头阵，以'美丽田园＋'来全面展示未来乡村的观光农业、数字农业；通过'工业'强推进，以'技术提升＋'打造爱迪尔集团'近零碳'的工厂；通过'服务业'重补充，以'模式创新＋'招引社会资本，积极参与加油站运营、餐饮服务业发展等，大力发展美丽经济。

"梅林村以绿色生态为发展主线，形成的多产业优势互补、共同发展的经济新格局，为经济转型发展夯实了基础。"

走着走着，我们来到了村民朱丽华的家门口，这座三层半的独栋别墅毗邻梅林村新农村别墅群，但比新农村别墅群显得更高大、更时髦。

听到外面聊天讨论声音的朱丽华放下手中活计，把我们迎进家。她说："我们这栋房子是 2014 年建的，算起来，应该是梅林村第六代农民房吧。"

走进庭院，一盆盆绿植盆栽绿油油的，花丛里的花朵开得正艳，她家别墅的地面和墙面均是由花岗岩、大理石和瓷砖铺设而成的，中央空调、私家车、大屏液晶电视机应有尽有，而且都显得非常有档次。

朱丽华很健谈，动情地讲起她家历经四代住房变迁的故事。

她说，20 世纪六七十年代，全家人都挤在两间茅草屋（第一代农民房）内，家里女的白天要去剥麻，晚上要在微弱的灯光下挑花，日子过得特别清苦。1978 年，全村抢占改革开放办村企的先机，自己家也赶上了，条件得到了改善。这一年，家里盖起了一排砖瓦平房（第二代农民房），两大家子的 11 口人住进了 4 间平房。1988 年，改革开放 10 年，家里直接实现跨越，盖起了两层楼房（第四代农民房）。其间，自己也上班了，先做服装，再开裁缝店，生活得有滋有味。再后来，经历企业反哺、"三区合一"、企业转制等，梅林人秉承"勇立潮头、战天斗地、吃苦耐劳、团结拼搏"的围垦精神，坚持自主创业、开店铺、办合资、做电商……自己也通过"养挖机"开启了"事业第二春"。2014 年，家里拆除了二层农民房，新建了现在的三层半乡村别墅（第六代农民房），又直接从第四代农民房跃升到第六代农民房，生活质量也是"芝麻开花节节高"。

四

从朱丽华家出来，周边别墅红屋顶上的一排排蓝色的晶体在阳光照耀下熠熠生辉，一下子吸引了我的注意力。

"那屋顶上是什么东西？"我问。

"哦，那是多晶硅，我们的光伏发电项目。如今，在我们梅林村，有的家庭不光实现了低碳生活，节约了成本，而且通过光伏发电项目实现了创收呢。"杨燕江回答说。

科技点亮农村生活，智慧创造农村未来。

怎么样把科技的温度加持到服务农村中去？怎么样让村民打心底里接受现代科技？梅林村在这方面做了大量的有益尝试，比如围墙降高时，要保障安全就要引入更多的科技设备来支撑，梅林村就让探头帮助巡逻，让烟感设备帮助探测，让数据多跑步、村民少跑腿，科技在服务群众中自然而然就降低了村民心里的焦虑感。

杨燕江说："2020年9月22日，习近平主席在第七十五届联合国大会一般性辩论会上，提出了二氧化碳排放力争于2030年前达到峰值，努力争取2060年前实现碳中和。我们在学习习近平主席的思想时认识到，农村碳排放量同样有一个'碳达峰碳中和'问题，那么农村如何实现'碳达峰碳中和'呢？我们村在这方面做了有益的尝试，确保走在前列。我们积极践行习近平主席的低碳发展理念，努力打造一个村级仓储一体化系统，以及全覆盖、全天候的实时监控系统，助力农村节能减排。我们从2021年开始，依托'双碳大脑'启动光伏发电项目，通过屋顶光伏系统吸收光照后产生电量，既可以满足居民家中的日常用电，又可以利用富余的电量实现额外的经济效益。"

在实施过程中，村民们都表现出了特别高的素质，十分踊跃地参与进来，村民缪文孝第一个报名，只见他熟练地登录App，自豪地向我们展示他的"阳光收益"，忍不住感叹家里的红屋顶变成了"金屋顶"。

电力赋能低碳发展，全力打造绿色村庄。利用无人机从高空俯瞰梅林村，就可以发现，目前，全村已经有50多户居民接洽安装了屋顶光伏。

阳光下，和屋顶光伏项目同样在高效运转的，还有村里的"龙头"企业——浙江爱迪尔包装集团有限公司。

当年它带动梅林走上工业化发展道路，如今，它再一次走在前列，成为村里首批安装屋顶光伏的企业之一。在政府和供电公司的推动下，越来越多的企业走上了绿色转型道路。爱迪尔光伏并网项目正式启动后，2022年全年光伏发电量达120万千瓦·时，占过去一年用电量的1/4，有效减少碳排放950吨。

通过"梅林村双碳驾驶舱"，全村的碳排放数据和居民光伏、光储充一体化项目、公共充电桩用能数据等信息一目了然。目前，爱迪尔的碳排放强度为0.59吨每万元，属于一级碳效等级，成为梅林村的

"能效领跑者"。今年，梅林村碳排放总量比去年同期下降幅度巨大。凭着这一耀眼的能效成绩单，在全国节能宣传周的前夕，"杭州市十大低碳应用场景"评选结果正式公布，作为全市唯一一个村级参评单位，梅林低碳智能未来乡村成功入选。

孔高敏告诉我们："梅林村作为'千万工程'的重要起源地，接下来，将以'低碳乡村'为目标，指导服务居民和企业更多地搭建屋顶光伏项目，通过碳管理智慧能源平台推进城乡社区现代化建设，让乡村治理变得更加高效，打造未来乡村建设的低碳样板。"

是啊，新农村、新经济、新生活、新面貌、新精神……梅林村作为浙江省党建引领示范地、"千万工程"重要起源地、围垦精神传承地、

美好生活永远只属于你（图片由梅林村提供）

未来乡村实践地、共同富裕先行地，在未来村庄发展中阔步前行，生动诠释了"幸福是奋斗出来的"的深刻内涵，书写了一首荡气回肠的乡村振兴史诗。

随着全省首个村级"共同富裕"指标评价体系的建立，已振翅高飞的梅林村将为实现共同富裕提供更多的路径和方案。

杨燕江说，梅林村将继续以"千万工程"牵引乡村振兴，打造"未来村庄"的共富样板，全面强化"为民便民、安民乐民"新功能，全力擘画"'梅'好未来，幸福'林'里"新图景，织好优质服务网、绘好生态宜居图、走好精神富足路、念好乡村善治经。

画好"同心圆"，绘就"共富圈"。

围绕共同富裕，梅林村挥动大笔，以梅林村为核心，辐射周边八里桥、车路湾、张潭、山北等四个村，打造"1＋4＋1"的"大梅林"共富联合体，实现"村村单战"向"联盟团战"的跃升。主打"绿色生态"，做好土地流转文章，建设数字观光农田，形成梅林村农业园区的多产业优势互补、共同发展的经济新格局。完善"一老一小"智慧服务，依托"沥家园"基层治理体系，不断推进成熟的、赋能的、创新的场景落地。

站在梅林大道上，看到自主前来的一辆辆大巴车、私家车鱼贯而入，人们或参观研学，或考察游玩，实地品尝沙地十碗头、本味萝卜干……走出了从吸引人到留住人的良性循环的路子，必将成为大梅林实践先富帮后富、区域共同富的乡村共富之路。

（2023 年 5 月改定于萧山区梅林村）

（备注：梅林村的老书记朱明海于 2022 年 11 月退休；杨燕江于 2023 年 4 月被任命为梅林村党委书记，5 月当选为梅林村委会主任；孔高敏于 2022 年 11 月兼任梅林村党委第一书记）

代跋

我的农村共富梦

"中国农村什么时候才能富起来？""中国农村的未来向何处去？"以前，每次回老家探亲时，我都会产生这样让我痛彻心扉的疑问。

我的老家坐落在大别山深处，除了山还是山，按照我过去的理解，那是个一没资源优势、二没区位优势的偏远农村。随着中国经济社会建设进度的整体推进和城市化进程的发展，如今我的家乡也大变样了，父老乡亲可以吃饱穿暖了，摆脱贫困了，过上了小康生活。由于青壮年外出务工、子女上学等多种因素，村庄里几乎每个家庭都"残缺不全"，"空心村"面积越来越大、数量越来越多，而且老家的农村农业生产模式相对落后，基础设施建设不够完善，加上父老乡亲受到的关注关爱较少，他们的幸福感、获得感普遍偏低。所以，故乡于我，乡土成愁，特别是看到魂牵梦绕的故乡山村呈现出的萧条和衰败样子，以至于我越来越不敢回老家，越来越不敢去想象中国农村的未来。记不清有多少个失眠的夜晚，我在为故乡担心，为故乡焦虑，但又深感力不从心、无能为力。

2017 年至 2019 年，我受组织选派，参加杭州市对口支援新疆维吾尔自治区阿克苏地区阿克苏市的工作。三年来，杭州市积极支持受援地阿克苏市全面推进经济发展、社会稳定、教育医疗、产业升级，助力脱贫攻坚，取得了突出的成绩。从我们联系的几个村庄现状看，农村面貌焕然一新，农民已经全部实现脱贫。应该说，受援地农村虽整体脱贫，但其产业还未能形成一定规模，发展的质量也还不够高，是一种"输血"多于"造血"式的发展，仍然存在不同程度的返贫问题。

2020 年初，在完成了援疆使命后，我返回杭州先后参加了杭州市委"民呼我为"、市直机关工委结对帮扶等活动，深入走访了杭州的一些村庄，也参观了宁波、湖州、嘉兴、丽水等市的农村。总体来看，浙江极为发达的民营经济起底构建了浙江较为发达的新农村，让我们可以从浙江农村发展中看到中国农村的希望。但一分为二看，浙江城乡差距、地域差距和收入差距的不平衡难题还切实存在。比如，全省山区 26 个县（市、区）［包括杭州西部三个县（市、区）］农村的发展都还相对弱些。

近年来，中国消灭绝对贫困、全面建成小康社会，为促进共同富裕奠定了坚实的基础。党的十九届五中全会对扎实推进共同富裕做出重大战略部署，提出到 2035 年"全体人民共同富裕取得更为明显的实质性进展"的远景目标。紧接着，《中共中央　国务院关于支持浙江高质量发展建设共同富裕示范区的意见》（以下简称《意见》）出台，赋予了浙江省重要示范改革任务，要求浙江先行先试、做出示范，为全国推动共同富裕提供省域范例。

《意见》鲜明指出，实现共同富裕不仅是经济问题，而且是关系党的执政基础的重大政治问题。共同富裕具有鲜明的时代特征和中国特色，是全体人民通过辛勤劳动和相互帮助，普遍达到生活富裕富足、精神自信自强、环境宜居宜业、社会和谐和睦、公共服务普及普惠，实现人的全面发展和社会全面进步，共享改革发展成果和幸福美好生活。

高质量发展建设共同富裕示范区是浙江的重大光荣使命和战略机遇。浙江省全面细化落实《意见》精神，制定具体的实施方案，明确推进示范区建设的路线图、任务书。按照"每年有新突破、5 年有大进展、15 年基本建成"的总体安排，用 3 个五年规划时间压茬推进，争取不断形成阶段性、标志性的成果。到 2025 年，推动示范区建设取得明显实质性进展，率先基本建立推动共同富裕的体制机制框架，率先基本形成更富活力、创新力、竞争力的高质量发展模式，率先基本形成以中等收入群众为主体的橄榄型社会结构，率先基本实现人的全生命周期公共服务优质共享，人文之美、生态之美、和谐之美更加彰显。到2035 年，高质量发展取得更大成就，基本实现共同富裕，率先探索建设共同富裕美好社会。

　　杭州市委、市政府也如火如荼地投入改革实践中，他们深入学习贯彻习近平新时代中国特色社会主义思想和习近平总书记对浙江、杭州工作的重要指示批示精神，就全面落实《中共中央　国务院关于支持浙江高质量发展建设共同富裕示范区的意见》《浙江高质量发展建设共同富裕示范区实施方案（2021—2025 年）》做出系统部署，出台了《杭州争当浙江高质量发展建设共同富裕示范区城市范例的行动计划（2021—2025 年）》。

　　无论是高质量发展建设共同富裕示范区的浙江方案，还是杭州争当浙江高质量发展建设共同富裕示范区城市范例的行动计划，它们都是在矫正先天环境造成的劣势地位，以及消除制度性因素导致的机会不均等，让事实上的社会弱势群体更好地享受社会进步带来的福祉。

　　对于我这个在城市化进程快速发展时期跳出农村走进城市里的人来说，在远离自己曾经那么熟悉的故土乡情后过着孤岛般的城市生活时，曾经一度感到孤独、惶恐、慌乱、困惑。虽然我也可以在街头散步、等候电梯时表现出高度的礼貌，但如费孝通《乡土中国》里描述的传统熟人社会里的那份相互关心关爱的情感却有缺失，礼貌有余、真诚不足，尊敬有加、恐慌更盛。有时我还感到，虽然我现在披着城里人的外衣，但骨子里的我仍然像我的父母长辈那样摆脱不掉农村人的生活习惯和基本特征。所以，从这个意义上说，我更加希望在共同富裕示范区的加持下，能够让杭州农村、让浙江农村发展得更好些，能够让杭州农民、让浙江农民生活得更富些。再向未来看，共同富裕路上最不能落下的就是农村和农民，农村的共同富裕路应该就是农村的发展路、农民的机遇路。

习近平总书记在《扎实推动共同富裕》（《求是》2021 年第 20 期）一文中指出："促进共同富裕，最艰巨最繁重的任务仍然在农村。"总书记的指向是农村的共同富裕，所以，无论在全国、在浙江，还是在杭州，促进共同富裕的短板弱项主要还是在于农村、农民的短板弱项。

正确的、科学的工作导向就是社会的"风向标""指挥棒"，树立什么样的工作导向，就有什么样的工作走势和发展方向。

坐在办公室碰到的都是问题，深入基层看到的全是办法。杭州始终坚持以人民为中心的发展思想，创造性地落实中央和省委要求，着眼问题，拿出办法，紧紧围绕"城乡协调推进、产业深度融合、资源合理配置、生态互惠共享、居民收入共富、服务高质均等"的目标，深化完善县（市、区）协作、"联乡结村"、镇街结对、村社结对、干群结对"五大机制"，全面推动产业共兴、飞地共创、项目共引、设施共建、服务共享、人才共育、消费共促、文化共融、生态共保、社会共帮"十共举措"，加快推动新时代农村与城市同步迈向现代化和共同富裕，努力成为浙江农村跨越式高质量发展的典范。

杭州农民从来都不会让人失望，这次亦是如此。只要你给他们共富政策的阳光雨露，他们一定能在农村共富的大道上创新成长。

前不久，我走进杭州的农村、走进寻常百姓家，亲眼见证了杭州各级党委、政府不负众望、不负民心，他们勇于担当，不断探索缩小城乡发展差距的路径，大力实施强村惠民富民行动，深化科技进乡村、资金进乡村，青年回农村、乡贤回农村的"两进两回"举措，实施科技强农、机械强农行动，健全村级集体收入增长的长效机制，引导支持村集体在带动公共服务普及普惠上发挥更大的作用。我亲身感受到党员干部带领杭州农村，牢牢把握高质量发展这一基石，牢牢把握改革这关键一招，锻长板、补短板、挖潜力、拓空间，把一个个落后村带成了先进村、共富村。

2022 年 5 月，浙江省召开共同富裕现代化基本单元建设工作推进会，"首批共同富裕现代化基本单元名单"正式公布，杭州一批乡村入选浙江省首批"未来乡村"大名单，随后又陆续有乡村入选，这是杭州推动农村共同富裕高质量发展上取得的新突破、交出的合格答卷。

我坚信，习近平总书记亲自谋划、亲自定题、亲自部署、亲自推动的浙江省高质量发展建设共同富裕示范区这一重大战略决策一定能够实现，中国第二个百年奋斗目标一定能够实现，推动构建人类命运共同体的目标也一定能够实现。到那时，浙江城市与农村一定以效率与公平、发展与共享有机统一的富裕图景，全域一体、全面提升、全民富裕的均衡图景，人民精神生活丰富、人与自然和谐共生、社会团结和睦的文明图景，群众看得见、摸得着、体会得到的幸福图景，装点着这个伟大而又全新的时代，更加彰显杭州的、浙江的、中国的人文之美、生态之美、和谐之美。

后记

参加工作后，出于军事记者的职业特性和使命驱动，我有幸参与宣传了军内外、疆内外的一些重大事件、重要典型和重点经验，创作发表了一些刻着时代印记的新闻和文学作品。也可以这么说吧，既算是写过边关大漠的冷月风霜，也算是写过都市生活的人生百态。但是，那颗浪迹天涯的游子心却时不时地会落到包容自己、呵护自己的故乡里，从心底涌起一股冲动：我去写一写那些有如家乡一样的农村，如父亲、母亲一样的农民，如家中水稻、油茶一样的农业。

然而，或许是因为机遇未至，亦或许是因为身心懒惰，自己的心灵始终无法抵达朴素平淡的农村深处，难以感知被生命母体保护而享受生命的愉悦和生活的甜美，所以我并没有写出关于农业、农村或农民的作品。

2022年前发生的三件事情让我决定来尝试写一写关于农村、农业和农民题材的文学作品。

第一件是，2021年3月，杭州市作家协会主席团会议审议通过了我们这一批新增会员，为我打开了一扇文学之窗。新作家必须有新作为、新作品，这样才无愧于这个时代和这个称谓。所以，我应该紧跟时代，为文学做点什么。

　　第二件是，我连续几年参加了杭州市委办公厅、政研室、改革办的"民呼我为"调研和机关党支部与基层党支部结对帮扶活动，让我对杭州的农村、农业和农民有了更深入的认识。"千万工程"启动 20 年来，浙江全域久久为功建设美丽乡村，落实"三改一拆"，实施"五水共治""最多跑一次"改革，把农村打造成城里人心中"向往的生活"，农民成了受人尊重的身份，农业则成了很阳光的职业。所以，于我而言，应该回应关切，为"三农"做点什么。

　　第三件是，浙江省高质量发展建设共同富裕示范区的战略机遇。2021 年，《中共中央　国务院关于支持浙江高质量发展建设共同富裕示范区的意见》《浙江高质量发展建设共同富裕示范区实施方案（2021—2025 年）》先后做出系统部署，杭州市出台了《争当浙江高质量发展建设共同富裕示范区城市范例的行动计划（2021—2025 年）》。所以，于我而言，应该讴歌盛世，为实现共同富裕做点什么。

　　恰逢杭州市文联文艺精品工程扶持项目申报对作协会员开放，为我们提供了创作平台和机遇。结合发生在我身边的这三件事，我认真梳理创作的方向、题材的选取，计划围绕"共同富裕"这个时代命题，选取传统意义上的农村，即选取杭州市在推进高质量发展建设共同富裕示范区的道路上，具有不同标识度、

经验可复制的 13 个村落，形成报告文学作品。我的
项目得到了杭州市文联的认可，成功列入 2022 年度
杭州市文联文艺精品工程重点扶持项目。

本书是经过 13 个村落的授权，吸收借鉴了许多
专家学者、一线干部群众心血和智慧，在杭州市委办
公厅、市委政研室、市文联、市作协、市农业农村局
相关负责同志的指导下完成的，临平区委宣传部、塘
栖镇给予了支持。在此，表示衷心的感谢。书中引用
了 13 个村落提供的大量图片和文字材料，作为一部
文学作品，本书未能一一标注所用资料的来源，特别
对所有同志表示感谢。

这本书得到了浙江大学出版社的大力支持，从社
领导到一线编辑精诚合作，为本书的出版付出了辛勤
劳动。

孔 一

2023 年 6 月 10 日于"大莲花"